Jésus sans Jésus

Gérard Mordillat
Jérôme Prieur

Jésus sans Jésus

La christianisation
de l'Empire romain

Éditions Points/ARTE Éditions

Toutes les citations de la Bible
et du Nouveau Testament sont extraites de la dernière édition
de la Bible de Jérusalem aux Éditions du Cerf (1998).

ISBN 978-2-7578-2028-5
(ISBN 978-2-02-079656-9, 1re publication)

à nos amis
Denis Freyd,
Pierre-Antoine Bernheim

VLADIMIR : Comment ?
ESTRAGON : Pourquoi ?

Samuel Beckett, *En attendant Godot*

Pourquoi ? Comment ?

Toujours la même question, lancinante…

Toujours la même image qui hante l'histoire de l'Occident…

Toujours la même et lancinante image qui nous interroge depuis nos séries de films – *Corpus Christi*, *L'Origine du christianisme*, *L'Apocalypse* –, depuis nos précédents essais – *Jésus contre Jésus*, *Jésus après Jésus*[1]…

L'image d'un juif de Galilée, originaire d'une campagne reculée dans une province de l'Empire qui, vers l'an 30 de notre ère, meurt à Jérusalem crucifié par les Romains. Un pauvre hère dont seul le nom est parvenu jusqu'à nous, sans que l'on sache même qui était son père.

Ainsi, dans les évangiles, Jésus n'est jamais désigné comme le fils de Joseph. « N'est-il pas […] le fils de Marie ? » s'étonne au contraire l'évangéliste Marc (Mc 6,3). Que Jésus ait été connu, à son époque, comme le « fils de sa mère » n'était pas vraiment flatteur. Sa naissance était-elle si douteuse, était-il né d'un père inconnu, était-ce un bâtard, un fils de la prostitution ? Accusations fondées ou calomnies ? Elles seront portées contre Jésus de son vivant et bien après.

Prophète itinérant, guérisseur, exorciste ; les mauvaises langues persifleront : « magicien ». Personnage indéniablement charisma-

1. *Jésus contre Jésus*, Paris, Éd. du Seuil, 1999 ; *Jésus après Jésus*, Paris, Éd. du Seuil, 2004.

tique, au point de laisser une trace vive dans la mémoire de certains de ses contemporains, le cercle de ses disciples. Illuminé sans doute, au point d'être considéré par les autorités romaines comme un trublion exalté. Mais fauteur de troubles tout relatif, puisque, à se fier aux évangiles, aucun de ses hommes ne fut arrêté. C'est dire la modestie et la faiblesse de ses troupes.

Comme bien d'autres juifs de son temps, Jésus n'était rien ni personne pour les Romains. Il n'avait pour lui que son espérance de la venue du Royaume de Dieu, c'est-à-dire la restauration du royaume d'Israël, lavé de la souillure majeure qu'était la présence des impies sur la terre sacrée. Sa mort sur la croix n'était d'ailleurs infamante que du point de vue romain ; du point de vue juif, elle est celle d'un rebelle exécuté par les occupants honnis.

Jésus dit de Nazareth ou le nazôréen (« l'observant », ce qui n'a rien à voir avec la géographie), illustre et inconnu, « issu de la lie du peuple » (Voltaire), a eu une chance unique dont n'a bénéficié aucun de ses *alter ego* tués par les Romains. Rien du vivant de ce Galiléen ne laissait présager qu'il rencontrerait, au fil des siècles, un succès posthume aussi éclatant.

Assez rapidement après son supplice, Jésus a été reconnu comme le Christ, le Sauveur, le Seigneur. Pour sa plus grande gloire, il est devenu l'objet d'un récit. La matière d'une histoire sidérante : celle d'un être humain qui vit, meurt et ressuscite ; celle d'un homme ordinaire, humilié, torturé, assassiné, qui s'avérera être le fils de Dieu, puis l'incarnation de Dieu, Dieu lui-même…

Le tombeau vide

Le rocher taillé, au dire des évangiles, par Joseph d'Arimathie pour offrir à Jésus une sépulture intacte, la tombe d'où le cadavre a disparu, le fameux « tombeau vide » cher à la tradition chrétienne, est devenu un Tombeau au sens littéraire du terme. Les auteurs qui, pour leurs communautés, ont écrit l'élévation de Jésus en Christ, la « christologie », c'est-à-dire l'interprétation théologique de son rôle dans le plan divin, vont lui dresser un mémorial. Un mémorial sur lequel l'Église va désormais se bâtir, « tombeau, confident de mon rêve infini[1] ».

Ces écrivains, ces théologiens qui écrivent (en grec) dès la seconde moitié du Ier siècle, soit une à deux générations seulement après la mort de Jésus, sont des témoins aussi essentiels que l'apôtre Paul et ses épîtres (dans les années 50-60), les quatre évangélistes Marc, Matthieu, Luc et Jean (dans les années 60-80), le narrateur des Actes des Apôtres (dans les années 80-90), sans compter les auteurs, tout aussi anciens pour certains, des écrits ultérieurement considérés comme « apocryphes » et dont la transmission en dehors des canaux autorisés a été, de ce fait, plus marginale.

Le loup et l'agneau

Ainsi Jésus est-il devenu Christ, Jésus-Christ.

Mais, surtout, il est devenu le fondateur d'une religion à laquelle lui-même n'a jamais appartenu, ni même songé. Une religion concurrente de la religion de ses ancêtres, cette religion juive dont il n'a cessé d'être un observant jaloux et zélé : « Je n'ai été envoyé qu'aux brebis perdues de la maison d'Israël » (Mt 15,24), affirme-t-il dans l'évangile de Matthieu, ordonnant pareillement à ses disciples de n'aller que « vers les brebis perdues de la maison d'Israël » (Mt 10,6).

Le christianisme va ignorer la dimension ethnique de cette parole.

Pour construire son identité, il va au contraire se dresser contre le judaïsme auquel Jésus appartenait. D'abord juifs et uniquement juifs, les chrétiens seront débordés par les croyants venus du paganisme qui, bientôt, vont devenir majoritaires. Ces

1. Charles Baudelaire, « Remords posthume », in *Les Fleurs du Mal*.

« pagano-chrétiens » se veulent les meilleurs puis les seuls héritiers de la tradition d'Israël. Se séparant peu à peu du judaïsme, ils iront jusqu'à se proclamer « véritable Israël », revendiquant d'être l'Israël du cœur et de l'esprit. À l'arrachement ont donc succédé rapidement, et sous diverses formes, l'hostilité, souvent le rejet, parfois la haine ; et le mot est faible.

Mais, en même temps que se produisait cette séparation d'avec le judaïsme originel, une autre rupture tout aussi surprenante avait lieu qui mettra trois siècles à être consommée : Rome, ce « Vatican du paganisme », devenait chrétienne, selon la formule de Peter Brown, le grand historien contemporain du christianisme[1]. Le loup se muait en agneau, l'ennemi juré se faisait protecteur. Retournement certes lent pour ceux qui l'ont vécu, mais d'une rapidité presque foudroyante compte tenu des changements idéologiques, politiques, mentaux qu'il impliquait.

« Jésus annonçait le Royaume et c'est l'Église qui est venue », a-t-on répété, en reprenant le célèbre aphorisme d'Alfred Loisy (1857-1940) dans *L'Évangile et l'Église*[2] – sorte de « patate chaude » de l'exégèse chrétienne depuis un siècle, qui valut à ce prêtre et professeur de Nouveau Testament à l'Institut catholique de Paris d'être écarté de l'enseignement, mis au ban de l'Église catholique, excommunié pour ses écrits comme le capitaine Dreyfus fut dégradé pour trahison au front des troupes. Peu après, soutenu par ses amis, Loisy sera élu au Collège de France où il fera officiellement entrer le « modernisme », donnant ses cours « invisiblement paré du grand cordon de l'excommunication majeure », *dixit* avec admiration son adversaire rationaliste Paul-Louis Couchoud[3].

Jésus annonçait la Fin des temps et la restauration du royaume d'Israël pour les hommes de sa génération, comme l'ont sou-

1. Cité par Paul Veyne, *L'Empire gréco-romain*, Paris, Éd. du Seuil, 2005, p. 613.
2. *L'Évangile et l'Église* (1904), Paris, Noesis/Agnès Viénot, 2001, p. 116.
3. *Le Dieu Jésus*, Paris, Gallimard, 1951, p. 43.

ligné de nombreux auteurs et d'abord, premiers d'entre eux, les trois évangélistes dits synoptiques (Marc, Matthieu, Luc). Mais, la Fin des temps n'arrivant pas, une institution s'est peu à peu installée à la place du Royaume espéré. Une Église, avec ses hiérarchies, ses structures, ses doctrines.

Entre 312 et 380, cela aboutira à la création, loin, très loin de la religion d'Israël, d'une religion d'État. L'Empire romain sera le Royaume où il n'y aura plus d'autre choix que d'être chrétien. Ceux qui s'écarteront de ce que l'Église enseigne seront inexorablement persécutés.

Hors l'Empire, point d'Église.

Hors de l'Église, point de salut.

Remonter dans le temps

Pour remonter dans le temps, H.G. Wells avait besoin d'une machine dont il devait « s'assurer de la solidité des écrous », il lui fallait mettre « une goutte d'huile à la tringle à quartz » avant de s'installer sur « la selle » et d'avancer dans le passé. Pour faire l'histoire des débuts du christianisme, notre machine n'a besoin ni d'huile ni d'écrous, mais de littérature.

Comme la reconstitution de l'existence du Jésus historique ou des débuts du « christianisme » primitif, celle du processus de christianisation de l'Empire romain entre la fin du Ier siècle et le début du IVe siècle est tributaire d'une littérature interne lacunaire, fragmentaire.

Apologies devant les autorités, controverses, traités de théologie, ces textes ont fonction de cohésion, de propagande, de représentation. C'est à travers ces archives internes que l'on peut parvenir à lire, mais en creux, les réactions païennes : ce contre quoi, à différentes époques et dans différents contextes, les chrétiens ont dû se défendre, ce que les païens proposaient dans le débat religieux ou philosophique comme sur le terrain civique.

Hormis quelques documents juridiques ou historiques

émanant des Romains, les autres sources, en effet, sont rares, et leur rareté leur confère une sorte de valeur « sacrée », indiscutable. Dominant, le point de vue « païen » avait pour lui, si ce n'est force de loi, du moins la force de l'habitude, le poids de la normalité, de l'évidence ; aussi n'avait-il pas vocation à s'écrire.

Le terme est, d'ailleurs, extrêmement significatif, puisque les païens ne se sont jamais désignés comme « païens ». C'est le regard chrétien ultérieur qui a créé des non-chrétiens, des polythéistes, comme on dirait aujourd'hui (sachant que, hormis les juifs puis les chrétiens, le monde antique tout entier vivait dans la conviction de la pluralité des dieux). Ce n'est pas un hasard si le terme n'apparaît qu'au début du IVe siècle, de manière moqueuse, avant d'entrer dans la terminologie officielle et administrative vers l'an 370. C'est bien à partir du moment où les chrétiens sont en capacité de penser le monde et de l'ordonner que devient possible la désignation des autres comme *pagani*, « paysans » (par rapport aux citadins qui constituent principalement les ouailles chrétiennes).

Ce qui est plus significatif encore, c'est que la désignation, chrétienne, des « païens » est devenue pour nous la seule référence utilisable aujourd'hui, au point d'être contraints de l'appliquer à une époque où elle n'aurait eu aucun sens.

Christianisation rétroactive

En réussissant à s'imposer et à s'inscrire dans la durée, le christianisme a christianisé son passé. Il a même pu réécrire le récit de ses origines comme s'il s'agissait de sa seule et véritable histoire.

Prenons l'exemple d'Eusèbe, l'évêque de Césarée (v. 260-340).

C'est Eusèbe qui, au début de ce même IVe siècle, entreprend pour la première fois un monumental et précieux récit des débuts du christianisme, l'*Histoire ecclésiastique*. À la manière des autres histoires de l'Antiquité, le livre rassemble et compile, en plusieurs volumes, opinions personnelles et récits indirects, témoignages et documents anciens, pour couvrir la longue période qui va des apôtres jusqu'à la fin de la persécution de Dioclétien et à l'apothéose du christianisme après la conversion de Constantin. « Comme, dans une ténèbre profonde et une nuit très obscure, on allume subitement pour tous un grand luminaire qui est le salut de tous, Dieu conduisit par la main son serviteur Constantin “à bras élevé” vers ce pays », écrit Eusèbe comme s'il peignait à fresque. « C'est donc à cet homme que, du haut du ciel, comme un fruit digne de sa piété, Dieu accorda les trophées de la victoire sur les impies » (*Histoire ecclésiastique*, X, 8, 19-9, 1).

L'art de la lecture oblige à lire entre les lignes, non pas nécessairement la vérité de l'histoire, mais les vérités auxquelles croyaient ses acteurs, les constructions dont ils avaient besoin, les clefs qui leur étaient indispensables pour surmonter l'adversité, pour comprendre les rêves et les visions qui les inspiraient. Le lecteur d'Eusèbe de Césarée doit essayer de démêler l'extraordinaire du banal, le probable et le possible du faux et du légendaire, comme il doit le faire pour d'autres historiens chrétiens de la fin de l'Antiquité qui ne sont pas toujours d'aussi admirables stylistes.

Descente aux archives

La richesse des sources chrétiennes tient beaucoup au fait que les chrétiens ont transmis leur littérature. Ils ont copié et recopié les écrits des premiers théologiens, les Pères de l'Église, qu'ils aient adhéré ou non à leurs thèses et que ces thèses aient été ou non considérées ultérieurement comme hérétiques ou orthodoxes.

Ainsi ont-ils permis que des textes chrétiens essentiels parviennent à nous atteindre, comme le *Dialogue avec Tryphon* de Justin, écrit vers 160, qui ne nous est connu que par un seul manuscrit grec du XIVe siècle, transmis jusque-là, alors que les manuscrits intermédiaires se sont perdus. D'un autre côté, les chrétiens ont certainement fait disparaître des ouvrages qu'ils n'avaient aucune raison de diffuser, dès lors que le christianisme était devenu la norme commune : les œuvres polémiques du philosophe Porphyre ou le discours contre les Galiléens (les chrétiens) de l'empereur Julien dit l'Apostat ne sont connus que par de rares fragments qui ont échappé aux autodafés. En revanche, il faut rappeler que, si nous connaissons *Le Discours vrai* de Celse, écrit vers la même époque que le traité de Justin mais d'un point de vue résolument antichrétien, c'est que le grand théologien d'Alexandrie Origène, soixante-dix ans plus tard, l'a cité méthodiquement pour le réfuter, assurant du même coup son sauvetage.

Dernier aspect qui relativise la nature unilatérale de ces archives internes : le christianisme, obsédé par l'idée d'orthodoxie, n'a pourtant jamais constitué une pensée monolithique. Au regard du dogme catholique tel qu'il se figera à partir du Ve siècle, beaucoup de Pères de l'Église sont hérétiques !

De même, le Nouveau Testament n'est pas un texte dont la lettre est sacrée comme le sera celle du Coran, mais une bibliothèque composée de vingt-sept livres, ouverts aux disputes et aux tensions (sans compter que nous connaissons plusieurs milliers de variantes qui en témoignent matériellement). Le christianisme qui précède le christianisme officiel de l'Empire romain est traversé de déchirures et de rivalités d'interprétation qui sont toujours lisibles. Avant qu'une norme commune ne soit imposée, ces textes laissent apercevoir les débats souvent vifs, les différentes alternatives, comme les solutions qui ont prédominé.

Que faire de la Bible juive ? Faut-il continuer d'attendre la Fin des temps ? Doit-on combattre ou respecter les autorités impériales ? Faut-il témoigner de sa foi en allant jusqu'au martyre ? Voilà, à des échelles différentes, quelques-unes des questions cruciales qu'ont dû affronter les chrétiens.

Chercher leurs réponses permet de comprendre comment le

petit groupe d'adeptes d'un personnage méprisé qui attendait un événement illusoire, comment ce courant marginal du judaïsme a pu, malgré les conflits internes, malgré les obstacles extérieurs, malgré les mesures de répression, donner naissance à une nouvelle religion.

Quels ont été les nœuds et les tournants de ce renversement capital pour l'histoire de l'humanité ? Pour tenter de le savoir, il faut varier les points de vue et les angles d'approche, isoler, réduire, grossir certains moments révélateurs d'une histoire qui n'a, évidemment, jamais été linéaire. L'émergence du christianisme n'a reposé sur aucun programme, elle s'est produite au milieu des soubresauts, des aléas, des hasards.

Charles Guignebert, inaugurant son cours à la Sorbonne au début des années 1920, voulait, disait-il en préalable, « démontrer que l'histoire chrétienne est une histoire comme les autres, que les faits qui la constituent sont des faits comme les autres, qui sont connus par des textes accessibles comme d'autres à la recherche critique, poussée en dehors de toutes les confessions, dans l'absolue sérénité de l'indifférence scientifique[1] ». À notre tour nous souhaitons partager cette ambition et parvenir à cette sérénité, tout en sachant bien que la question des origines du christianisme n'est pas seulement d'ordre historique, puisque la nouvelle religion a duré bien au-delà de l'Antiquité tardive et que, seize siècles plus tard, elle continue de gouverner les âmes, de façonner les consciences, et même de garantir l'ordre public des sociétés d'une bonne partie du monde.

Alors revient, plus lancinante encore, la question initiale…

Pourquoi, comment ?

1. Cité par Paul-Louis Couchoud, *ibid.*, p. 49.

1

Après la fin

L'histoire commence à une date inconnue, impossible à fixer avec certitude, le jour où Jésus a été exécuté par les Romains sous le chef d'accusation : « roi des juifs ».

Au fond, qu'importe.

Pour nous, la date exacte est ici secondaire. Il suffit de savoir que l'événement a eu lieu sous le préfectorat de Ponce Pilate qui, lui, est historiquement attesté en Palestine, entre les années 26 et 36 de notre ère.

Ce jour-là, un homme meurt sur la croix dans d'atroces souffrances, abandonné de ses amis, de sa famille, oublié des siens. Son cadavre sera livré aux rapaces et aux chiens avant d'être jeté à la fosse commune, à moins qu'on ne le laisse se décomposer sur le gibet pour que l'horreur du châtiment serve d'exemple à tous.

Nous ne savons même pas si Jésus fut crucifié seul ou avec deux autres, ou avec dix autres. Les fameux larrons qui l'entourent sur tous les tableaux ne sont que la trace des « témoins », au sens où l'entend la Loi juive. Le Deutéronome veut que, pour qu'un récit soit authentique, il y ait deux ou trois témoins : « Un seul témoin ne peut suffire pour convaincre un homme de quelque faute ou délit que ce soit ; quel que soit le délit, c'est au dire de deux ou trois témoins que la cause sera établie » (Dt 19,15). Les deux compagnons de malheur de Jésus n'attestent donc pas historiquement mais littérairement que la mort de Jésus est un événement fiable. Fiable, même s'il est relaté par des gens qui n'ont ni connu ni vu Jésus « dans la chair » et qui, rassemblant ou réfutant les traditions orales et les matériaux épars à son propos, écrivent trente ou cinquante ans après sa mort.

Les évangiles racontent, si l'on veut, de belles histoires.

S'ils disent que seules quelques femmes assistèrent, et de loin, à l'agonie du supplicié, c'est pour ne pas avouer qu'ils ne savent rien de plus que ce que chacun pouvait savoir d'une crucifixion à leur époque, et en particulier rien de ce qui s'est réellement passé sur le Golgotha.

Et, plus d'une fois, il faut faire un grand effort pour s'arracher à la fascination, à l'effet de réalité qui se dégage irrésistiblement des textes, comme si les évangélistes étaient au fond, malgré tout, des témoins, des chroniqueurs, des mémorialistes ; comme s'ils avaient écrit à chaud leur récit ; comme si, une dizaine de siècles plus tard, les peintres de la Renaissance italienne qui ont modelé notre imaginaire n'avaient eu qu'à traduire en images ce que les évangiles de Marc, Matthieu, Luc et Jean nous montraient déjà ; comme si, depuis l'invention du cinéma, les vies de Jésus filmées donnaient à ces images un statut quasi documentaire, de reportage d'actualités.

Pas plus que les détails de la crucifixion, les évangélistes ne savent ce que sont devenus les disciples après l'arrestation de Jésus. Ils en déduisent qu'ils se sont enfuis : « et, l'abandonnant, ils prirent tous la fuite » (Mc 14,50). Ce qui pose problème. Pourquoi n'ont-ils pas été traqués et châtiés comme leur maître ?

L'historien juif Flavius Josèphe raconte avec quelle férocité les troupes romaines exterminaient jusqu'au dernier les dissidents, les rebelles, les révoltés. Que ce soient les zélotes qui suivaient Judas le Galiléen, les sicaires, les partisans de Theudas qui prétendaient réitérer le miracle de la mer Rouge ou ceux de l'Égyptien qui, dressé sur le mont des Oliviers, jurait qu'il pouvait faire tomber les murs de Jérusalem par la seule puissance de sa parole : tous furent tués, décapités, brûlés, crucifiés.

Les disciples de Jésus étaient-ils donc si peu nombreux, si peu dangereux que les Romains n'ont pas cru utile de se fatiguer pour un si piètre gibier ? Passaient-ils pour des simples d'esprit qui méritaient plus pitié que colère, comme cet autre Jésus, Jésus ben Ananias, qui prophétisait la fin de Jérusalem ? Après l'avoir fait flageller, « Albinus le jugeant fou le fit relâcher » (*La Guerre des juifs*, VI, 300-309).

Mais une armée d'occupation est-elle jamais sensible à la pitié ? Les disciples s'étaient-ils terrés dans des caches si profondes qu'il était vain de les traquer ?

Là non plus, nous ne savons pas.

La Judée était occupée depuis que Pompée l'avait conquise en - 63. De son temps, Jésus ne fut qu'une victime parmi tant d'autres des légions romaines.

Rien qui puisse intéresser les historiens romains.

Alors, une dernière fois, regardons ce corps blessé, meurtri, couvert de sang et de déjections, qui pend sur le bois, ignorant que sa disparition va ouvrir une nouvelle ère dans l'histoire du monde. Cette croix que l'on peut tracer comme l'X d'une équation à résoudre. C'est bien là que commence, encore à l'intérieur du judaïsme, l'histoire du christianisme.

Jésus, le ressuscité

Ce qui définit Jésus, c'est d'être ressuscité d'entre les morts : que l'on y croie ou pas, Jésus est le Ressuscité. Or, il faut y insister, pas plus qu'ils n'attendaient la mort de Jésus, les disciples n'attendaient cette résurrection. Qu'un homme revienne à la vie devait être aussi difficile à concevoir pour des juifs du Ier siècle que pour nous aujourd'hui. Aussi étrange que cela paraisse, cette conviction ne cesse d'être embarrassante pour les premiers auteurs chrétiens.

Étonnamment, les traces de cet embarras abondent dans le Nouveau Testament.

Quand Jésus, sur le mont des Oliviers, explique à ses disciples ce qui va lui arriver, ces derniers, étrangement, ne comprennent rien de ce qu'il leur révèle. Quand Jésus ressuscité apparaît aux pèlerins d'Emmaüs, ceux-ci ne réalisent pas immédiatement qui il est, pas plus que les disciples ou Marie-Madeleine, qui ne le reconnaît ni à la vue ni à la voix. Quand, à la fin de l'évangile de Marc, les femmes découvrent le tombeau vide et entendent l'ange leur annoncer la Bonne Nouvelle, « il est ressuscité, il n'est pas ici » (Mc 16,6), elles ne disent rien à personne « car elles avaient peur » (Mc 16,8) (ce n'est qu'au IIe siècle que la finale du texte que l'on peut lire aujourd'hui a été ajoutée, permettant de ne pas clore l'évangile sur ce silence, qui tombe comme un couperet).

Pourquoi la croyance en la résurrection n'a-t-elle donné lieu chez ces écrivains qui ont tellement le sens du récit qu'à des scènes d'apparitions hétéroclites et inconciliables – même si ce sont à chaque fois des moments d'une grande intensité dramatique – et non pas à un récit unique, qui constituerait, narrativement, le noyau fondateur du christianisme ?

Pourquoi ce désordre ?

La résurrection de Jésus est foncièrement déroutante, quand elle ne fait pas rire, comme, dans les Actes des Apôtres, lorsque Paul explique sa foi aux Grecs d'Athènes et qu'ils se gaussent de ses sornettes : « À ces mots de résurrection des morts, les uns se moquaient, les autres disaient : nous t'entendrons là-dessus une autre fois » (Ac 17,32).

C'est bien la moindre des choses, dira-t-on, que la résurrection de Jésus provoque la surprise. « Pourquoi tout ce trouble, et pourquoi des doutes montent-ils en votre cœur ? » dit le Ressuscité selon Luc (Lc 24,38).

Mais pourquoi fait-elle peur aux disciples eux-mêmes, pourquoi est-elle tellement incompréhensible aux yeux de cette poignée de familiers, c'est-à-dire, à travers eux, à ceux qui sont les premiers croyants, les partisans de la première et de la deuxième heure, les « chrétiens » de l'âge héroïque dans la seconde moitié du Ier siècle ?

Un mort vivant

Après un sursaut de désespoir que les évangiles ne dissimulent pas, apparaît chez certains disciples la conviction que Jésus n'est pas mort, qu'il est vivant ! Qu'il est même le Vivant, celui qui vit plus que tous les autres puisqu'il a connu le néant de la mort et qu'il en est revenu : « Pourquoi cherchez-vous le Vivant parmi les morts ? » (Lc 24,5).

Cette certitude ne fut sûrement pas immédiate ni générale chez ceux qui le suivaient. Elle dut être encouragée par le témoignage de certains disciples convaincus que Jésus leur était apparu : ce dont Paul se fait l'écho en répétant au chapitre 15 de la première épître aux Corinthiens une confession de foi très ancienne : « Qu'il a été mis au tombeau, qu'il est ressuscité le troisième jour selon les Écritures, qu'il est apparu à Céphas [Pierre], puis aux Douze. Ensuite il est apparu à plus de cinq cents frères à la fois – la plupart d'entre eux demeurent jusqu'à présent et quelques-uns se sont endormis –, ensuite il est apparu à Jacques [le frère de Jésus], puis à tous les apôtres. Et, en tout dernier lieu, il m'est apparu à moi aussi, comme à l'avorton [Paul] » (1 Co 15,4-8).

Pourquoi lit-on dans l'évangile de Luc et dans celui de Jean d'autres récits d'apparitions du Christ, des « christophanies » plus scénarisées, plus imagées, où le Ressuscité mange, montre ses plaies, s'entretient avec ses disciples, voulant prouver à toute force, malgré les apparences, qu'il n'est ni un spectre ni un revenant ni un fantôme ? « Voyez mes mains et mes pieds : c'est bien moi. Palpez-moi et rendez-vous compte qu'un esprit n'a ni chair ni os, comme vous voyez que j'en ai » (Lc 24,39).

Le concept de la « résurrection », marginal dans le judaïsme, apparaît à l'époque des persécutions des Maccabées aux Ier et IIe siècles avant notre ère. La résurrection est la récompense promise aux justes qui ont accepté le martyre pour ne pas renier leur Dieu. La mère des sept frères martyrisés sous Antiochus a ces paroles : « Aussi bien le Créateur du monde, qui a formé le genre humain et qui est à l'origine de toute chose, vous rendra-t-il, dans sa miséricorde, et l'esprit et la vie, parce que vous vous méprisez maintenant vous-mêmes pour l'amour de ses lois » (2 M 7,23).

Mais cette résurrection ne saurait être individuelle, elle est collective et se produira au moment du Jugement dernier, lors de l'établissement du Royaume de Dieu sur terre.

Si le cas de Jésus correspond indéniablement aux critères du martyre ou du Juste souffrant dans la tradition juive, reste à justifier théologiquement sa préséance. D'où le travail d'exégèse biblique mené par le personnage de Jésus lui-même dans les évangiles pour convaincre ses destinataires qu'il devait, avant les autres, revenir d'entre les morts.

Ce qui lui est arrivé « était écrit ».

Ainsi, dans l'évangile de Luc, le Ressuscité explique aux pèlerins d'Emmaüs ce qui le concerne dans toutes les Écritures, en « commençant par Moïse et parcourant tous les Prophètes » (Lc 24,27). La novation théologique, la solution chrétienne, est d'affirmer que la résurrection individuelle de Jésus est une résurrection anticipée.

Elle porte le signal de la résurrection générale des justes.

Elle contient l'annonce essentielle du christianisme primitif, à savoir que Jésus va revenir bientôt pour prononcer le Jugement dernier et restaurer le Royaume. « Ainsi, pour la plupart des juifs, au temps de Jésus, l'expression Royaume de Dieu évoquait certainement une intervention décisive de Dieu visant à libérer son peuple de la domination païenne », rappelle Pierre-Antoine Bernheim. « Elle annonçait également le jugement des pécheurs et des impies ainsi que l'instauration d'un monde nouveau, conforme aux prophéties bibliques. Dans ce monde idéal, tous, juifs et gentils, honoreront le Dieu d'Israël et respecteront sa volonté[1]. »

---

1. Pierre-Antoine Bernheim, *Jacques, frère de Jésus*, Paris, Noesis, 1996 ; rééd., Albin Michel, 2003, p. 337-360.

À la Fin des temps, Israël sera enfin délivré de ses malheurs.

Tout laisse à penser que, de son vivant, cet espoir était l'espoir même de Jésus : « En vérité je vous le dis, cette génération ne passera pas que tout cela ne soit arrivé », lui fait-on dire dans l'évangile de Marc (Mc 13,30). Cette utopie perdurera jusque dans l'un des écrits les plus tardifs du Nouveau Testament, quand la première épître de Pierre affirmera : « La fin de toutes choses est proche » (1 P 4,7).

La Parousie

Ce que les premiers chrétiens attendent, c'est la « Parousie », c'est-à-dire le retour en gloire de leur Seigneur Jésus. *Parousia* est le terme grec qui désigne la visite solennelle de l'empereur. Jésus est venu une première fois, il a été humilié et outragé, mais il a franchi l'épreuve de la mort et, bientôt, il doit revenir sur terre comme le Seigneur d'un monde nouveau : « le Seigneur, au signal donné par la voix de l'archange et la trompette de Dieu, descendra du ciel » (1 Th 4,16).

Les textes chrétiens, tels qu'ils ont été conservés dans le Nouveau Testament, résonnent presque tous de cette attente.

Écrite vers l'an 55 de notre ère, la première épître de Paul aux Corinthiens se termine ainsi par l'exhortation en araméen : « *Maran atha* » (1 Co 16,22), « Seigneur, viens ! » Dans l'Apocalypse de Jean, écrite quarante ans plus tard, on entend toujours cet espoir : « Le garant de ces révélations l'affirme : "Oui, mon retour est proche !" Amen, viens, Seigneur Jésus ! Que la grâce du Seigneur Jésus soit avec tous ! » (Ap 22,20-21).

Les disciples de Jésus doivent rester sur le qui-vive, car nul ne sait quand cela se produira…

Nous sommes vers l'an 51 quand Paul affirme dans la première épître aux Thessaloniciens : « Vous savez vous-mêmes parfaitement que le Jour du Seigneur arrive comme un voleur en pleine nuit. Quand les hommes se diront : Paix et sécurité ! c'est alors que tout d'un coup fondra sur eux la perdition, comme les douleurs sur la femme enceinte, et ils ne pourront y échapper » (1 Th 5,1-3).

Une dizaine ou une vingtaine d'années plus tard, c'est au tour de l'évangéliste Marc, le premier auteur d'un évangile, de prendre le relais dans les mêmes termes : « Il en sera comme d'un homme parti en voyage : il a quitté sa maison, donné pouvoir à ses serviteurs, à chacun sa tâche, et au portier il a recommandé de veiller. Veillez donc, car vous ne savez pas quand le maître de la maison va venir, le soir, à minuit, au chant du coq ou le matin, de peur que, venant à l'improviste, il ne vous trouve endormis. Et ce que je vous dis à vous, je le dis à tous : veillez » (Mc 13,34-37).

Si, plusieurs décennies après sa mort, il faut continuer à veiller, c'est bien que ses fidèles sont convaincus que le messie Jésus, venu en chair, doit revenir en gloire comme l'ont annoncé les prophètes.

Ses partisans sont des juifs messianistes qui attendent, de manière imminente, le retour de ce personnage hors du commun (mort, il continue pour eux d'être vivant).

Ce sont des juifs « chrétiens », même s'ils n'en portent pas le nom.

Christ ou messie

Très étrangement, autant le mot *christos*, « christ », est surabondant dans tous les textes du Nouveau Testament, soit accolé au nom de Jésus, soit comme synonyme de ce nom, autant le mot « chrétiens », *christianoï* en grec, est rarissime.

Jamais dans les épîtres de Paul, les écrits les plus anciens.

Jamais dans les quatre évangiles.

Trois occurrences en tout et pour tout : une dans la première épître de Pierre (1 P 4,16) et deux dans les Actes des Apôtres (Ac 11,26 et 26,28).

D'où vient alors qu'on ait appelé « chrétiens » les disciples du Christ, mot qui traduit en grec le terme hébraïque *messiah*, « messie », celui qui a reçu l'onction sacrée, l'« oint » du Seigneur ? Seul l'évangile de Jean fait œuvre de traduction : « Nous l'avons trouvé, le messie – ce qui veut dire le Christ » (Jn 1,41).

Pourtant, s'il y a un parallélisme entre « messie » et « christ », l'équivalence n'est pas parfaite. Désigner Jésus comme « le messie », c'est le désigner implicitement, nécessairement, comme « le messie d'Israël », dans toute sa dimension nationale, religieuse et politique. Notons que cette dimension multiple apparaît dans le judaïsme à partir de -350, au cours de la période du second Temple, quand émerge l'idée d'un personnage eschatologique que l'on attend pour délivrer Israël à la Fin des temps.

« Christ » n'a certainement pas la même charge nationaliste, et sans doute est-ce pour cela que, dans ses épîtres à des communautés juives hellénistiques ou pagano-chrétiennes, Paul emploie exclusivement le terme grec. Pour les destinataires de ses épîtres, Jésus est le Christ Jésus ou Jésus-Christ, il doit être de moins en moins le messie Jésus, le messie d'Israël.

Christianoï, un mot gênant

La première mention du terme « chrétiens » apparaît incidemment dans le livre des Actes des Apôtres, ouvrant une piste de réflexion : « C'est à Antioche que, pour la première fois, les disciples reçurent le nom de "chrétiens" » (Ac 11,26). Selon ce récit, les disciples sont allés porter la Bonne Nouvelle hors de Judée, de Galilée et de Samarie : dans la diaspora juive, d'abord en Phénicie, à Chypre et à Antioche, capitale de la province romaine de Syrie et troisième ville de l'Empire romain. C'est alors qu'une communauté a été fondée par l'apôtre Barnabé, lequel se serait adjoint Paul, originaire de la ville de Tarse.

Qu'en déduire ?

Que cette désignation de « chrétiens » n'est pas une désignation interne. Entre soi, on s'appelle « les frères », « les disciples », « la Voie », « les saints ».

Cette désignation vient donc de l'extérieur.

De qui ?

Le mot *christianoï* est un terme grec, mais son suffixe est de formation latine. Il faut en déduire que la dénomination provient non seulement des païens d'Antioche, ville de langue grecque, mais plus précisément de ceux qui emploient le latin, autrement dit l'administration romaine. L'appellation contenait vraisemblablement du mépris, puisque le christ, celui qui a été « oint », peut être vu littéralement comme l'« huileux », le « pommadé », le « gominé ». Et il ne devait pas être vraiment reluisant d'être les disciples d'un « gominé »...

Les Romains auraient ainsi désigné non pas une communauté religieuse (qui leur importait peu), mais les membres d'un clan ou les partisans d'un meneur, susceptible d'entraîner de l'agitation.

Si une « foule considérable », comme le précise le livre des Actes (Ac 11,26), s'était intéressée au message annoncé par les chrétiens, inutile de dire que cela n'aurait pas manqué d'alerter bien davantage les fonctionnaires de l'Empire. Il y a donc dans le terme « chrétiens » une connotation politique mais surtout ironique, que tait superbement l'auteur des Actes.

Juifs messianistes ou païens

Reste une autre énigme que le texte maintient dans un brouillard épais.

Ces « chrétiens » sont-ils une catégorie particulière de juifs, qu'il faudrait alors appeler « messianistes », ou l'embryon de ce qui va faire le succès du christianisme des débuts, une communauté mixte de juifs et de non-juifs attirés par l'annonce du Royaume, voire une communauté entièrement païenne à qui s'appliquerait spécifiquement le terme « chrétiens » ?

Le texte du livre des Actes, comme il en a le talent, louvoie entre les interprétations possibles.

D'un côté, il prend soin de préciser que les missionnaires portent la Bonne Nouvelle « mais sans prêcher la parole à d'autres qu'aux juifs » (Ac 11,19), tout en ajoutant à la ligne suivante : « Il y avait toutefois parmi eux quelques Chypriotes et Cyrénéens qui, venus à Antioche, s'adressaient aussi aux Grecs, leur annonçant la Bonne Nouvelle du Seigneur Jésus » (Ac 11,20). Toute la stratégie du livre des Actes des Apôtres est de fonder l'histoire du mouvement chrétien sur son universalisation hors des limites du judaïsme ; ce judaïsme qui, à la fin du Ier siècle, refuse massivement l'annonce chrétienne.

L'emploi du mot « christ » en est la trace.

Ainsi, les chrétiens ne seront plus des sectateurs du messie d'Israël mais des disciples du Christ.

Chassés de Rome

Si l'on se tourne du côté des sources romaines, le premier auteur, peut-être, à faire allusion à ces « chrétiens » serait Suétone, qui les considère indistinctement comme des juifs.

L'historien écrit en effet dans ses *Vies des douze Césars* que l'empereur Claude chassa les juifs de Rome qui s'agitaient continuellement « à l'instigation d'un nommé Chrestus », *impulsore Chresto* (« Claude », XXV).

La formule est des plus imprécises.

Chrestus ou *chrestos* désigne-t-il nécessairement, sous ce nom estropié, Jésus « le Christ » ? Ne pourrait-il pas être le nom, assez banal, d'un autre personnage, un autre prophète nommé ou surnommé Chrestus, un révolté dangereux ? Voire, tout au contraire, le nom d'un familier de l'empereur qui aurait été à l'origine de la promulgation de la mesure d'expulsion ?

L'enjeu est de taille.

En somme, les disciples de ce personnage, mort ou vif, sont

avant tout « des juifs » accusés de troubler l'ordre public. Vers ces mêmes années, 41 ou 49, un autre écho de l'édit de Claude se trouve justement dans le livre des Actes, lorsque l'auteur signale l'importance jouée à Corinthe par « un juif nommé Aquillas, originaire du Pont, qui venait d'arriver d'Italie avec Priscille, sa femme, à la suite d'un édit de Claude qui ordonnait à tous les juifs de s'éloigner de Rome » (Ac 18,2).

Indéniablement, l'auteur du livre des Actes et même Suétone font preuve d'exagération. La population juive de Rome, à l'époque, comptait environ, estime-t-on, cinquante mille personnes. L'expulsion d'une communauté aussi importante aurait constitué un événement majeur : or Flavius Josèphe, le grand historien juif qui vit à Rome à la fin du Iᵉʳ siècle, n'y fait pas la moindre allusion.

Il faudrait donc entendre que ce sont plutôt certains juifs, quelques fauteurs de désordre, qui ont pu être bannis de la capitale.

Tout particulièrement ce groupe d'agités que constituaient les partisans du mystérieux « Chrestus ».

L'incendie de Rome

Alors que Néron était dans sa résidence d'Antium, le quatorzième jour des calendes d'août, 19 juillet 64 (date anniversaire du jour où les Gaulois avaient pris Rome et l'avaient brûlée, quatre siècles et demi auparavant !), un incendie gigantesque éclate près du Circus Maximus, entre le mont Palatin et le mont Caelius.

Alimenté par les marchandises contenues dans les boutiques alentour et par les habitations en bois, s'engouffrant dans les ruelles, descendant vers le cœur de la ville, le feu dévaste pendant neuf jours et neuf nuits dix des quatorze quartiers de Rome. Trois sont complètement anéantis. D'innombrables maisons, des temples, des monuments, des trésors accumulés disparaissent dans les flammes, jusqu'au palais impérial.

Aussi, au soir de l'incendie, Tacite projette un spectacle d'horreur sur grand écran : « Avec impétuosité, s'étendant partout, l'incendie ravagea d'abord la plaine, puis, s'élançant vers les hauteurs, revenant ravager les bas quartiers, il devança les remèdes par la rapidité du désastre et favorisé d'ailleurs par les chemins étroits, tortueux et sans alignement de la Rome d'autrefois. De plus, les lamentations des gens pris de panique, des femmes, de ceux qui étaient fatigués par l'âge ou des enfants dans l'âge tendre, ceux qui voulaient se sauver eux-mêmes ou en sauver d'autres, en entraînant ou attendant les plus faibles, les uns par leur retard, les autres en se précipitant, tout était obstacle. Souvent, en regardant derrière soi, on était assailli sur les côtés ou par-devant ; si l'on avait réussi à gagner le voisinage, il devenait aussi la proie des flammes et, même les lieux qu'on avait crus le plus loin, on les trouvait dans le même état » (*Annales*, XV, 38).

Néron, qui « voulait de l'incroyable », selon la formule de Tacite, profita de ce feu providentiel pour se faire édifier un nouveau palais, avec lac artificiel, champs, bois, canaux, et lancer les bases d'une ville moderne, élargissant les rues, alignant les maisons, prévoyant un programme d'adduction d'eau, rêvant peut-être de fonder une nouvelle Rome à laquelle il aurait donné son nom, *Néropolis*.

L'historien romain glisse curieusement que, durant l'incendie, des voix défendaient de l'éteindre, et même que des inconnus lançaient des torches en criant qu'ils y étaient autorisés…

De qui s'agissait-il ?

Tacite répond par le doute au doute qu'il sème lui-même : « le hasard ou la méchanceté du prince, on ne sait, mes sources m'ont transmis les deux versions », écrit-il au début de son récit.

Notre vision de Néron a été entièrement faussée depuis la parution à l'extrême fin du XIXe siècle du roman *Quo vadis ?*, qui a propagé l'image d'un empereur sadique et mégalomane – ce qu'il était peut-être, mais pas plus que d'autres empereurs romains. Néron est volontiers représenté comme peureux, aussi veule que lâche, harpiste ridicule et auteur de vers de mirliton, un tyran rêvé pour les scénaristes, auquel Peter Ustinov a prêté un visage inoubliable dans le film de Mervyn Le Roy (*Quo Vadis*, 1951).

Dès sa naissance, Domitius, son père, déclarait qu'« il n'avait pu naître d'Agrippine et de lui rien que de détestable et de funeste à l'État » (Suétone, *Vies des douze Césars*, « Néron », VI). La réalité historique n'est sans doute pas celle-là. Suétone lui-même admet, par exemple, que Néron était un athlète, un remarquable conducteur de char. Mais rien à faire, Néron a une exécrable réputation.

Entre autres crimes et turpitudes, il porte la responsabilité de l'incendie de 64, qui ne fait pas de doute pour Pline l'Ancien (*Histoire naturelle*, XVII, 1, 5), suivi par toutes les sources antiques jusqu'à Dion Cassius au IIIe siècle.

Haine du genre humain

Tous les regards convergent donc vers Néron.

Pour se disculper, l'empereur s'empresse de désigner, après coup, des coupables sur mesure : les chrétiens.

Au chapitre 44 du livre XV de ses *Annales*, Tacite écrit, comme s'il allumait un autre foyer : « Pour mettre fin à ces rumeurs, Néron supposa des coupables et fit souffrir les tortures les plus raffinées à ces hommes détestés pour leurs abominations et que le vulgaire appelait chrétiens. » Il poursuit : « Ce nom leur vient de Christ [*Christos*], qui, sous Tibère, fut livré au supplice par le procurateur Pontius Pilatus. »

Tacite semble bien informé. Pour la première fois, le lien est fait entre le condamné, crucifié en Judée dans les années 30, les chrétiens et leur Christ, signant ouvertement l'entrée en scène de ces personnages inconnus jusqu'alors dans les sources romaines.

Dépourvu de toute l'indulgence que laissaient entendre les Actes des Apôtres, le mot « chrétien » apparaît chez Tacite comme la désignation ouvertement dépréciative d'une populace contre qui la répression est la meilleure solution : « On commença donc par poursuivre ceux qui avouaient, puis, sur leur dénonciation, une multitude immense, et ils furent reconnus coupables, moins du crime d'incendie qu'en raison de leur haine pour le genre humain » (*Annales*, XV, 44).

Pourquoi les chrétiens haïraient-ils le genre humain ?

À cause de leur monothéisme exclusif.

D'une part, les chrétiens ne veulent connaître qu'un seul dieu, mais surtout ils nient l'existence de toute autre divinité. Le dieu des chrétiens ne pouvant partager ni la demeure ni la table des dieux de l'Olympe, les chrétiens rompent avec les lois de l'hospitalité et de la commensalité qui sont les deux plus vieilles lois de l'humanité. D'autre part, leurs particularismes les tiennent hors du monde, hors du contrat social : ils se réunissent en secret et refusent de sacrifier aux dieux de l'Empire.

Pour Tacite, ce qui anime les chrétiens, c'est une « exécrable superstition ». Une superstition, insiste-t-il, qui « perçait de nouveau, non seulement dans la Judée, berceau du mal, mais à Rome même, où tout ce qu'il y a partout d'infamies et d'horreurs afflue et trouve des partisans ». Les chrétiens de Rome sont avant tout coupables d'être chrétiens : d'être des étrangers sans foi ni loi, prêts à abjurer ou à se trahir les uns les autres. On s'est d'ailleurs souvent interrogé sur le point de savoir ce que les chrétiens arrêtés par la police impériale « avouaient ». Avouaient-ils qu'ils appartenaient à cette secte maudite ? Ou qu'ils avaient pris part, d'une manière ou d'une autre, au crime d'incendie ?

Le texte ne permet pas de répondre.

On peut penser que, si les chrétiens avaient été les incendiaires, l'occasion aurait été trop belle de les dénoncer. Mais, à en croire Tacite, l'accusation portée contre eux n'est pas fondée ni prouvée, pas plus que celle contre Néron d'ailleurs. Selon lui, les chrétiens sont des boucs émissaires, des coupables de circonstance, des supposés coupables (*subdidit reos*) qui ont plutôt l'air de victimes : « On fit de leurs supplices un divertissement :

les uns, couverts de peaux de bêtes, périssaient dévorés par des chiens ; beaucoup, mis en croix, étaient, lorsque le jour avait disparu, brûlés pour éclairer la nuit. » Et, pour conclure : « Aussi, quoique ces hommes fussent coupables et eussent mérité les dernières rigueurs, les cœurs s'ouvraient-ils à la compassion, en pensant que ce n'était pas pour le bien public, mais à la cruauté d'un seul, qu'ils étaient immolés » (*Annales*, XV, 44).

Fous de Dieu

Contrairement à l'imagerie saint-sulpicienne qui s'est plu à représenter les premiers chrétiens tels de doux agneaux prônant l'amour du prochain à tout-va, les chrétiens ne constituaient pas nécessairement des communautés paisibles, à Rome moins qu'ailleurs. Cela ne signifie pas qu'ils étaient des insurgés ou des terroristes au sens moderne, non, mais que l'attente imminente de la Fin des temps, l'espérance du retour en gloire de leur Seigneur Jésus attisaient leur impatience.

À la lecture de Tacite, il n'est pas impensable d'imaginer que quelques chrétiens plus fanatiques que d'autres, des fous de Dieu dirait-on aujourd'hui, aient voulu hâter ce moment final et mettre en actes la promesse de Jésus à ses disciples : « Je suis venu jeter un feu sur la terre, et comme je voudrais que déjà il fût allumé ! » (Lc 12,49.)

Ces flammes sur lesquelles souffle Jésus ne sont pas des métaphores.

Elles ne sont pas vraiment les « feux de l'amour » – tellement chers aux commentaires qui balisent les éditions modernes de la Bible pour réduire la violence de cette parole, comme celle de toutes les phrases évangéliques dans lesquelles Jésus porte le fer : « N'allez pas croire que je sois venu apporter la paix sur la terre ; je ne suis pas venu apporter la paix, mais le glaive » (Mt 10,34).

Le feu annoncé par Jésus, dans la foulée de son mentor Jean

le Baptiste, est le feu de la Géhenne, qui brûle à travers toute la tradition d'Israël jusqu'aux écrits de Qumrân, le feu destructeur qui doit anéantir les impies.

Si Dieu permet que la capitale de l'Empire soit la proie des flammes, c'est bien le signe qu'il va intervenir.

Attendre ou agir : dès lors, tel est le dilemme.

Ou prendre les armes, se soulever contre l'oppresseur à l'exemple des zélotes, ces juifs activistes qui déclenchent les deux guerres juives, en 67 puis en 132. Ou, dans l'ascèse, la mortification, la prière, attendre la manifestation divine qui provoquera la victoire sur les forces du Mal.

En tout cas, le calendrier de la Fin des temps est en marche. On va assister à l'enfantement d'un monde nouveau. « Les nations s'étaient mises en fureur ; mais voici ta fureur à toi, et le temps pour les morts d'être jugés ; le temps de récompenser tes serviteurs les prophètes, les saints, et ceux qui craignent ton nom, petits et grands, et de perdre ceux qui perdent la terre », lira-t-on dans l'Apocalypse de Jean (Ap 11,18).

À tout le moins, il est très pensable que, comme les Romains cultivant la science des présages, des chrétiens aient lu dans l'incendie de Rome, symbole même de l'Empire honni, le présage du grand événement attendu. Néron le voyait bien comme la répétition de la ruine de Troie – ce qu'on lui a reproché –, chantant devant les décombres encore fumants, « cherchant, écrit Tacite, dans les antiques catastrophes, des allusions au désastre présent » (*Annales*, XV, 39).

C'est bien ainsi que l'on peut expliquer ce qui demeurerait sinon une énigme : comment Néron a-t-il pu réussir à distinguer les chrétiens des autres juifs, qui vivaient surtout dans le quartier du Trastevere ? Aucun signe distinctif ni regroupement spécifique ne les particularisaient évidemment aux yeux des Romains.

Ce serait leur attitude à l'égard de l'incendie, leur joie, leur exaltation, qui auraient singularisé et désigné les chrétiens de Rome à la vindicte populaire, donc à Néron.

Il faut écouter Renan : « L'horreur que ces derniers témoignaient pour les temples et pour les édifices les plus vénérés des Romains, écrit-il, rendait acceptable l'idée qu'ils fussent les auteurs d'un incendie dont l'effet avait été de détruire ces sanctuaires. Leur air triste devant les monuments paraissait une injure à la patrie. Rome était une ville très religieuse, et une personne protestant contre les cultes nationaux se reconnaissait bien vite. Il faut se rappeler que certains juifs rigoristes allaient jusqu'à ne pas vouloir toucher une monnaie présentant une effigie et voyaient un aussi grand crime dans le fait de regarder ou de porter une image que dans celui de la sculpter. D'autres refusaient de passer par une porte de ville surmontée d'une statue. Tout cela provoquait les railleries et le mauvais vouloir du peuple. Peut-être les discours des chrétiens sur la grande conflagration finale, leurs sinistres prophéties, leur affectation à répéter que le monde allait bientôt finir, et finir par le feu, contribuèrent-ils à les faire prendre pour des incendiaires[1]. »

Religio/superstitio

D'un point de vue romain, toute religion nationale (et spécialement la religion juive) est licite et vénérable (puisqu'elle a des ancêtres). On parle alors de *religio*. Ainsi, dans l'Empire, le judaïsme bénéficie-t-il du statut de religion tolérée. On reconnaît aux juifs des droits, des privilèges, des exemptions, notamment militaires, même si ce statut n'est pas garanti par la loi : c'est une protection de fait, une coutume.

Mais la foi chrétienne (ne parlons pas encore de christianisme) n'est pas la religion d'une nation, pas celle d'une ethnie, ce n'est pas non plus une religion ancestrale et vénérable. C'est une nouveauté religieuse, un particularisme qui, de plus, vient d'Orient. C'est donc l'expression d'une secte ; or le pouvoir

1. Ernest Renan, *L'Antéchrist*, in *Œuvres complètes*, Paris, Calmann-Lévy, 1949, t. IV, p. 1216.

romain a en horreur tous les contre-pouvoirs (même une association d'anciens pompiers semble néfaste aux yeux de l'empereur Trajan !).

Par conséquent, la foi chrétienne n'est pas une *religio* mais une *superstitio*. La *superstitio* reprend, dans les catégories et le vocabulaire latins, ce que les Grecs appelaient la *deïsidaïmonia*, la crainte des démons, y ajoutant l'idée d'une croyance sans fondement, d'une croyance vaine et méprisable. La foi chrétienne est une superstition au sens moderne, une fausse religion, une forme religieuse non civilisée, barbare, qui rejette les dieux de Rome et que ces derniers ne peuvent annexer.

Que le christianisme, pour employer encore ce concept anachronique à l'époque, soit considéré comme une superstition par Tacite comme par Suétone, c'est tout de même là que le bât blesse.

Si le judaïsme bénéficie du statut plus ou moins reconnu de *religio licita*, de religion licite, comment ceux qui sont alors les tenants d'une forme particulière de judaïsme, les chrétiens, peuvent-ils être rangés dans une autre catégorie et poursuivis comme les adeptes d'une *superstitio* ? Ce n'est pas sur le plan religieux qu'ils devraient être dénoncés et condamnés, mais légitimement comme fauteurs de troubles.

La meilleure preuve en est la condamnation à mort de Jésus par les Romains comme criminel politique. Si un crime religieux lui avait été reproché (et lequel ?), Jésus n'aurait pas fini crucifié mais lapidé.

L'affaire aurait été réglée entre juifs.

Or cela n'a pas été le cas.

Hypothèse d'école : quand bien même le comportement hérétique de Jésus lui aurait valu la mort pour des raisons strictement et uniquement religieuses, croit-on que les évangiles n'auraient pas saisi cet argument ? Ne dédouanait-il pas les Romains, au moment où l'on avait besoin de leur neutralité, au moment où l'on aurait pu aiguiser le conflit entre juifs traditionnels et juifs chrétiens, faisant de Jésus la première victime de cette guerre religieuse ?

Ne pouvant occulter la réalité historique, les évangiles inventent purement et simplement des griefs qui n'ont aucune raison d'être dans le judaïsme du Ier siècle.

Jésus n'a pas été condamné par Pilate en tant que dissident religieux, voire comme hérétique, ni en raison des superstitions dangereuses qu'il aurait professées, mais bel et bien comme un criminel politique, en raison de ses ambitions réelles ou supposées de vouloir être « roi des juifs », comme l'attestent, malgré leur gêne et leurs divergences, les récits de la Passion dans les quatre évangiles. Le plus ancien d'entre eux, écrit autour des années 60-70, celui de Marc, sera le premier à tenter de laver Jésus de cette accusation, défendant l'image d'un Christ pacifique. Défense qui sera reprise et amplifiée par Matthieu, lequel imposera pour longtemps l'image d'un Jésus non violent, tendant la joue gauche si on lui frappe la droite (Mt 5,39).

Luc et Jean ne seront pas de reste.

Suétone et Tacite

Suétone et Tacite, mais aussi Pline le Jeune, fin lettré alors gouverneur de la province de Bithynie, écrivant à l'empereur Trajan sa perplexité devant les chrétiens qu'il doit juger, partagent un point commun que l'on néglige trop souvent. Tous trois écrivent au début du IIe siècle, dans la même décennie, entre les années 110 et les années 120 précisément.

Si Pline décrit au présent la situation à laquelle il est confronté, le problème administratif qu'il doit résoudre, Suétone et Tacite font œuvre d'historiens. Contrairement à Pline, Tacite et Suétone racontent par ouï-dire ce qui s'est passé à Rome un demi-siècle plus tôt, sans qu'ils en aient été le moins du monde les témoins : Tacite avait à peine une dizaine d'années à la fin du règne de Néron, quant à Suétone il n'était pas encore né !

Aussi Tacite et Suétone ne sont peut-être pas uniquement les observateurs impartiaux qu'ils ont l'air d'être. Le portrait qu'ils donnent des chrétiens, vaguement pour le second, avec plus de détails pour le premier, peut être aussi, sinon davantage, un portrait des chrétiens de Rome au début du IIe siècle : c'est-à-dire qu'il correspondrait au moment où ce groupe est devenu clairement identifiable, distinct des juifs.

Dans le passage concernant les chrétiens à l'occasion de l'incendie de Rome, Tacite sous-entend que la séparation entre juifs et chrétiens a eu lieu, ce qui demeure vraiment problématique en 64. De fait, il suggère que les juifs n'éprouvaient aucune solidarité envers les « chrétiens », alors que, pour une large part, ces derniers, avant la réforme pharisienne qui va bouleverser le judaïsme d'après 70, d'après la destruction du Temple de Jérusalem, étaient et se voulaient uniquement juifs, comme les autres juifs de leur temps.

D'où il faudrait supposer que les juifs de Rome ne seraient pas pour rien dans la persécution des chrétiens par les Romains, manière habile de se débarrasser de ces trouble-fête…

Cette vision de l'histoire correspond sans doute moins à la réalité historique du moment qu'à la phraséologie du récit chrétien des origines, comme on peut le voir aussi dans les Actes des Apôtres, écrits probablement vers 80-90.

Dans sa *Lettre aux Corinthiens*, écrite vers l'année 90-95, un autre auteur chrétien, Clément de Rome, mentionne d'ailleurs beaucoup la « jalousie », la délation. En clair : les dénonciations de chrétiens faites par les juifs. Avant d'évoquer « une foule immense d'élus qui, à cause de la jalousie, ont subi beaucoup d'outrages et de tortures, en nous laissant un magnifique exemple », il murmure que Pierre et Paul ont été dénoncés par les juifs de Rome, que c'est à cause d'eux qu'ils ont péri – sans que, trente ans après le drame, à vrai dire, il ait l'air d'en savoir plus sur les circonstances et les raisons précises de leur mort.

« Jalousie et envie ont persécuté les colonnes les plus élevées, les plus justes, en les combattant jusqu'à la mort. Jetons les yeux sur les valeureux apôtres. Pierre, victime d'une jalousie injuste, souffrit, non pas une ou deux, mais de nombreuses épreuves. Il finit par rendre témoignage [être martyrisé] et se rendit au séjour de gloire qui lui était dû. La jalousie et la discorde ont permis à Paul de montrer comment remporter le prix de la patience. Chargé sept fois de chaînes, banni, lapidé [...] il rendit témoignage devant les autorités » (Clément de Rome, *Lettre aux Corinthiens*, V, 6 et 1-2).

Feu de paille

« Il n'est pas douteux que ce que Clément exprime ainsi en termes très généraux se rapporte aux massacres qui ont suivi l'incendie de Rome[1] », concluait peut-être hâtivement Maurice Goguel. Quelques pages plus loin, le même auteur s'étonnait d'une étrangeté : « De tous ceux qui ont parlé des massacres de 64, Tacite est le seul qui les ait mis en relation avec l'incendie de Rome. »

Maurice Goguel, qui a été l'un des grands historiens du christianisme, exprime avec acuité le problème que ses nombreux successeurs ne percevront même pas.

Que Tacite soit le seul, en effet, à faire la corrélation entre les chrétiens et l'incendie l'amène à examiner, avec le calme d'un juge d'instruction soupesant les deux plateaux de la balance, les différentes hypothèses de culpabilité : celle des chrétiens, celle de Néron.

Mais Goguel reste aveugle au problème de fond.

Il ne fait que l'effleurer, comme par mégarde, sans en tirer la moindre conséquence, quand il note ceci : « Suétone, qui a écrit peu après Tacite et paraît avoir connu son œuvre, n'ajoute rien à ce qu'il dit. » Certes, mais pourquoi, s'il n'ajoute rien, paraît-il tellement en retrait ?

Si Suétone rappelle bien l'existence de persécutions contre les chrétiens, il ne les lie aucunement à l'incendie de Rome.

1. Maurice Goguel, *La Naissance du christianisme*, Paris, Payot, 1955, p. 555.

Dans les *Vies des douze Césars*, Suétone rapporte que, sous Néron, « on livra au supplice les chrétiens, sorte de gens adonnés à une superstition nouvelle et dangereuse » (« Néron », XVI), mais la mesure de répression est associée à une liste d'interdictions sans queue ni tête : aussi bien les pantomimes ou le vagabondage des conducteurs de quadriges que la vente de denrées cuites dans les cabarets « en dehors des légumes et des herbes potagères »... Fourre-tout qui relativise assez l'importance que les autorités devaient accorder au phénomène chrétien. Des chrétiens qui paraissaient, par nature, aussi dangereux pour les Romains que la viande avariée ou la conduite imprudente.

Dion Cassius, qui a écrit au début du IIIe siècle une *Histoire de Rome*, l'ignore aussi.

Du côté des auteurs chrétiens, ce silence est encore plus surprenant.

Tertullien (v. 150-v. 230) mentionne dans son *Apologétique* la persécution de Néron sans la lier à l'incendie.

Mieux encore, Eusèbe de Césarée, l'auteur de l'*Histoire ecclésiastique*, qui a réuni toutes les sources chrétiennes connues à son époque, particulièrement tout ce qui a trait aux persécutions, ignore que des exécutions aient été déclenchées à la suite de l'incendie de Rome, alors qu'on aurait pu s'attendre à ce que la terreur néronienne constitue la première page du grand martyrologe chrétien, terreur au cours de laquelle Pierre aurait été crucifié (comme Jésus) et Paul décapité (comme Jean le Baptiste). Ce que ne précisait nullement Clément de Rome deux siècles plus tôt.

Or ni les évangiles (à partir de 60-70), ni les Actes des Apôtres (vers 80) ne soufflent mot de la mort des deux apôtres, et il faut toute la bonne volonté de l'exégèse pour lire dans la *Lettre* de Clément de Rome, à la fin du Ier siècle, une allusion ténue à cet événement pourtant capital.

Reste aussi que l'insistance du texte de Tacite sur le nombre de chrétiens, « une multitude immense » – ce qui est aussi une marque de fabrique du livre des Actes et une indication de la lettre de Clément, mais on comprend pourquoi –, ne laisse pas d'étonner chez un historien romain, comme si, dès les années 60 de notre ère, la démographie galopante des chrétiens n'avait pu être endiguée ni par la multitude des arrestations ni par la variété des supplices.

Sulpice Sévère

Revenons au texte lui-même.

Tacite décrit longuement l'incendie, puis les grands travaux de restauration et de rénovation de la Ville qui en ont résulté. Enfin, il se contente d'émettre des doutes sur l'identité du ou des coupables.

Force est de constater que le récit de l'incendie par Tacite se tient très bien, indépendamment de l'incrimination des chrétiens. On peut aisément passer de la fin du chapitre 43 sur l'« embellissement de la nouvelle ville » au début du chapitre 45 sur le financement des travaux : « pour faire affluer l'argent, on ravageait à fond l'Italie, on ruinait les provinces, les peuples alliés, les villes qu'on appelle libres ». Pourquoi Tacite revient-il brusquement en arrière entre les deux ? Pourquoi cette digression du chapitre 44 sur les victimes expiatoires qu'aurait trouvées Néron pour se dédouaner, pour faire oublier ses propres turpitudes ? Si Néron était le parfait tyran que l'on décrit par ailleurs, comment imaginer qu'il ait ressenti le besoin de se disculper, alors que tant de moments tragiques de sa carrière témoignent de son indifférence complète aux crimes qu'il commettait ?

Le texte des *Annales* de Tacite relatant l'épisode de l'incendie de Rome ne sera connu qu'à la fin du IVe siècle, quand l'historien chrétien Sulpice Sévère (v. 363-v. 420), le copiant et l'adaptant, y fera allusion au Livre II de ses propres *Chroniques* (II, 30-41) : « Tel fut », écrit-il au terme de son évocation de l'incendie de Rome, récit très inspiré par la lecture de Tacite, « le commencement des persécutions contre les chrétiens. »

Vénéré pour avoir été le pieux biographe de saint Martin de Tours, Sulpice Sévère a, par ailleurs, été le seul à attester, à partir d'une remarque du même Tertullien, l'existence d'un décret de Néron interdisant le christianisme (« Personne ne peut professer le christianisme »). Mais on ne peut que demeurer sceptique devant ce témoignage, qui ne trouve aucun autre appui historique, et dubitatif en général devant la fiabilité de Sulpice Sévère.

L'hypothèse défendue il y a une cinquantaine d'années par l'historien Charles Saumagne est qu'il existait dans les *Histoires* de Tacite, au Livre V (dont une grande partie a disparu aujourd'hui), une notice virulente contre les chrétiens, mais sans aucun rapport avec l'incendie de Rome[1].

Au IVe siècle, c'est Sulpice Sévère qui, pour justifier son propre récit des *Chroniques*, aurait rassemblé les deux passages de Tacite, insérant dans les *Annales* une notice contre les chrétiens à l'intérieur du récit de l'incendie de Rome, faisant ainsi d'une pierre deux coups.

Ainsi aura-t-il fallu attendre la charnière du IVe et du Ve siècle pour que la persécution chrétienne liée au contexte de l'incendie de 64 apparaisse dans les *Chroniques* de Sulpice Sévère, en même temps que dans le manuscrit le plus ancien que nous connaissions aujourd'hui des *Annales* de Tacite.

Une sorte d'apparition miraculeuse…

Supposition.

En tout cas, le lien entre l'incendie de Rome et le martyre des premiers chrétiens semble aujourd'hui tellement aller de soi, avec une unanimité si confondante, que chaque histoire des premiers temps du christianisme l'enracine un peu plus dans l'histoire, sans discussion possible, au nom de la « tradition » qu'il semble impensable de contester.

Grâce à Néron, empereur persécuteur, grâce à Tacite, his-

1. Charles Saumagne, « Les incendiaires de Rome et les lois pénales des Romains », *Revue historique*, 1962, p. 337-360.

torien indépendant, le récit de l'épisode, fût-il légendaire, est désormais devenu une preuve irréfutable ! Et voici, peint en lettres de feu et de sang, le tableau de la première confrontation entre Rome et les chrétiens. Voici comment l'origine s'illumine pour toujours d'une lueur tragique.

2

Demain l'apocalypse

Dans le livre de l'Apocalypse, des années, dit-on, après la persécution des chrétiens sous Néron – qu'elle soit liée ou non à l'incendie de Rome –, Jean de Patmos s'enflamme de colère contre les Romains. Il appelle Dieu à châtier l'Empire pour ses fautes, à venger les chrétiens de la haine qu'ils subissent au nom du Christ. Le prophète n'a pas de mots assez durs pour dénoncer l'empereur, qu'il accuse d'être le Mal incarné, Satan, l'Antéchrist, la Bête qu'il faut abattre : « Je sais où tu demeures : là est le trône de Satan » (Ap 2,13)

Rome est l'horreur des horreurs, c'est « la grande Prostituée » personnifiée : « Alors l'un des sept anges aux sept coupes s'en vint me dire : "Viens, que je te montre le jugement de la Prostituée fameuse, assise au bord des grandes eaux ; c'est avec elle qu'ont forniqué les rois de la terre, et les habitants de la terre se sont saoulés du vin de sa prostitution." Il me transporta au désert, en esprit. Et je vis une femme, assise sur une Bête écarlate couverte de titres blasphématoires et portant sept têtes et dix cornes. La femme, vêtue de pourpre et d'écarlate, étincelait d'or, de pierres précieuses et de perles ; elle tenait à la main une coupe en or, remplie d'abomination et des souillures de sa prostitution. Sur son front, un nom était inscrit – un mystère ! – "Babylone la Grande, la mère des prostituées et des abominations de la terre." Et sous mes yeux, la femme se saoulait du sang des saints et du sang des martyrs de Jésus » (Ap 17,1-6).

À peine cachée sous le masque de « Babylone » – qui, six cents ans plus tôt, a renversé Israël, détruit Jérusalem et brûlé le Temple –, Rome est la fornicatrice, l'abomination… Le livre de l'Apocalypse est une charge contre la puissance impériale. On dirait même une caricature, « tellement toutes les images employées par Jean en manifestent le caractère monstrueux. Du même coup, Jean ne mâche pas ses mots à l'endroit de ceux qui se sont bêtement inclinés devant la bête : pour lui, ce sont des "lâches", des "infidèles", des "idolâtres", des "menteurs", etc.[1] ».

C'est peu dire que l'Apocalypse est un brûlot antiromain, et l'exception est de taille dans les écrits chrétiens !

En effet, dans la majorité des textes du Nouveau Testament, la complaisance, voire l'obséquiosité, à l'égard du pouvoir politique est la règle sous-jacente. Dans le chapitre 13 de l'épître aux Romains, Paul (ou celui qui écrit sous son nom) affirme : « Que chacun se soumette aux autorités en charge. Car il n'y a point d'autorité qui ne vienne de Dieu, et celles qui existent sont constituées par Dieu. Si bien que celui qui résiste à l'autorité se rebelle contre l'ordre établi par Dieu » (Rm 13,1-2). Dans la première épître de Pierre, on lit : « Soyez soumis, à cause du Seigneur, à toute institution humaine : soit au roi, comme souverain, soit aux gouverneurs, comme envoyés par lui pour punir ceux qui font le mal et féliciter ceux qui font le bien » (1 P 2,13). La leçon est la même tout au long des Actes des Apôtres où l'autorité romaine apparaît comme le recours dans les conflits entre chrétiens et juifs. Et ne parlons pas des évangiles, où, de celui de Marc à celui de Jean, le personnage de Pilate devient de plus en plus positif, jusqu'à sembler l'avocat de Jésus : « Pour ma part, je ne trouve en lui aucun motif de condamnation » (Jn 18,38), déclare-t-il, avant d'envoyer, à contrecœur, son client au supplice.

---

1. Jean-Pierre Prévost, *Pour lire l'Apocalypse*, Paris, Éd. du Cerf, 2006, p. 32.

Un *samizdat*

À l'instar des apocalypses juives, l'auteur de l'Apocalypse voue au diable l'occupant romain, cet empire païen qui occupe la Terre sainte dans la détestation éternelle du judaïsme et des juifs.

Tel un *samizdat*, c'est un appel à la rébellion et à l'insurrection, poussé par la certitude du retour proche du Ressuscité. À la tête d'une armée céleste soutenant la cause de ses fidèles, le Christ viendra anéantir la cité maudite : « Elle s'est changée en demeure de démons, en repaire pour toutes sortes d'esprits impurs, en repaire pour toutes sortes d'oiseaux impurs et dégoutants. Car au vin de ses prostitutions se sont abreuvées toutes les nations, et les rois de la terre ont forniqué avec elle, et les trafiquants de la terre se sont enrichis de son luxe effréné » (Ap 18,2-3).

Les partisans de Jésus, les croyants, doivent s'arracher à Rome, à tout ce qu'elle symbolise : le pouvoir, la force, l'absolutisme, le commerce, l'argent ; tout ce qu'elle est : ses richesses, ses fastes, ses turpitudes ; tout ce qu'elle incarne : le vol, le crime, l'impiété, car il suffira d'un jour pour qu'elle soit accablée de plaies : « Peste, deuil et famine ; elle sera consumée par le feu. Car il est puissant le Seigneur Dieu qui l'a condamnée » (Ap 18,8). Anathème qui, relevons-le au passage, laisse penser que Jean de Patmos, s'il en a eu connaissance, tient pour peu l'incendie de Rome, à côté de ce dont il la menace.

Une telle virulence s'expliquerait par la situation particulière de l'Asie Mineure : « le culte de l'empereur », plus qu'ailleurs, y occupait la scène publique. Depuis la fin du Ier siècle, à partir de Vespasien puis de Domitien, le culte impérial n'était plus seulement destiné aux empereurs défunts, l'empereur régnant aurait été considéré comme un dieu. Mais les spécialistes ne sont pas tous d'accord sur cette interprétation.

« On répète à l'envi la phrase de Suétone qui fait grief à Domitien d'avoir pour la première fois à Rome exigé qu'on se servît, en s'adressant à lui, du titre de *Dominus et Deus* (Seigneur et Dieu). L'affirmation est certainement inexacte : un empereur ne peut espérer être déclaré *divus* ("divin") qu'après sa mort, *deus* ("dieu") jamais[1]. » Du moins, comme le précisent Glen Bowersock et Paul Veyne, « sur l'emploi du mot "dieu" on peut être net et affirmer que jamais personne, ni parmi les lettrés, ni dans le peuple, n'a cru que l'empereur était un dieu *à la lettre* (pas plus que nous-mêmes nous pourrions le croire). Ce mot était une expression exagérée, rendue possible par la conception peu exagérée que le paganisme se faisait des dieux[2] ». En somme, la divinisation était formelle.

Si l'empereur n'était pas un « dieu vivant », sa fonction était sacralisée.

Le culte de l'empereur avait pour objet de mettre en scène cette fiction politique. Ainsi donnait-il lieu, avec le plus d'éclat possible, à un spectacle officiel qui célébrait le pouvoir de Rome jusque dans les provinces reculées d'Orient.

Ce qui explique la radicalité des propos de l'auteur de l'Apocalypse. Mais on ne saurait justifier l'ampleur de sa rage par une réaction à une simple situation locale. Ce n'est pas seulement l'Asie Mineure, c'est bien Rome et l'Empire tout entier que l'Apocalypse promet à la destruction par le feu.

Une destruction radicale, définitive, apocalyptique.

Un mot redoutable

L'apocalypse est un mot qui fait peur.

Aujourd'hui, pour ceux qui ignorent le texte, l'Apocalypse évoque la fin du monde, une suite de cataclysmes, de guerres, de catastrophes conduites par l'Ange de la mort, ravageant tout sur

1. Pierre Prigent, *L'Apocalypse de saint Jean*, Genève, Labor et Fides, 2000, p. 53.

2. P. Veyne, *L'Empire gréco-romain*, *op. cit.*, p. 68.

son passage. Pour les autres, ceux qui se risquent à lire l'œuvre de Jean de Patmos, l'effroi est de nature différente. C'est la découverte d'un monde peuplé de symboles, grouillant d'un imaginaire monstrueux, innervé de phrases énigmatiques, une vague géante de mots cryptés qui semble se dresser devant le lecteur, avant de s'abattre sur lui.

À l'origine, il n'en est pas ainsi.

En grec, *apokalupsis* est formé à partir de deux mots : *apo* qui signifie « loin de », et *kaluptos*, qui veut dire « ce qui est caché », « voilé ». Étymologiquement, le mot « apocalypse » signifie donc simplement « dévoilement de ce qui est caché ». Les Anglo-Saxons le traduisent par « révélation » : *Revelation*, *Book of Revelation*, « le Livre de la Révélation » (même si, en 1923, dans son commentaire, Alfred Loisy signalait que le terme « révélation » était inconnu du reste du texte, et absent des autres écrits du Nouveau Testament attribués à Jean).

« Révélation de Jésus-Christ : Dieu la lui donna pour montrer à ses serviteurs ce qui doit arriver » (Ap 1,1). Jean écrit afin d'éclairer ce qui n'est que ténèbres, pour encourager les croyants et les conforter dans leur piété, les inviter à la patience, à la prière, au combat pour la foi. C'est un texte de mobilisation, d'espoir, la promesse d'atteindre le Paradis quelles que soient les tribulations par lesquelles il faudra passer.

Au cours des siècles, un retournement de sens a eu lieu.

Ce qui au départ était une Bonne Nouvelle, du moins pour les croyants, une annonce de l'« Évangile » – la révélation du retour proche de Jésus en gloire –, est devenu synonyme de ce qui peut arriver de pire à l'humanité.

Au fond, ce retournement n'est pas tellement surprenant. Le ton même du texte, son souffle, ses emportements ne plaident pas pour une vision apaisée et confiante de la condition humaine. Dans le christianisme comme dans le judaïsme, l'apocalypse est un genre terrible qui retentit de bruit et de fureur, du fracas des armes, du cri des martyrs.

Un visionnaire exhorte son peuple à écouter Dieu : il prophétise ce qui va advenir en bien à ceux qui seront fidèles à cette parole et en mal à ceux qui s'en détourneront et qui seront jetés « vivants, dans l'étang de feu, de soufre embrasé » (Ap 19,20).

Jean de Patmos admoneste, menace, condamne, maudit. Il vomit les tièdes, les découragés, les renégats, inventant sa langue à mesure qu'il écrit une œuvre d'une extraordinaire dimension poétique.

Le prophète est un grand imprécateur, semblable dans la littérature moderne à des poètes comme Antonin Artaud ou Ezra Pound. Pound dont les paroles ne détonneraient pas dans l'Apocalypse :

Rabaisse ton orgueil
Que mesquines sont tes haines
Nourries dans l'erreur
Rabaisse ton orgueil
Prompt à détruire, sordide dans la charité
Rabaisse ton orgueil
Je dis rabaisse-le[1]

L'astrologie, la magie sont convoquées, les signes du zodiaque mobilisés aux côtés du bestiaire chrétien. Les bêtes dévorent les chairs, le sang coule, les verges sont de fer et partout la mort tend ses rets au milieu des tourments et de la fournaise. Il n'est pas incompréhensible que les épreuves qui attendent ces croyants, guettant le retour de leur Christ, aient peu à peu effacé des esprits la joie espérée de ce retour pour n'y conserver que larmes, blessures, brûlures, ravages d'un pays de cendres et d'horreurs.

---

1. *Cantos pisans*, LXXXI, in *Cantos*, trad. fr. de Jacques Darras, Yves di Manno, Philippe Mikriammos, Denis Roche et François Sauzey sous la direction d'Yves di Manno, Paris, Flammarion, 2002.

Partout l'apocalypse

L'accouchement qui s'annonce dans la douleur est celui d'un monde nouveau.

L'Apocalypse s'adresse au futur.

Même si c'est un futur proche, si le retour de Jésus est pour « bientôt », tout le texte scrute l'horizon des croyants, les épreuves qui les attendent, les récompenses qu'ils obtiendront à la Fin des temps quand le Christ reviendra sur les nuées pour juger les vivants et les morts.

Cette perspective de la fin de l'histoire est la perspective fondamentale du christianisme des premiers siècles ; celle à la lumière de laquelle les textes doivent être lus pour être compris dans leur temps, dans leur contexte.

Car l'apocalypse n'est pas uniquement dans l'Apocalypse.

L'apocalypse est déjà au cœur de l'évangile selon Marc : « On se dressera, en effet, nation contre nation et royaume contre royaume. Il y aura par endroits des tremblements de terre, il y aura des famines. Ce sera le commencement des douleurs de l'enfantement » (Mc 13,8). Mais encore dans l'évangile selon Matthieu, dans celui de Luc, à travers les épîtres de Paul aux Thessaloniciens ou dans le chapitre 15 de la première épître aux Corinthiens.

La perspective apocalyptique – dans sa forme la plus primitive jusqu'au livre de Jean de Patmos – inscrit fermement le christianisme dans la littérature juive, à commencer par le livre de Daniel annonçant « l'abomination de la désolation » (9,27 ; 11,31), Isaïe, Ézéchiel, Jérémie, les textes juifs non canoniques comme le 1er et le 2e *Livre d'Hénoch*, le *Baruch* syriaque, le *Livre des jubilés*, le *Testament des douze patriarches*, le 4e *Esdras*… « Tous ont fait le mal. Chaque bouche profère le péché, toutes leurs œuvres sont l'impureté et l'abomination, et toute leur conduite est dans l'ordure, l'impureté et la corruption. Eh bien, la terre sera dévastée à cause de toutes leurs œuvres », clame le *Livre des jubilés* (XXIII, 17-18). « Mais maintenant c'est la douleur infinie, c'est le gémissement sans mesure, parce que tu es prospère et Sion est désolée » (*Baruch* syriaque, II, XI, 2), s'afflige le prophète Baruch après la perte de Jérusalem.

Toujours présentes à travers le Nouveau Testament, les traces de cette attente de la Fin sont la mémoire vive de la prédication de Jésus lui-même. En témoignent toutes les annonces apocalyptiques prononcées par Jésus dans les évangiles : alors qu'elles sont démenties par l'histoire, les textes les conservent, comme on conserve des vestiges dont la seule valeur est désormais d'être justement des vestiges, à une époque où les païens qui deviennent plus nombreux ne s'inquiètent guère du sort d'Israël en tant que nation.

Comme l'écrivait magnifiquement Paul-Louis Couchoud : « Là est pour nous le tuf, la lave noire et dure qui témoigne encore du feu primitif[1]. »

Postérité dans l'islam

L'apocalypse va flamber longtemps.

Née dans le judaïsme, transmise aux chrétiens, la tradition apocalyptique sera reprise et développée dans l'islam, où le prophète Jésus joue un rôle comparable à celui qu'il a dans le christianisme primitif. Pour le Coran, Issa (Jésus) est l'avant-dernier messager d'Allah, chargé de révéler l'Heure, c'est-à-dire la Fin des temps : « Il [Jésus] est science de l'Heure. Ne mettez pas l'Heure en doute. Suivez-moi, c'est la voie de la rectitude » (sourate XLIII, 61). Ainsi seront reformulées et réinterprétées pour les musulmans toutes les épreuves déjà promises aux chrétiens et aux juifs dans leurs propres traditions. Avant le Jugement, les fidèles de Mahomet eux aussi devront connaître catastrophes, cataclysmes, épidémies, guerres, chute du soleil et des étoiles, combat contre la Bête, etc.

---

1. P.-L. Couchoud, *Le Dieu Jésus*, *op. cit.*, p. 100.

Peut-être plus que dans tout autre domaine, le thème apocalyptique tisse donc des liens puissants entre les trois monothéismes.

Mais alors que l'idée de la Fin des temps, de l'apocalypse, n'est plus vivace ni dans le christianisme ni dans le judaïsme, sinon parmi des groupes marginaux, l'attente apocalyptique anime aujourd'hui de nombreux musulmans qui voient dans l'Occident – et en particulier dans l'Amérique – la figure contre laquelle doit se mener le grand combat eschatologique au terme duquel Allah régnera comme le seul maître sur la terre : « Au jour où le ciel s'est fendu sur la nuée et que s'opère la descente des anges [...] ce Jour-là est au Tout miséricorde [Allah] » (sourate XXV, 25). C'est dans cette perspective que l'islam politique contemporain, l'islamisme, justifie toutes les actions terroristes menées au nom d'Allah, lisant les passages apocalyptiques du Coran à la fois comme un programme guerrier devant conduire à la nécessaire victoire contre les infidèles et comme une promesse de rétribution céleste pour ceux qui mourront au cours de la bataille.

C'est une constante : que ce soit à l'intérieur des traditions juive, chrétienne ou musulmane, les textes apocalyptiques sont toujours des textes de combat.

Incertain temps

Dans son traité *Contre les hérésies*, l'un des premiers Pères de l'Église, Irénée de Lyon, date la rédaction de l'Apocalypse de Jean de Patmos de la fin du règne de Domitien (qui fut empereur de 81 à 96), donc vers les années 95-96. Irénée, qui écrit au IIe siècle, précise : « S'il était nécessaire que son nom [celui de la Bête, désignée par 666] fût ouvertement proclamé à l'époque présente, il aurait été dit par celui qui a vu l'Apocalypse, car il n'y a pas très longtemps que celle-ci a été vue, mais cela s'est passé presque au temps de notre génération, vers la fin du règne de Domitien » (cité par Eusèbe, *Histoire ecclésiastique*, III, 18, 3).

Le contexte social et politique pourrait confirmer cette présomption.

Entre la fin du Ier siècle et la fin du IIe siècle, des écrits chrétiens comme la *Lettre aux Corinthiens* de Clément ou *Le Pasteur* d'Hermas, des auteurs comme Tertullien ou Méliton de Sardes laissent en effet penser que, au terme de son règne, Domitien persécuta les juifs et les chrétiens qui se seraient refusés à rendre un culte à sa personne. Pourtant, les historiens ont établi qu'il n'y avait pas eu de persécution systématique sous Domitien (dont le portrait, notamment par Suétone, est uniquement à charge).

Il est même remarquable de constater que l'Apocalypse fait si peu allusion à des martyrs : un seul est cité nommément, Antipas – « mon témoin fidèle, qui fut mis à mort chez vous » (Ap 2,13) –, alors que d'autres qui ont été « égorgés pour la Parole de Dieu et le témoignage qu'ils avaient rendu » (Ap 6,9) demeurent anonymes.

D'autres hypothèses ont situé la rédaction de l'Apocalypse plus tôt, à l'époque de Néron (vers 60), ou, au contraire, beaucoup plus tard, vers la seconde moitié du Ier siècle. L'incertitude règne.

Reste à se tourner vers le texte, en espérant que certains indices internes permettent de parvenir à une datation.

Les sept rois

Au chapitre 17, on peut lire en effet une énigme caractéristique du voile qui couvre tant de passages de l'Apocalypse : « C'est ici qu'il faut un esprit doué de finesse ! Les sept têtes, ce sont sept collines sur lesquelles la femme est assise. Ce sont aussi sept rois, dont cinq ont passé, l'un vit, et le dernier n'est pas encore venu ; une fois là, il faut qu'il demeure un peu. Quant à la Bête qui était et n'est plus, elle-même fait le huitième » (Ap 17,9-11).

Sauf à supposer qu'il faut compter pour un les trois empereurs qui ne régnèrent qu'un an, de 68 à 69 (Galba, Othon, Vitellius), parier que l'on doit commencer à Tibère ou à Auguste, décider arbitrairement que le point d'arrivée est Néron ou qu'il est Domitien… il semble aussi désespéré que vain de faire et refaire le décompte des empereurs pour parvenir à dater le livre de Jean de Patmos.

Disons que, si l'auteur avait voulu, même de façon métaphorique, ancrer son texte dans un contexte historique précis, il est raisonnable de penser qu'il aurait fourni au moins un indice permettant de résoudre l'énigme, comme dans les midrashim juifs. Au lieu d'enjoindre simplement au lecteur d'avoir de la « finesse », il lui aurait permis de vérifier que cette finesse s'exerçait à bon escient, qu'elle permettait d'aboutir à un résultat vérifiable.

Plutôt que s'acharner à trouver une introuvable martingale, et si ingénieuses que soient les solutions proposées, mieux vaut accepter pour probable que l'Apocalypse de Jean, comme la plupart des apocalypses juives non canoniques, a été écrite dans la période troublée entre la chute du Temple de Jérusalem (en 70) et la révolte de Bar Kochba (134-135), et s'en tenir par hypothèse aux années 95, tout en sachant bien qu'on ne parviendra à aucune certitude – pas plus que pour la datation de la quasi-totalité des autres textes du Nouveau Testament.

Le catalogue des trois six

L'apocalypse est une littérature belliqueuse dont la violence est d'autant plus grande que la prophétie s'énonce toujours dans une langue obscure, tonitruante, éclairée par l'éclat du fer ou du feu.

L'auteur de l'Apocalypse de Jean est en guerre.

Et à la guerre comme à la guerre…

Peut-être est-ce pour cela que le texte donne si souvent l'impression d'être un champ de bataille où tous les moyens sont bons. Chants, hymnes, cantiques, exhortations, les matériaux s'accumulent, indifférents aux incohérences qui abondent, aux contradictions, aux doubles emplois, comme si Jean de Patmos avait amassé tout ce qui pouvait servir à son propos, à l'intérieur d'un cadre assez fermement tracé selon un modèle rhétorique. Du moins en apparence.

Toute apocalypse – pas uniquement celle de Jean de Patmos – fonctionne sur un système complexe de signes et de symboles. Chaque verset recèle un ou plusieurs secrets que la lecture doit dévoiler. Aujourd'hui, l'Apocalypse de Jean paraît ardue à lire, déconcertante, hermétique, parce que le maniement de ces signes, de ces symboles, les allusions, les sous-entendus nous sont devenus étrangers. Nous n'en connaissons plus les codes.

Sans doute ces énigmes n'en étaient-elles pas pour ceux qui, à l'origine, lisaient ou entendaient le texte. De connivence avec lui, ils devaient comprendre, sans l'aide des exégètes et des spécialistes, ce que signifiaient les sept sceaux, les trompettes célestes, les coupes, le dragon, la bête, les fléaux… Tout cela appartenait à un imaginaire commun, à une culture commune.

Ainsi le célèbre passage sur le chiffre de la bête, le « 666 » qui a fait couler tellement d'encre, ne devait pas être aussi opaque qu'il y paraît. Au contraire, il devait susciter l'adhésion instinctive de ceux qui se sentaient flattés d'en percer facilement le mystère : « C'est ici qu'il faut de la finesse ! Que l'homme doué d'esprit calcule le chiffre de la Bête, c'est un chiffre d'homme : son chiffre, c'est 666 » (Ap 13,18).

Sans renoncer à l'intelligence et au discernement, disons d'emblée qu'il est illusoire de vouloir désigner à coup sûr celui que ce chiffre dissimule – à supposer qu'il cache un personnage historique, ce qui reste un pur postulat !

Une bibliothèque immense pourrait être bâtie afin de contenir toutes les hypothèses imaginées pour déchiffrer ce « 666 », les combinaisons, les calculs, les supputations, les spéculations, les divagations qui aujourd'hui encore fleurissent par centaines dans les ouvrages d'ésotérisme comme sur Internet… La gématrie – la science des chiffres, selon laquelle chaque lettre, en hébreu comme en grec, reçoit une valeur numérique – permet une exploration infinie des textes et de leurs significations symboliques ou cabalistiques.

On peut déchiffrer le symbole du Mal absolu dans le triplement de ce « 6 » qui est, par excellence, le chiffre de l'imperfection, de l'iniquité, de l'apostasie.

À l'inverse, le chiffre 888 sera celui de la perfection absolue, puisque c'est exactement la valeur numérique du nom de Jésus… « Alors viendra vers les hommes le Fils du grand Dieu, revêtu de chair, pareil aux mortels de la terre ; ayant quatre voyelles, la consonne en lui est doublée. Mais je veux te dire le nombre entier : huit unités, autant de dizaines en outre, et huit centaines, voilà ce qu'aux amis de l'incrédulité, aux hommes, le nom révélera [Jésus = 888] ; mais toi, dans ton esprit, pense bien à l'immortel et très haut Fils de Dieu, au Christ » (*Oracles sibyllins*, I, 324-331).

Mais une chose est certaine, pour aboutir, il faut présupposer le résultat avant de faire le calcul !

Ainsi, selon ce qu'on voudra trouver, 666 deviendra le chiffre de Néron (*Kaesar Nero*, d'après la valeur numérique de son nom translittéré en lettres hébraïques) comme celui de l'Antéchrist ou de Lucifer, voire de Hitler…

La lecture ne doit pas craindre de protéger le mystère du texte, qui est une part de son éclat, sachant que nous ne parviendrons jamais à en percer le code secret, sans espérer trouver la clef d'interprétation du grand Tout.

Reste donc à contempler les énigmes de l'Apocalypse comme des étoiles mortes, témoins d'un monde disparu, qui continuent d'émettre leur lumière.

Une foule de Jean

L'Apocalypse de Jean est un des rares textes du Nouveau Testament où l'auteur se nomme : « Moi, Jean » (Ap 1,9).

La tradition chrétienne a progressivement imposé l'idée que ce Jean n'était autre que le compagnon de Jésus, Jean, fils de Zébédée, l'un des deux « fils du tonnerre » selon l'évangile de Marc (Mc 3,17). Telle a été, très tôt, la position d'Irénée de Lyon, qui a revêtu force de loi. Trois affirmations découlent de ce principe :

– l'auteur de l'Apocalypse et celui de l'évangile selon Jean sont un seul et même auteur ;

– cet auteur est l'apôtre Jean ;

– l'Apocalypse remonte à la fin du règne de Domitien.

Mais ces trois propositions ne sont pas compatibles sur le simple plan de la chronologie : si l'auteur est Jean, le fils de Zébédée, compagnon de Jésus, et s'il écrit à la fin du règne de Domitien, vers 95-96, il aurait dû être centenaire ou presque !

Notons au passage que l'auteur de l'Apocalypse ne se déclare jamais « apôtre », ni « disciple », pas plus qu'il ne se qualifie d'« ancien », mais il se nomme « prophète » ou « serviteur ».

Dès le IIIe siècle, un autre auteur chrétien, Denys d'Alexandrie, émettait de sérieuses réserves quant à l'attribution à l'apôtre Jean en se fondant sur une analyse serrée du texte, même s'il reconnaissait que « beaucoup de frères la tiennent avec ferveur ». Sans partager entièrement ce point vue, il ajoutait que, dans le passé, certains ont rejeté le livre : « Ils l'ont critiqué chapitre par chapitre, en déclarant qu'il était inintelligible et incohérent et que son titre était mensonger » (cité par Eusèbe, *Histoire ecclésiastique*, VII, 25).

D'autres commentateurs n'étaient pas davantage persuadés par la théorie d'Irénée : Gaius l'attribuait à l'hérétique Cérinthe, Eusèbe de Césarée doutait de la paternité de Jean et allait même jusqu'à qualifier le livre d'« apocryphe » (*Histoire ecclésiastique*, III, 25, 4).

Au cours des siècles, les chercheurs ne cesseront de se disputer en admettant tantôt le point de vue de Denys d'Alexandrie, tantôt celui de la tradition, sans que les adversaires ou les partisans du texte soient capables d'apporter un argument décisif.

On supposera, pour en finir, une « école johannique » d'où seraient sortis, à des degrés divers, tous les textes regroupés dans le Nouveau Testament sous l'autorité de « Jean » : un « auteur » qui apparaît moins comme un individu que comme une figure tutélaire – presque une marque.

Peu se risquent aujourd'hui à confirmer l'attribution de l'Apocalypse au fils de Zébédée, pas plus qu'à accorder la paternité du quatrième évangile au même auteur, l'énigmatique disciple « que Jésus aimait », qui n'est jamais identifié, ou encore à Jean l'Ancien, le « presbytre », signataire de deux épîtres de Jean.

Comme le montre bien l'analyse stylistique, aucun de ces textes n'est d'une seule main, et il faut accepter de dénombrer dans le Nouveau testament plusieurs auteurs qui se nomment « Jean ». Une foule de Jean que seule la tradition chrétienne ou la force de l'habitude considère comme un unique et même personnage.

Contentons-nous d'admettre que l'auteur de l'Apocalypse s'appelait réellement Jean, et acceptons de ne rien savoir de lui, hormis son nom et sa domiciliation en Asie Mineure : « Je me trouvais dans l'île de Patmos » (Ap 1,9). Patmos : une île aujourd'hui grecque située à proximité de l'actuelle côte turque, qui devait être la première ou la dernière escale pour le voyageur faisant la traversée d'Éphèse à Rome. Et qui, à ce titre, n'était pas une île spécialement déserte ou un lieu de relégation.

À lire le texte, reste l'essentiel : ce Jean était un chrétien animé par la fièvre des Derniers Temps, un prophète possédant la connaissance des Écritures juives, un juif vivant selon la Loi juive, respectant la circoncision, le shabbat, l'observance des interdits alimentaires. Un de ceux que l'on nommera plus tard, par commodité, « judéo-chrétien », un juif chrétien comme il y a dans le judaïsme du Ier siècle des juifs baptistes ou des juifs pharisiens.

Apocalypse de Jésus-Christ

L'Apocalypse dite « de Jean », en réalité, n'est pas la sienne. C'est la révélation de Jésus-Christ parlant au nom du Père ; révélation que le prophète, dernier maillon d'une longue chaîne de communication divine, nous transmet par écrit. Dieu « envoya son Ange pour la faire connaître à Jean son serviteur, lequel a attesté la Parole de Dieu et le témoignage de Jésus-Christ : toutes ses visions » (Ap 1,1-2).

L'auteur de l'Apocalypse n'a pas connu Jésus, ce n'est pas l'un de ses apôtres, ni un évangéliste, ni l'auteur des épîtres attribuées à Jean l'Ancien, c'est un visionnaire qui, au nom de l'autorité que lui confère son parrainage céleste, désigne ses adversaires, si ce n'est ses ennemis, qui les poursuit de son verbe et menace de mille morts ceux qui n'écoutent pas la parole de Dieu.

Parole qu'il a reçue, parole qu'il a « vue ».

« L'Apocalypse est une extase écrite », disait justement Balzac par la voix de Louis Lambert[1], proposant d'écrire la première histoire du christianisme comme celle d'un mouvement mystique.

La parole apocalyptique s'exprime dans le droit fil de la tradition d'Israël. Elle est foncièrement antiromaine, vibrante d'espérance et d'exaltation nationales.

Imaginons Jean de Patmos exilé, loin de tout, n'ayant pour véritable compagnon que ce qu'il écrit, furieux, atrabilaire, d'autant plus exalté que nul n'est là pour entendre ses imprécations, pour répliquer à ses anathèmes.

L'Apocalypse est le cri et la vision d'un homme seul.

Mais derrière lui, tout autour, il y a forcément d'autres croyants, d'autres adeptes, des groupes ou des groupuscules qui sauront transmettre la colère du prophète, l'hypothétique « école johannique ».

---

1. Balzac, *Études philosophiques : Louis Lambert.*

Sept lettres

Passé le prologue, le texte de l'Apocalypse de Jean commence par sept lettres envoyées à sept Églises d'Asie Mineure, de Laodicée à Éphèse.

Le chiffre « sept » étant courant partout dans l'Apocalypse (sept trompettes, sept sceaux, sept coupes, sept candélabres, sept rois, etc.), il est clair que c'est la portée symbolique du chiffre qui prime. Et l'on peut légitimement se demander si ces lettres – curieusement adressées à des anges – témoignent d'une correspondance réelle de l'auteur de l'Apocalypse avec leurs destinataires ou si elles ne sont sous forme épistolaire que pour appuyer le message du prophète ; un message adressé à l'Église tout entière, symbolisée par ce chiffre sept qui est le symbole de la perfection et de la plénitude.

On peut également s'interroger pour savoir si ces lettres aux Églises sont un ajout ultérieur au texte – comme le laisse penser la transition sommaire qui les conclut : « ensuite » (Ap 4,1) – ou si elles constituent, au contraire, sa source originale ; si elles sont de la même main que l'Apocalypse ou si elles ont été écrites « à la manière de », voire rédigées beaucoup plus tôt et reprises ensuite sous le règne de Domitien.

De nombreuses hypothèses ont été formulées pour répondre à ces deux questions. Là encore, aucune n'emporte l'adhésion unanime des chercheurs : pour certains, le caractère fictif des sept Églises est manifeste ; pour d'autres, au contraire, ce sont bien des communautés réelles qui sont interpellées par Jean. Et quand dix défendront l'idée que les lettres font partie intégrante de l'Apocalypse, qu'il n'y a pas d'hiatus entre elles et le reste du texte, vingt démontreront le contraire !

Nous ne nous risquerons pas à trancher ce débat sans fin, préférant mettre en avant le fait que l'auteur de l'Apocalypse choisit de s'exprimer par lettres. Pourquoi par lettres ?

Pourquoi ce choix ?
À quoi renvoie-t-il ?

La synagogue de Satan

Jean de Patmos combat sur deux fronts.

Contre Rome, d'une part, et, d'autre part, contre les « faux juifs ».

À deux reprises, dans la lettre à l'Église de Smyrne et dans celle à l'Église de Philadelphie, Jean de Patmos stigmatise ceux qui « usurpent la qualité de juifs » (Ap 3,9). Les « menteurs » qui forment la redoutable « synagogue de Satan » (Ap 2,9 et 3,9).

Qui est visé par cette insulte ?

Dans l'édition de la traduction œcuménique de la Bible, la TOB, on lit en appel de note à propos de cette dénomination : « Le fondement de cette appellation accusatrice est la conviction répandue dans le christianisme primitif que les chrétiens sont les vrais juifs, le véritable Israël (cf. les épîtres de Paul aux Romains et aux Galates : Rm 2,28-29 ; Ga 3,29 ; 6,16). Dans cette perspective, les juifs qui n'acceptent pas le Christ et favorisent les persécutions contre les chrétiens paraissent avoir renié leur vocation privilégiée : ils ne sont pas les vrais fils d'Abraham mais "les fils de Satan" (Jn 8,44). »

L'autre grande édition moderne de la Bible, la Bible de Jérusalem, évoque quant à elle, pour expliquer l'expression infamante, « le conflit avec le judaïsme » et l'épreuve qui va s'aggraver entre le judaïsme et « l'Église, véritable héritière de l'authentique Israël ».

Dans son ample commentaire de l'Apocalypse, Pierre Prigent abonde en ce sens : « Aux yeux du voyant, pour lequel le peuple de Dieu est formé par les chrétiens, ces juifs ont évidemment cessé de mériter d'appartenir à Israël. Ce sont des faux juifs et leur usurpation trahit leur origine diabolique de deux manières : ils dénoncent aux autorités les chrétiens qui prétendent indûment bénéficier du statut privilégié dont ils jouissent et qui les protège de manière enviable. D'autre part, ils pactisent volontiers avec l'idolâtrie qui domine toute la société[1]. »

L'interprétation traditionnelle incriminant « les juifs » paraît peu contestable.

Il s'agirait d'un conflit théologique, mais aussi d'un conflit d'intérêts entre deux « synagogues », l'une chrétienne, l'autre juive. Toutes deux se disputent les adhésions des craignant-Dieu, les *sebomenoï*, ces païens attirés par le monothéisme, appelés à grossir les rangs et à financer l'une ou l'autre des communautés.

La virulence de l'auteur serait alors à mettre en parallèle avec celle qui ressort des textes des manuscrits retrouvés à Qumrân, traitant leurs adversaires de « congrégation de Béliar », voire celle de la première épître de Paul aux Thessaloniciens, où les juifs « ne plaisent pas à Dieu et sont ennemis de tous les hommes » (1 Th 2,15).

Un échange d'imprécations et d'injures qui serait, au fond, l'ordinaire de la dispute entre les différents courants juifs.

Une autre lecture

Cette interprétation se heurte cependant à plusieurs objections :

Premièrement, considérer que les imposteurs, « ceux qui se disent juifs et ne le sont pas », sont justement les juifs sous prétexte qu'ils ne reconnaissent pas Jésus comme messie d'Israël est pour le moins aventureux, si ce n'est fortement teinté de christocentrisme, voire d'antijudaïsme primaire.

Si nous remplacions le mot « juif » par « communiste » comment lirait-on la phrase « ceux qui se disent communistes et ne le sont pas » ? Y verrait-on une apostrophe à l'encontre des membres du parti communiste ? Dans la phraséologie des années

1. P. Prigent, *L'Apocalypse de saint Jean*, *op. cit.*, p. 115.

1970, on y aurait vu par exemple une mise en cause de trotskistes ou de maoïstes « qui se disent communistes mais ne le sont pas ». Ce qui est une évidence pour les membres du parti communiste !

Si nous revenons maintenant à la formule de Jean – « ceux qui se disent juifs mais ne le sont pas » – elle ne peut que désigner ceux qui prétendent être juifs mais qui, littéralement, ne le sont pas, qui n'ont aucun titre à revendiquer cette qualité, des faux juifs. « Ceux qui se disent juifs et ne le sont pas » sont très précisément les chrétiens païens, qui se proclament « véritable Israël » sans pour autant respecter les principes et les commandements du judaïsme.

Dans la lettre à l'Église de Pergame, l'auteur de l'Apocalypse s'en prend à ceux qui tentent de piéger les « fils d'Israël pour qu'ils mangent des viandes immolées aux idoles et se prostituent » (Ap 2,14) – se prostituer, c'est-à-dire abjurer le judaïsme.

Dans les Actes des Apôtres, à l'issue de ce qu'on appellera plus tard le « concile de Jérusalem », parmi les rares obligations imposées aux païens rejoignant le mouvement de Jésus, il est expressément commandé de s'abstenir « des viandes immolées aux idoles, du sang, des chairs étouffées et des unions illégitimes » (Ac 15,29). Rappelant la force de cette obligation, l'auteur chrétien de l'Apocalypse se situe sans ambiguïté du côté du judaïsme, dans sa ligne la plus stricte, la plus observante ; et c'est pur argument d'autorité que de prétendre que les juifs pactisaient « volontiers avec l'idolâtrie » qui dominait toute la société.

En quoi pactisaient-ils ? Renonçaient-ils aux règles de pureté ? Aux interdits alimentaires ? Au shabbat ? Sacrifiaient-ils à l'empereur ? Adoraient-ils ses statues ?

Ne seraient-ce pas plutôt les juifs qui avaient tout à craindre des communautés chrétiennes venues du paganisme, des « pagano-chrétiens », naturellement à l'aise dans la société romaine et qui faisaient fi des observances juives tout en se revendiquant du judaïsme ?

Deuxièmement, comment cette « synagogue » de Satan

pourrait-elle être une synagogue juive au simple motif qu'on n'y enseignerait pas la leçon chrétienne sur le Christ Jésus ?

Aujourd'hui le mot « synagogue » désigne exclusivement une institution juive, mais, au sens premier, le terme « synagogue » signifiait simplement « assemblée » et il était parfaitement synonyme d'*ekklèsia* qui donnera le mot « église ».

Ne doit-on pas plutôt voir dans cette « synagogue de Satan » une assemblée de païens christianisés, une communauté qui imite l'organisation juive du culte tout en se détournant de l'observance stricte de la Loi au profit de l'Évangile ?

Troisièmement, l'auteur de l'Apocalypse pense sa foi en Jésus dans un cadre juif, dans une perspective juive, comme l'aboutissement d'un judaïsme en quête de sa pureté originelle, qui le lavera de ses péchés et permettra la restauration du royaume d'Israël. Pas un instant dans le texte, il ne songe à s'écarter du judaïsme et encore moins à rompre avec lui. Dès lors, qui, sinon les juifs, seraient loués dans la lettre à l'Église de Philadelphie pour avoir gardé la parole de Dieu sans avoir jamais renié son nom (Yahvé), pour avoir tenu ferme, pour être une colonne dans le Temple de la Jérusalem céleste ? Qui ?

Quatrièmement, pourquoi les juifs auraient-ils dénoncé les « chrétiens » aux autorités romaines, alors qu'ils les comptaient pour quantité négligeable et pensaient les tuer par le silence ?

Ne peut-on envisager, à l'inverse, que des pagano-chrétiens aient tenté de disqualifier les juifs, voire les judéo-chrétiens, auprès des autorités afin de se substituer à eux et de bénéficier des privilèges que les juifs avaient obtenus de l'Empire ? D'autant que, s'il y avait concurrence entre les deux communautés, l'activisme était plutôt du côté des chrétiens, puisqu'ils étaient plus prosélytes que les juifs, qui ne l'étaient guère et ne le sont toujours pas.

Trop de questions en suspens rendent difficile à accepter l'interprétation traditionnelle de ces accusations, à savoir que, de la première épître de Paul aux Thessaloniciens à l'évangile de Jean, les juifs seraient par principe les ennemis des chrétiens.

Si l'on se dégage des rails boulonnés par vingt siècles d'exégèse en cherchant à lire le texte pour ce qu'il dit et non pour ce qu'il est supposé vouloir dire, sa couleur devient tout à fait différente.

L'accusation contre « ceux qui se disent juifs et ne le sont pas », qui forment « une synagogue de Satan » sonne comme l'écho d'un conflit non pas entre « les chrétiens » et « les juifs », mais d'un conflit à l'intérieur de la communauté chrétienne elle-même ! Conflit interne, conflit entre les « judéo-chrétiens », d'une part, fidèles à la Loi, fidèles à Jésus, et, d'autre part, les « pagano-chrétiens », exclusivement fidèles à l'Évangile, fidèles au Christ.

Les adversaires de l'Apocalypse, ce sont Paul et les « pauliniens », les disciples de Paul, qui, s'affranchissant des obligations du judaïsme et de ses règles, se proclament néanmoins « véritable Israël », « Israël de Dieu », héritiers de la promesse divine, propriétaires des Écritures, disqualifiant « ceux de la circoncision » au profit de « ceux de la circoncision de l'esprit ».

Apôtre et faux apôtre

Nous savons que Paul, dans ses épîtres, s'attribuait le titre d'apôtre. Il le revendiquait de droit sinon de fait. « Paul, appelé à être apôtre du Christ Jésus par la volonté de Dieu » (1 Co 1,1), déclame-t-il fortement, récusant d'avance ceux qui lui déniaient ce titre, le traitaient de menteur ou d'imposteur, arguant qu'il n'avait pas connu Jésus « dans la chair ».

Or, dans la lettre à l'Église d'Éphèse, quand Jean de Patmos dénonce « ceux qui usurpent le titre d'apôtre » (Ap 2,2), comment ne pas soupçonner que c'est ce que représente Paul qui est mis en cause ? Un Paul « faux apôtre », « juif qui se prétend juif mais ne l'est pas », animateur d'une « synagogue de Satan ».

Épiphane, chrétien pourfendeur d'hérésies, rapportait au IVe siècle que, pour les ébionites, un groupe de judéo-chrétiens,

Paul était un prosélyte, c'est-à-dire un juif converti né dans la gentilité, circoncis pour briguer la main de la fille du grand prêtre, et qui se serait fait éconduire. D'où son dépit, qui l'aurait amené à enseigner contre la circoncision, le shabbat, la Loi de Moïse…

Élucubrations gratuites ou fond de vérité ?

Au-delà de ce qui n'est peut-être que polémique personnelle, il faut plutôt détecter dans l'Apocalypse une charge contre Paul qui se jouerait à travers la forme même des attaques.

Une attaque construite en sept lettres.

Sept lettres aux sept Églises qui fonctionnent comme des anti-épîtres s'opposant aux épîtres de Paul. Une contre-propagande pour éradiquer le virus paulinien qui menace le christianisme naissant.

Dès lors, qu'importe si ces lettres, intégrées à l'Apocalypse, sont peu ou prou une authentique correspondance ou si elles témoignent d'un autre travail rédactionnel, si elles sont d'un ou de plusieurs auteurs ? C'est leur forme qu'il faut considérer en premier. Leur forme qui justifie leur place dans l'Apocalypse en tant qu'élément majeur de la polémique antipaulinienne.

On objectera que Paul n'est pas nommément cité dans les lettres aux Églises et que rien ne dit expressément que c'est l'apôtre qu'incrimine l'auteur de l'Apocalypse.

Aussi paradoxal que cela puisse paraître, ce silence constitue pourtant un argument supplémentaire contre Paul. Dans la littérature juive contre les hérétiques – et du point de vue du judaïsme Paul, juif d'origine ou prosélyte juif devenu chrétien, est un hérétique –, le silence est toujours préféré à toute autre arme, à tout argument contre ces dissidents. Jésus ou les chrétiens ne sont pas plus nommément cités dans le Talmud ou la Mishna que Paul n'est cité dans les lettres de Jean ou dans les *Homélies pseudo-clémentines*, un des témoignages les plus directs de ce que fut le judéo-christianisme.

Il est donc plus que probable que les lettres aux sept Églises ne lancent pas une machine de guerre contre les juifs qui refusent

Jésus comme messie, mais, bien au contraire, qu'elles montent à l'assaut des pagano-chrétiens, des chrétiens d'obédience paulinienne en tout cas. Ce sont eux qui dévoient la foi en Jésus, car ils suivent l'enseignement de ce « faux apôtre » dont on ne finirait pas de citer les violences contre la Loi et le judaïsme.

Pour reprendre la formule de Renan, l'Apocalypse est « un livre pensé en hébreu, écrit dans un grec calqué sur l'hébreu ». Il n'est donc pas absurde de présenter l'œuvre de Jean de Patmos comme un texte juif (de tradition juive, de culture juive) « christianisé » par son auteur ; christianisé au sens où Jean de Patmos est un juif qui croit, en tant que juif, que Jésus est le messie d'Israël.

Selon Jean de Patmos, Paul et ses disciples ont corrompu le message du Christ. C'est de leur faute si la Fin des temps ne se produit toujours pas. C'est à cause d'eux que la Parousie est retardée, que l'apocalypse n'a pas lieu. Aux yeux de l'auteur de l'Apocalypse, Paul paraissait vraisemblablement aussi dangereux pour la foi, sinon plus, que ne l'étaient Rome et l'Empire, ses autres ennemis irréductibles.

En réalité, l'auteur de l'Apocalypse n'a pas deux adversaires, les juifs et Rome. Il n'en a qu'un, un seul, à la figure de Janus : un païen romain sur une face, un pagano-chrétien sur l'autre.

Là se trouve la cohérence profonde de ce texte, le motif de sa rage. Cohérence religieuse, cohérence « politique » en un sens, qui explique que ses attaques sont toujours tournées dans la même direction, selon une même interprétation, une même théologie de l'histoire.

Sauver le soldat Paul !

L'Apocalypse est, à coup sûr, le texte le plus judéo-chrétien, le plus juif du Nouveau Testament, donc le plus hostile à Paul et aux pagano-chrétiens dont le christianisme dominera ensuite et massivement le Nouveau Testament.

Au regard des textes eux-mêmes, disons que l'incrimination traditionnelle des juifs à travers la « synagogue de Satan » paraît être commandée avant tout par des raisons apologétiques et idéologiques. Le mot d'ordre semble être : il faut sauver le soldat Paul ! Il est plus confortable de supposer des adversaires dans le droit fil de l'antijudaïsme structurel de la littérature néotestamentaire que d'admettre la division des communautés chrétiennes primitives, leur rivalité, voire leur hostilité.

Or n'oublions jamais qu'à l'origine il n'y a pas un christianisme, mais des christianismes ! Ammien Marcellin, compagnon d'armes de l'empereur Julien, constatait à la fin du IVe siècle sous Théodose qu'« il n'y a point de bêtes féroces aussi hostiles aux hommes que le sont entre eux bon nombre de sinistres personnages parmi les chrétiens » (*Res gestae*, XX, 5, 4[1]).

La canonisation des textes à l'intérieur du Nouveau Testament a perverti notre compréhension en harmonisant artificiellement les points de vue, ce qu'ils sont et ce qu'ils disent. Le christianisme de l'Apocalypse – judéo-chrétien – est non seulement aux antipodes de celui de Paul – pagano-chrétien –, mais il le combat, le dénigre, œuvre à sa disparition. Dans l'histoire chrétienne, les positions de Paul l'ayant historiquement emporté, c'est le judéo-christianisme qui, combattu et dénigré, disparaît jusqu'à être effacé de la mémoire chrétienne.

---

1. Cité par Pierre de Labriolle, *La Réaction païenne au christianisme*, Paris, Éd. du Cerf, 2005, p. 435.

3

« Les chrétiens aux lions ! »

Dire que le mot « martyr » vient du grec *martus* et signifie simplement « témoin » ne fait qu'exposer le problème. Le martyr, et plus particulièrement la femme martyrisée, dont sainte Blandine demeure l'icône par excellence, est l'emblème des débuts du christianisme. Ce fut son produit d'appel, dirait-on dans le langage du *marketing*.

Les chrétiens se revendiquent « parti des martyrs » comme, après la Seconde Guerre mondiale, le parti communiste s'affirmera « le parti des fusillés ». Les morts marchent en tête de leur troupe, couverts de sang, armés de leurs plaies : la peinture puis les péplums propageront cette image à foison.

Être chrétien, c'est être martyr.

On lit dans la première épître de Pierre : « Dans la mesure où vous participez aux souffrances du Christ, réjouissez-vous, afin que, lors de la révélation de sa gloire, vous soyez aussi dans la joie et l'allégresse » (1 P 4,13). Le chrétien qui, à travers ses souffrances, revit la passion du Christ atteint Dieu par le martyre.

L'évangile selon Jean faisait dire à Jésus : « Dans le monde vous aurez à souffrir » (Jn 16,33) : la condition de l'homme (ou de la femme) qui souffre se confond avec la condition chrétienne. Les récompenses dans l'autre monde étant à l'aune des tourments endurés dans celui-ci par ceux qui seront persécutés au nom de Jésus. Comme Paul l'écrivait aux Romains : « J'estime en effet que les souffrances du temps présent ne sont pas à comparer à la gloire qui doit se révéler en nous » (Rm 8,18). Ce que Matthieu promet aussi : « Votre récompense sera grande dans les cieux » (Mt 5,12), et ce que confirme l'Apocalypse : Dieu « essuiera toute larme de leurs yeux » (Ap 21,4), en citation du livre d'Isaïe (Is 25,8).

Après le Nouveau Testament, l'histoire chrétienne ne semble être qu'une suite de violences subies par les fidèles de l'Église, de tortures plus épouvantables les unes que les autres, de mises à mort cruelles et injustes, comme si tuer les chrétiens était l'obsession des païens, l'idée fixe de leurs adversaires.

La réalité historique est nettement plus nuancée.

Le jugement de Pline

La plupart du temps, les gouverneurs romains ignoraient et méprisaient les chrétiens, trop peu nombreux, trop insignifiants, trop excentriques pour mériter l'attention d'un dignitaire de l'Empire.

Bien sûr, il y a eu des flagellations, des bastonnades, des tortures ; bien sûr, il y a eu des exécutions, et plus d'une tête a été tranchée sans qu'on prenne la peine de convoquer un tribunal. Mais jamais cela n'a eu lieu dans les proportions que la chrétienté diffusera systématiquement au cours des siècles ultérieurs.

La lettre que Pline le Jeune, gouverneur de Bithynie – région de la Turquie actuelle –, envoie à l'empereur Trajan vers 111 ou 112 est éclairante sur l'embarras des officiels romains devant le phénomène chrétien (*Lettres*, 96) : « Je n'ai jamais assisté à l'instruction d'aucun procès contre les chrétiens ; en conséquence, j'ignore de quoi on les accuse et jusqu'où on a coutume de les punir », écrit-il, avant de se demander s'il faut traiter avec la même rigueur les jeunes et les adultes, s'il y a place pour le pardon ou si le fait d'être chrétien est un crime en soi. Il poursuit : « Est-ce le nom de chrétien que l'on punit même si aucun crime n'a été perpétré, ou sont-ce les crimes attachés à ce nom ? » À nouveau se pose la question de la dénomination. L'appellation de « chrétien » était-elle automatiquement comprise par les autorités romaines comme appartenance à un groupe « séditieux », « rebelle », « terroriste » – c'est-à-dire conforme à l'idée juive du messianisme selon laquelle un homme providentiel, un envoyé de Dieu, devait mettre à bas l'occupation des impies et rétablir Israël dans ses droits, même si, désormais, c'était loin de la Palestine que le christianisme se développait ? Ou le danger chrétien résidait-il dans son exclusivisme, son monothéisme intransigeant, qui faisait vivre les communautés à l'écart de la société païenne, au point que l'équilibre économique de la cité était perturbé ? Les chrétiens de Bithynie suscitent visiblement les récriminations des éleveurs de bétail et des marchands de viandes sacrifiées, se plaignant de la dégradation de leur commerce.

Face à cette situation inédite, Pline demeure perplexe.

Les charges qui pèsent sur les chrétiens lui paraissent dérisoires : « Ils prétendaient que le plus clair de leur faute ou de leur erreur résidait dans l'habitude de se réunir à des jours déterminés et avant le lever du soleil, à chanter tour à tour des hymnes à la gloire du Christ comme s'il eût été un dieu et à avoir pris l'engagement solennel, non de commettre quelque crime, mais de ne se livrer ni au vol, ni au brigandage, ni à l'adultère, de respecter la parole donnée et, devant la justice, de ne point nier un dépôt ; ils ajoutaient que, cela fait, leur coutume était de se séparer puis de se retrouver pour prendre quelque nourriture à la vérité parfaitement ordinaire et innocente. »

Qui sont donc ces chrétiens ?

S'il s'agissait de juifs, il n'y aurait aucun dilemme, Pline saurait que faire. En cas de rébellion – ou de soupçon de rébellion –, ils ne seraient plus protégés légalement et le gouverneur aurait fait donner la troupe ou les aurait livrés au bourreau sans aucun état d'âme.

Les chrétiens (ou du moins les chrétiens de cette région de l'Empire) qu'il doit juger ne sont donc plus des juifs mais des païens. Ils négligent les interdits alimentaires du judaïsme et possèdent leur propre liturgie. Surtout, leur Christ Jésus est vénéré comme un dieu, *quasi deo*, ce qu'aucun juif – même chrétien – ne ferait. Motifs bien futiles, dira-t-on, pour envoyer des hommes et des femmes à la mort, mais la société romaine ne s'embarrassait pas de scrupules moraux quand il s'agissait de faire régner sa loi, aussi cruelle, aussi implacable nous paraît-elle aujourd'hui.

Il est donc assuré que Pline a face à lui des « chrétiens » qui ne présentent d'autre danger pour l'ordre public que de porter un nom politiquement suspect en vénérant le Christ. Des chrétiens qui sont d'autant plus suspects qu'en tant que non-juifs ils devraient adhérer sans réserve à la loi romaine et aux pratiques du culte des dieux de l'Empire.

Pline ne les traite pas à la légère.

Il les interroge une fois, deux fois, trois fois et, s'ils se rétractent, s'ils insultent le nom du Christ – « chose impossible à obtenir de vrais chrétiens » –, s'ils invoquent les dieux et sacrifient par le vin et l'encens devant l'image de l'empereur, il les relâche. Au contraire, s'ils persistent, il les livre à la torture. Et s'ils résistent encore, il fait châtier sur place les esclaves et les affranchis puis expédie au cirque ceux qui sont citoyens romains.

Ce que Pline condamne chez les chrétiens, c'est leur insubordination, leur obstination. Pas leurs opinions religieuses.

La suite de la lettre est plus intriguante, notamment sur le plan de la sociologie, quand Pline parle des chrétiens comme d'une « multitude » : « L'affaire m'a en effet paru demander cela [ces instructions], en particulier en raison du nombre des accusés ; c'est qu'un très grand nombre de gens de tout âge, de toute condition et aussi des deux sexes, sont en péril ou vont s'y trouver sous peu. Et ce n'est pas seulement dans les villes que s'est répandue cette contagion de superstition, mais encore dans les villages et jusque dans les campagnes. »

Qu'est-ce qu'une « multitude » de chrétiens en Bithynie au tout début du IIe siècle ?

Ne serait-ce pas surtout une figure de style ?

Pline veut s'attirer les bonnes grâces de l'empereur, et exagère le nombre des cas qu'il a traités pour conclure qu'après son intervention énergique la vie reprend son cours : « Il est certain en tout cas que les temples, presque désertés, sont à nouveau fréquentés, que sont reprises les cérémonies rituelles, longtemps oubliées, que se vend partout la chair des victimes qui auparavant ne trouvait plus que peu d'acheteurs. »

La réponse de l'empereur sera, d'ailleurs, à la hauteur des espoirs de son gouverneur. Pline recevra une guirlande de louanges pour sa méthode et ses décisions, Trajan écartant seulement que l'on puisse incriminer des chrétiens sur dénonciation anonyme, ce qui est, dit-il, « pernicieux », et « indigne de notre temps ».

Même si certains mettent en doute l'authenticité de cette lettre, leurs arguments ne sont pas assez convaincants pour la rejeter. La lettre de Pline demeure dès lors le témoignage le plus ancien de la comparution de chrétiens devant une juridiction romaine (ce qui est indirectement la preuve qu'il n'existait aucune législation spécifique contre eux).

D'une certaine façon, tout y est : la perplexité des Romains face au christianisme, l'opiniâtreté des chrétiens, l'ambiguïté de leur statut religieux et social… Contrairement à l'image caricaturale du Romain assoiffé de sang chrétien, on lit clairement dans la lettre de Pline, plutôt que la haine d'un soudard, le désarroi d'un lettré romain devant des croyances défiant le simple bon sens, une déraison qu'il s'agit quasiment de traiter médicalement (il dit notamment que, grâce à leur repentir, on pourrait « guérir ces gens »).

Actes des martyrs

Un texte un peu plus tardif, les *Actes des martyrs scillitains*, donne, soixante-dix ans plus tard, un compte rendu certes pas de première main mais en tout cas assez probant. Il nous permet d'entendre ce que pouvait être le dialogue entre un magistrat et plusieurs chrétiens comparaissant dans son tribunal, le 17 juillet 180, cette fois à Carthage :

« Le proconsul Saturninus dit : Vous pouvez obtenir le pardon de notre seigneur l'empereur, si vous revenez à la raison.

Speratus dit : Jamais nous n'avons rien fait de mal, ni participé à aucune iniquité. Jamais nous n'avons rien dit de mal. Au contraire, quand on nous maltraitait, nous avons rendu grâces, parce que nous honorons l'empereur.

Le proconsul Saturninus dit : Nous aussi, nous sommes religieux, et notre religion est simple ; nous jurons par le génie de notre empereur, nous prions pour son salut. Vous aussi vous devez le faire.

Speratus dit : Si tu veux m'écouter tranquillement, je vais t'expliquer le mystère de la simplicité.

Le proconsul Saturninus dit : Tu vas attaquer notre religion ; je ne t'écouterai pas. Jurez plutôt par le génie de notre seigneur l'empereur.

Speratus dit : Moi, je ne connais pas l'Empire de ce monde ; mais plutôt je sers ce Dieu qu'aucun homme n'a vu ni ne peut voir avec ses yeux. Je n'ai pas commis de vol ; si j'achète quelque chose, je paie l'impôt. C'est que je connais mon Seigneur, l'empereur des rois de toutes les nations.

Le proconsul Saturninus dit à tous les autres : Abandonnez cette croyance. [...]

Donata dit : Nous honorons César en tant que César, mais nous ne craignons que Dieu.

Vestia dit : Je suis chrétienne.

Secunda dit : Je le suis, je veux l'être.

Le proconsul Saturninus dit à Speratus : Tu persistes à te dire chrétien ?

Speratus dit : Je suis chrétien.

Et tous firent la même déclaration. »

Malgré cela, le proconsul insiste, insiste encore pour que

les prévenus reviennent sur leurs affirmations, il leur offre un sursis pour réfléchir, puis propose d'ajourner la sentence pendant trente jours afin que les chrétiens réévaluent leur position.

Mais rien n'y fait.

Les chrétiens ne veulent ni réflexion ni sursis ni indulgence. Ils sont ce qu'ils sont, et personne ne pourra les contraindre à abjurer leur foi. Le pauvre proconsul, accablé par leur entêtement, finit donc par les condamner à la décapitation, et les chrétiens vont – ironie macabre – perdre la tête en louant Dieu de leur accorder le martyre.

Le plus étonnant dans ce texte chrétien, écrit pour l'édification d'autres chrétiens – sur le modèle du récit de la comparution de Jésus devant Pilate dans l'évangile de Jean –, c'est qu'il n'accable en rien le proconsul romain. Ce dernier est montré comme un homme plein de longanimité, mesuré, soucieux de la vie de ceux qui lui sont déférés, alors que les chrétiens n'opposent qu'un refus buté à ses avances.

Le christianisme apparaît surtout comme un travers de l'imagination, une folie douce qui enfièvre les femmes, les esclaves, les esprits faibles. Des gens obtus, sans intelligence, même pour les plus éduqués d'entre eux.

Il est vrai aussi que tout ne se passait pas toujours avec autant d'urbanité.

On trouve aussi le témoignage de jugements plus expéditifs.

Ainsi un gouverneur en Espagne interroge un chrétien :

« Tu es évêque ?

– Je le suis.

– Tu le fus.

Et il ordonne de le brûler vif » (*Actes de Fructuosus*, 2[1]).

De manière générale, les sources historiques montrent que les autorités romaines préféreront toujours obtenir des abjura-

1. Cité par Pierre Chuvin, *Chronique des derniers païens*, Paris, Les Belles Lettres/Fayard, 2005, p. 26.

tions plutôt que de faire des martyrs. Comme l'écrivait Marc Aurèle : « Quelle âme forte que celle qui est disposée, à l'instant même s'il le faut, à se séparer de son corps ! Cependant, le fait d'être prêt à mourir doit provenir d'une réflexion individuelle et non, comme chez les chrétiens, d'une pure obstination » (*Pensées*, XI, 3).

« Le christianisme ne pouvait pas être une religion du compromis. Derrière chaque martyre, que les textes choisissent d'insister ou non sur ce point, transparaît le sacrifice de Jésus », analyse Robin Lane-Fox. « Être chrétien, baptisé ou non, revenait à reconnaître la valeur suprême de cette mort altruiste aux mains d'autorités malavisées. Au fond, le christianisme glorifiait la souffrance et la résistance passive. Cet idéal et la récompense qu'il entraînait encouragea-t-il les chrétiens à rechercher l'arrestation[1] ? »

Moulu sous la dent des fauves

À la fin du règne de l'empereur Commode, là encore vers les années 180, quelque part en Asie Mineure, le proconsul Arrius Antoninus doit faire face à l'irruption dans sa cour d'un bataillon de chrétiens excités. Pour le provoquer, non seulement ils proclament leur foi haut et fort, refusent ostensiblement de sacrifier à l'empereur, mais de plus ils l'enjoignent d'appliquer la loi romaine dans toute sa rigueur, réclamant, exigeant d'être envoyés au martyre sans délai. Le proconsul, exaspéré, leur fit cette réponse que le chrétien Tertullien, pourtant favorable à cette forme de mort, rapporte dans sa lettre à Scapula : « Misérables ! Si vous voulez mourir, vous avez des falaises pour sauter et des cordes pour vous pendre ! » *(Ad Scapulam*, 5).

Le martyre volontaire est une invention chrétienne.

---

1. Robin Lane-Fox, *Païens et chrétiens*, Toulouse, Presses universitaires du Mirail, 1997, p. 458.

Le même Tertullien, au début du IIIe siècle, n'hésitait pas à menacer un gouverneur romain d'Afrique du Nord de lancer contre lui « des milliers et des milliers d'hommes et de femmes de tous âges et de toutes conditions » déterminés à se faire tuer pour la gloire de Jésus-Christ, des « kamikazes » avant la lettre. Le Saint-Esprit n'avait-il pas soufflé cette injonction : « Désirez non pas mourir au lit, en couches ou de fièvres douces, mais en martyrs afin de Le glorifier, lui qui a souffert pour vous » (*De la ſuite pendant la persécution*, IX).

Le modèle le plus stupéfiant de cette appétence pour la mort se trouve dans une lettre qu'Ignace d'Antioche est censé avoir écrite aux chrétiens de Rome pendant le trajet qui le menait au martyre, vers 110, sous l'empereur Trajan : « Je vous en supplie, ne me portez pas une pitié importune. Laissez-moi devenir la pâture des bêtes : elles m'aideront à atteindre Dieu. Je suis son froment : moulu sous la dent des fauves, je deviendrai le pain pur du Christ. » Et, plus loin, après avoir encouragé ses amis à « flatter les bêtes » pour qu'elles se ruent sur lui, il prévient que sinon il les flattera lui-même « pour qu'elles me dévorent promptement, non comme certains dont elles ont eu peur et qu'elles n'ont pas touchés ». Ignace d'Antioche prie pour qu'il ne reste rien de lui : « Feu, croix, meute de fauves, lacérations, écartèlement, os disloqués, membres arrachés, corps broyés, que les plus cruels supplices du diable m'accablent. » Ainsi supplicié, il proclame qu'il sera enfin « un véritable disciple de Jésus » (*Lettre aux Romains*, IV, 5).

Texte effrayant de masochisme, de narcissisme, de délectation morbide.

La recherche s'est beaucoup interrogée sur l'authenticité des lettres d'Ignace et, même s'il semble se dégager un consensus pour les juger authentiques, on ne peut oublier l'avertissement que nous lança autrefois Pierre Geoltrain : « Méfiez-vous d'Ignace ! » Mais, qu'elle soit de la main d'Ignace ou d'un autre, cette lettre témoigne d'un état d'esprit dans les premiers siècles du christianisme, d'une orientation religieuse, philosophique, qui, elle, est incontestable. Et il n'y eut pas que l'empereur Marc Aurèle pour y voir « une vulgaire effronterie » (*Pensées*, XI, 3), ou que le philosophe Celse pour s'étonner d'une attitude aussi perverse.

Le martyre volontaire avait pris des proportions telles que les théologiens durent réagir pour élaborer peu à peu, comme l'écrit Glen Bowersock, « une distinction bien tranchée entre le martyre sollicité et une forme plus traditionnelle qui était le fruit des persécutions. Clément d'Alexandrie, Origène, Cyprien et Lactance, tous les grands porte-parole de l'Église primitive, tentèrent de contenir ces ardeurs et de réserver les rangs des martyrs à ceux qui enduraient les souffrances et la mort dans le cadre des persécutions[1] ».

Pour l'Église, trop de martyrs tue le martyre.

N'empêche, cette volonté de mourir pour Dieu, ce quasi-suicide pour rejoindre le Christ eut une influence considérable dans les esprits et fit beaucoup pour la réputation des chrétiens, d'autant que beaucoup de païens les découvrirent à cette occasion.

Martyrs juifs et chrétiens

La tradition juive n'avait pas de mot spécifique pour désigner ceux et celles qui étaient morts pour leur dieu, afin de ne pas renier leur foi.

Cependant, sans jamais utiliser le terme, dans le deuxième livre des Maccabées est relaté le « martyre » de sept frères qui aurait eu lieu vers le IIe siècle avant notre ère : « Il arriva aussi que sept frères ayant été arrêtés avec leur mère, le roi [Antiochus IV] voulut les contraindre, en leur infligeant les fouets et les nerfs de bœuf, à toucher à la viande de porc [interdite par la Loi] » (2 M 7,1). Un par un, les frères subissent les tortures les plus

1. Glen Bowersock, *Rome et le martyre*, Paris, Flammarion, 2002, p. 17.

affreuses sans jamais céder à leurs bourreaux, montrant un courage extraordinaire, écrivant une page héroïque du judaïsme. Quand arrive le tour du septième, le plus jeune, c'est sa mère elle-même qui l'encourage à accepter son sort. Elle l'exhorte à repousser la clémence, assortie d'un poste prestigieux et d'une fortune assurée, que le roi lui propose en échange de l'abandon de ses traditions ancestrales : « Ne crains pas ce bourreau », dit-elle, « mais, te montrant digne de tes frères, accepte la mort, afin que je te retrouve avec eux dans la miséricorde » (2 M 7,29).

Ce texte a été abondamment analysé et aujourd'hui plus personne ne soutient qu'il puisse être contemporain des événements qu'il décrit. Une majorité de chercheurs penchent pour y voir un ajout tardif – peu avant ou juste après 70 et la destruction du Temple de Jérusalem. Beaucoup de juifs avaient été tués dans les affrontements contre Rome et, à ce titre, pouvaient être considérés comme des martyrs, beaucoup plus que de chrétiens exécutés pour christianisme par les Romains. Mais dans le texte des Maccabées on comprend que ce n'est pas tant le nombre qui est en jeu que la forme. Les frères martyrs du deuxième livre des Maccabées rivalisent avec les martyrs chrétiens par leur détermination, leur intransigeance et aussi par une sorte de militantisme mortifère.

Il est donc tout à fait pensable – voire probable – que ce texte ait été ajouté au texte premier des Maccabées comme une réponse juive à la propagande chrétienne, qui, par la célébration de ses martyrs, voulait manifester la qualité supérieure de sa croyance. Par la suite, il n'est pas impossible non plus que le texte des Maccabées ait influencé à son tour les récits chrétiens de martyre, dans une sorte de va-et-vient, d'émulation martyrologique entre les deux traditions.

Ainsi, dans les éditions populaires de la *Vie des Saints*, comme celle publiée en 1895 par l'abbé Jaud, on trouve le récit de sainte Félicité et de ses sept fils présentés clairement comme « nouveaux Maccabées » ; des maccabées chrétiens qui, à leur tour, souffrent le fouet, le bâton, le glaive pour étayer la leçon de morale : « N'écoutez pas la voix de la chair et des sens, mais la voix du devoir et de la vertu. »

Le grand théâtre

Contrairement à une idée fausse, le christianisme ne naît pas dans les campagnes. C'est une religion qui se développe d'abord dans les villes. Et c'est naturellement dans les villes que se trouvent les premiers martyrs dont le souvenir nous est parvenu.

Ainsi le philosophe Justin, martyrisé à Rome vers 150, Polycarpe, à Smyrne vers 155-156, les martyrs de Lyon en 177, Pionios, encore à Smyrne en 250, ceux de Carthage, de Pergame, d'Alexandrie, etc.

Seuls les gouverneurs de province détenaient le *jus gladii* (droit de glaive), c'est-à-dire la possibilité de prononcer des condamnations à mort. Le martyre est donc un phénomène urbain. C'est aussi un spectacle, à l'égal des combats de gladiateurs, dont les joutes avaient lieu dans les cirques des grandes cités. Les chrétiens se sont donc fait un devoir d'utiliser le martyre comme tribune. Le martyre est, selon l'expression d'Origène, le grand théâtre que les hommes offrent aux anges.

La dimension publique est fondamentale.

D'une part, cela permet à un individu anonyme de se singulariser, d'échapper à sa classe d'origine en s'élevant par son supplice au-dessus de toute catégorie sociale, de se faire un nom. D'autre part, mourir aux yeux de tous fait de cette mort un message éclatant, spectaculaire. D'ailleurs, les *Actes des martyrs* en rajouteront à l'envi pour que soit magnifié le sacrifice des martyrs. Ils le rendront toujours plus violent, toujours plus extraordinaire, toujours plus inoubliable. Ils exagéreront l'atrocité des tourments infligés aux malheureux tout en exaltant les miracles qui se produisent dans l'arène, tel celui qui sauve Daniel de la fosse aux lions et que les chrétiens reprendront à leur compte, le lisant comme une intervention de leur dieu et non de Yahvé.

En revanche, typiquement chrétien est le miracle qui se produit lors du supplice du vieux Polycarpe.

Quand les bourreaux allument le feu qui doit le brûler vif, « une flamme jaillit, levant une vive lueur, et ceux d'entre nous à qui il fut donné de le voir et qui ont été gardés vivants pour en porter témoignage contemplèrent ce prodige : le feu s'arrondit en forme de voûte, comme la voile d'un vaisseau gonflé par les souffles du vent, et protégeait le corps du martyr derrière une sorte de rempart. Lui se tenait au centre, non comme une chair qui brûle, mais comme un pain dans le four, ou comme l'or et l'argent purifiés dans le creuset. Et nous respirions des effluves aussi douces que de l'encens ou d'autres aromates précieux » (*Martyre de Polycarpe*, XV, 1-2).

Personne ne peut y croire, mais tout le monde veut croire.

Éviscérés, écorchés vifs, livrés à la corne d'un taureau ou à la dent d'un lion, plongés dans l'huile bouillante, grillés sur des plaques de fer chauffées à blanc, les martyrs chantent toujours les louanges du Seigneur. Ils sont en odeur de sainteté et ne souffrent rien de ce qui les tue : « Ils méprisaient les tortures de ce monde et en une heure ils achetaient la vie éternelle », lit-on dans le *Martyre de Polycarpe* (II, 3).

Le martyr est un saint, un surhomme qui ignore les contingences du corps et la douleur des chairs ravagées.

Dès le IIe siècle, les martyrs sont dûment instrumentalisés au service de la propagande chrétienne.

Propagande

Une propagande par le corps, par le sang, par la mort, mais une propagande dont la puissance traverse le temps, de l'Antiquité à nos jours.

Le président de la République islamique d'Iran, Mahmoud Ahmadinejad, déclarait dans un discours : « Si nous voulons construire notre pays, préserver notre grandeur et régler les problèmes économiques, nous avons besoin de la culture du martyre.

Aujourd'hui, les peuples libres du monde ont choisi la voie de nos martyrs, qui est celle de la grandeur et de la fierté. Le martyre est un raccourci pour atteindre le sommet de la félicité[1]. »

La mort de Socrate pouvait être interprétée comme celle d'une sorte de martyr politique et philosophique, même si aucun texte ne le désigne comme tel. Avec les juifs et les chrétiens on voit émerger une autre conception du martyre, le martyre religieux. Plus particulièrement le concept moderne de « martyre », lié uniquement à cette dimension. Une émergence liée au monothéisme, à ce dieu jaloux qui ne tolère aucune faiblesse dans l'adoration exclusive qu'il impose. Étienne, dans le Nouveau Testament, en serait une sorte de prototype, le premier imitateur de Jésus dans sa Passion.

À l'intérieur du monothéisme, nous avons donc en premier lieu les martyrs juifs, ceux qui meurent pour Yahvé (que ce soit au cours de guerres ou de persécutions), puis les martyrs chrétiens qui, à cette dimension spirituelle, ajoutent celle du volontariat, du désir de mourir pour Dieu, l'idée d'aller au-devant de la mort, quitte à la réclamer avec ferveur ; et enfin, dans l'élan de la conquête arabe au VIIe siècle, le martyr musulman, le *chahid*, qui va pousser la conception du martyre bien plus loin encore, faisant au nom d'Allah du sacrifié un sacrificateur…

Le martyr musulman meurt comme un guerrier de la foi : « De ceux qui sont tués dans la voie de Dieu [au combat], leurs actions ne seront nullement vaines » (sourate XLVII, 4-6). Le *chahid* donne sa vie en prenant celle des païens, des ennemis de la communauté musulmane. Sa vocation est d'en tuer le plus possible – rejoignant paradoxalement le mythe hébreu de Samson, qui trouva la mort en faisant s'écrouler le temple des Philistins où il était enchaîné : « Ceux qu'il fit mourir en mourant furent plus nombreux que ceux qu'il avait fait mourir pendant sa vie » (Jg 16-30).

---

1. Discours prononcé le 24 avril 2008 à Hamedan, à propos des victimes de la guerre Iran-Irak, cité in *Courrier international*, 6 mai 2008.

Entre les trois monothéismes, le cercle est bouclé.

Un cercle de sang dont la trace n'est toujours pas sèche aujourd'hui.

Rétablir la Justice

Qu'ils soient juifs, chrétiens ou musulmans, avant toute chose les martyrs réclament justice. Ils appellent Dieu à leur secours pour rétablir cette justice bafouée par leurs bourreaux, par ceux qui les dénoncent, par ceux qui les font mettre à mort. Dans le deuxième livre des Maccabées, le plus jeune frère déclare au roi qui le condamne : « Et toi, qui t'es fait l'inventeur de toute la calamité qui fond sur les Hébreux, tu n'échapperas pas aux mains de Dieu » (2 M 7-31), et plus loin : « Tu porteras le juste châtiment de ton orgueil » (2 M 7-36). Le chrétien Polycarpe (dans le récit de son martyre) aurait déclaré au proconsul qui l'envoyait au bûcher : « Tu me menaces d'un feu qui brûle un moment et s'éteint ; car tu ignores le feu du jugement à venir et du supplice éternel réservé aux impies » (*Martyre de Polycarpe*, XI, 2).

Tertullien ne parlait pas autrement : « Le juge est attendu, mais vous jugerez les juges vous-mêmes » (*Aux martyrs*, 2). Dans les papiers de Mohammed Atta, le pilote d'un des deux avions qui se sont jetés contre les tours jumelles du World Trade Center en 2001, on aurait retrouvé ce verset 12 de la sourate VIII du Coran : « Je vais jeter l'effroi dans le cœur des mécréants. Frappez-leur le haut du cou ; faites-leur sauter les doigts. »

Au verset suivant, le Coran poursuit sur un ton que ne dénieraient ni les sept frères du livre des Maccabées, ni les chrétiens Polycarpe et Tertullien : « Dieu est rigoureux dans son châtiment. Voilà pour vous ! Goûtez-y donc ! Aux dénégateurs [les non-musulmans] le châtiment du Feu ! »

Du livre des Maccabées au Coran en passant par le *Martyre de Polycarpe*, le dieu invoqué est toujours un dieu vengeur.

Les trois textes pourraient être fondus en un seul sans dommage, sans contresens : « Pour moi, je livre comme mes frères mon corps et ma vie pour les lois de mes pères, suppliant Dieu d'être bientôt favorable à notre nation et de t'amener par les épreuves et les fléaux à confesser qu'il est le seul Dieu » (2 M 7,37) ; « par sa patience il a triomphé du magistrat inique, et ainsi il a remporté la couronne de l'immortalité » (*Martyre de Polycarpe*, XIX, 2) ; « Car combattre sur le chemin de Dieu, c'est obtenir ou mort ou victoire : dans les deux cas Nous lui vaudrons un salaire magnifique » (sourate IV, 74).

Persécutions romaines

Il se peut que Néron ait persécuté des « chrétiens » vers 64 ; en 94, la persécution de Domitien – qui semble être la référence de l'Apocalypse – a peut-être eu lieu, ce n'est pas sûr ; Antonin le Pieux (qui règne de 138 à 161) aurait été lui aussi un persécuteur, mais là encore aucune certitude. Le nombre des persécutions impériales contre les chrétiens reste très difficile à établir, faute de sources fiables. Au ve siècle, les écrivains ecclésiastiques en compteront dix, mais ce chiffre, qui renvoie directement aux dix plaies d'Égypte et aux dix cornes de l'Apocalypse, tient tout de la théologie et rien de l'histoire.

Dans sa réponse à Pline, l'empereur Trajan avait recommandé de ne pas rechercher les chrétiens, et, s'il s'en trouvait devant les tribunaux ou dénoncés par la colère populaire, ce ne pouvait être qu'en fonction de circonstances particulières, jamais au nom d'une volonté délibérée. « Certes, écrivait Trajan, on ne peut instituer une règle générale et en quelque sorte inamovible. »

Aucune trace de persécutions massives et régulières, pas de politique d'élimination systématique des chrétiens, mais des mesures sporadiques, plus ou moins légales, plus ou moins encouragées par les autorités romaines.

Les chrétiens n'étaient certes pas populaires. Tertullien s'indignait qu'ils soient systématiquement rendus responsables de toutes les catastrophes qui s'abattaient sur l'Empire, comme s'il n'y en avait pas eu avant le christianisme : « Le Tibre a-t-il débordé dans la ville, le Nil a-t-il débordé dans la campagne, le ciel est-il resté immobile, la terre a-t-elle tremblé, y a-t-il la famine ou la peste qu'on déclare aussitôt : les chrétiens aux lions ! » (*Apologétique*, XL, 1-2).

Malgré cela, au milieu du IIIe siècle, Origène était bien obligé de reconnaître que l'effectif des martyrs est « facilement dénombrable » (*Contre Celse*, 3, 8). Ce qui s'inscrit en faux contre les affirmations chrétiennes ultérieures selon lesquelles les martyrs ont formé une armée de plusieurs milliers d'hommes et de femmes de tous âges et de toutes conditions.

Mais, à partir de l'an 250, la situation change.

Persécution de Dèce

Après le meurtre de son prédécesseur Philippe l'Arabe, l'empereur Dèce (v. 201-251), natif d'Europe centrale (dans l'actuelle Hongrie), a pris le pouvoir par un coup d'État. Il ne régnera que deux ans. Sentant bien la fragilité de sa légitimité, il décrète presque immédiatement par un édit à caractère général tout à fait exceptionnel que tous les habitants de l'Empire doivent, le même jour, d'un même élan, « sacrifier aux dieux ». L'obligation de sacrifier consistait en offrandes d'encens, libations et consommation de viandes immolées.

La *supplicatio* est un véritable programme religieux de cohésion de la société, elle vise à rétablir symboliquement le lien entre le ciel et la terre, entre Rome et les dieux qui semblaient s'être détournés de l'Empire.

Alors qu'une crise économique secoue la population jusqu'au plus profond des campagnes, l'initiative de Dèce a aussi pour but de fédérer toutes les forces vives de la nation, de stabiliser la situation politique, de combattre l'anarchie qui règne dans l'armée et de renforcer la cohésion nationale autour de sa personne. Les Barbares s'agitent aux frontières et tous les citoyens doivent être mobilisés pour les repousser.

L'édit de Dèce est donc le moyen de ranimer la religion ancienne, de restaurer les vertus républicaines et impériales ; une mesure civique et religieuse à la fois.

Les chrétiens ne sont pas directement ni nommément visés par ce décret impérial. De fait, ils se trouvent en première ligne sur le front du refus.

L'édit va susciter chez eux plusieurs attitudes.

Beaucoup vont apostasier le christianisme et effectuer l'intégralité du sacrifice réclamé, on les appellera les *sacrificati*.

D'autres se limiteront à faire brûler quelques grains d'encens au pied de la statue de la divinité. Ce sont les *thurificati*.

Enfin, de plus rusés, de plus riches, les *libellatici*, se feront établir des certificats de complaisance où, contre argent comptant, on leur remettra un document attestant qu'ils se sont bien soumis aux ordres impériaux. Il est écrit : « À la commission établie pour le contrôle des sacrifices, de la part d'Aurelios Anesis Serenos du village de Théadelphie. J'ai toujours offert des sacrifices aux dieux, et encore maintenant en votre présence, conformément à l'édit, des sacrifices de vin et d'animaux, et j'ai goûté la viande des victimes, et je vous prie de l'attester par votre signature. Portez-vous bien. Signé : Anesis, âgé de 32 ans, accusé à tort. » Suivent les signatures des membres de la commission[1].

En Espagne, on comptera même deux évêques parmi les *libellatici*.

Dans certaines grandes familles, c'est un esclave qui est envoyé pour sacrifier à la place de ses maîtres et se faire délivrer la précieuse attestation, ou encore c'est un membre non chrétien de la famille qui fait bénéficier les siens, grâce à leur procuration, de ce tour de passe-passe.

---

1. *In* Fernand Cabrol, Henri Leclercq et Henri Marrou (dir.), *Dictionnaire d'archéologie chrétienne et de liturgie*, Paris, Letouzey et Ané, t. IV, 1re partie, 1916.

Bien sûr, on peut aussi s'enfuir – une grande partie du clergé le fera, comme Denys d'Alexandrie ou Cyprien de Carthage – au nom de la parole attribuée à Jésus : « Si l'on vous pourchasse dans telle ville, fuyez dans telle autre » (Mt 10,23). On pourra même se réfugier dans les synagogues, puisque les juifs sont dispensés d'obéir à l'édit et n'ont pas répugné à cacher volontiers leurs voisins chrétiens – même si les chrétiens les soupçonnaient d'agir non pour les sauver mais pour les convertir.

Mais il y a aussi ceux qui, par malchance, par manque de moyens, par obstination, par fanatisme, par dignité, se feront prendre et refuseront tout compromis. Parmi eux l'évêque de Rome, Fabien, celui de Jérusalem, Alexandre, celui d'Antioche, Babylas, et même Origène, à Césarée, qui, malgré son grand âge, sera soumis à la torture et en mourra.

Les Romains frappaient à la tête de l'Église pour faire des exemples, ce qui limitait le nombre de victimes. Denys d'Alexandrie ne dénombre que dix hommes et sept femmes exécutés dans la cité d'Égypte pour avoir professé la religion chrétienne.

Vers la fin de l'année 250, la persécution de Dèce s'éteignit peu à peu.

Mais les conséquences allaient être inattendues.

Les *lapsi*

À Carthagène, Cyprien, qui s'était mis à l'abri, dut faire face à une tempête dans les communautés entre les « confesseurs » (ceux qui avaient proclamé leur foi), les martyrs qui avaient survécu, et ceux qui, pour sauver leur vie, avaient renié leur dieu, les *lapsi* (« ceux qui sont tombés, ceux qui ont cédé ») : « À peine revenus de l'autel du diable, les voici qui viennent vers le Saint du Seigneur, les mains encore souillées et infectées des sacrifices aux idoles ! Mâchant encore les viandes des sacrifices, l'haleine toute puante de cette odeur mortelle, ils se précipitent sur le corps du Seigneur… » (*De lapsis*, XV).

La ligne de fracture passera entre ceux qui n'avaient pas touché le sacré païen et les apostats qui avaient sacrifié et qui devront effectuer trois ou quatre années de pénitences. Dès lors, il y aura toujours une sourde hostilité entre les uns et les autres, une blessure jamais refermée. Une hostilité doublée d'un conflit de pouvoir avec les autorités ecclésiastiques, les confesseurs s'affranchissant de toute discipline au nom des souffrances endurées, s'érigeant en juges, offrant ou parfois monnayant des certificats de rectitude chrétienne, comme les fonctionnaires romains monnayaient des certificats de paganisme !

Plus grave encore, le prêtre Novatien, défendant l'idée que l'Église doit être « une assemblée de saints » et non pas une société d'assistance vouée au pardon, soutiendra des positions extrêmement rigoristes, provoquant un véritable schisme dans la communauté romaine quand un *lapsus* sera choisi comme évêque.

Finalement, les partisans de l'indulgence l'emporteront : le nombre des apostats étant si grand qu'il aurait été suicidaire pour l'Église de se séparer d'autant de fidèles, même s'ils avaient failli. « Contre ceux qui ont donné de l'argent pour ne pas être inquiétés, il ne sera porté aucune accusation », écrit Pierre, l'évêque d'Alexandrie.

Les édits de Valérien

Dèce meurt dans les marais d'Abrittus (l'actuelle Razgrad en Bulgarie) au début de l'été 251, au cours d'une bataille contre les Goths. Après le bref intermède de Trebonianus Gallus, Valérien est porté à la tête de l'Empire par les légions romaines. D'abord favorable aux chrétiens, comme en témoigne Denys d'Alexandrie, pour des raisons politiques il se retourne contre eux en 257 et promulgue des édits très durs qui les visent plus spécifiquement à travers leurs élites ou leur culte.

Un premier édit oblige le clergé à sacrifier aux dieux et interdit les réunions de chrétiens, même dans les cimetières.

Un deuxième édit prévoit la peine capitale pour ceux qui n'auraient pas obtempéré. « Valérien, dans un rescrit au Sénat », relate Cyprien de Carthage, « a donné ordre que les évêques, les prêtres et les diacres soient exécutés sur-le-champ, que les sénateurs, les personnages de qualité et les chevaliers romains soient privés de leur dignité et de leurs biens et, s'ils continuent malgré cela à se dire chrétiens, qu'ils soient mis à mort, que les matrones soient dépouillées de leurs biens et envoyées en exil, que les césariens [officiers de finance] qui ont confessé le Christ auparavant ou le confesseront maintenant aient leurs biens confisqués, et soient eux-mêmes mis aux fers et envoyés dans les domaines de la couronne et qu'on en dresse un état » (*Lettres*, 30, à Successus).

Comme d'autres évêques et diacres, Cyprien, qui avait échappé à la persécution de Dèce, n'échappa pas à celle-là. Le jugement porté contre lui fut sans appel : « Thascius-Cyprianus sera immédiatement décapité comme l'ennemi des dieux de Rome et comme chef d'une association criminelle qu'il avait entraînée dans une résistance sacrilège aux lois des très sacrés empereurs Valérien et Gallien » (*Actes proconsulaires*, IV).

Mais la persécution de Valérien fut de courte durée. En 260, l'empereur tombe aux mains des Perses.

Peu après, son fils, Gallien, proclame un édit de tolérance, jugeant que les persécutions étaient vaines et inutiles, que les chrétiens devaient être intégrés à la *civitas* païenne et non plus exterminés. Aussi leurs biens leur furent-ils restitués, ainsi que leurs cimetières et leurs sanctuaires. Les chrétiens retrouvent alors une place normale dans la société.

La Grande Persécution

Pendant près de quarante ans, les chrétiens vont s'installer au grand jour dans la vie de l'Empire. Ils peuvent croire qu'on ne les inquiétera plus. C'est ce que l'on nomme « la petite paix de l'Église ».

Mais en 303-304, coup de tonnerre, tout s'effondre : après avoir consulté l'oracle d'Apollon à Didymes, Dioclétien publie quatre édits contre les chrétiens qui déclenchent la troisième persécution. Ce sera la persécution la plus redoutable, d'autant qu'elle apparaît après vingt années d'un règne qui a respecté le *statu quo*. Pour preuve, à Nicomédie, l'empereur peut même voir une église en face de son palais !

L'histoire chrétienne désignera cette période comme « la Grande Persécution ».

En 297, Dioclétien avait déjà promulgué un édit contre les manichéens, disciples du prophète Mani, une religion nourrie de christianisme qui avait le double tort de venir de Perse – l'ennemi de toujours – et d'être un danger mortel pour la religion romaine : « les manichéens sont opposés à ce que les dieux nous ont autrefois donné », écrivait Dioclétien à un gouverneur d'Afrique. Mais, après l'écrasement des Perses en 298, l'attention de Dioclétien se focalise peu à peu sur les chrétiens.

Animé par un grand dessein ultraconservateur, prônant le retour aux valeurs fondamentales de Rome et aux cultes ancestraux, le rétablissement de la grandeur et de l'intégrité de l'Empire, Dioclétien décide d'effacer méthodiquement les chrétiens de l'histoire.

Le christianisme, comme le manichéisme, n'est pas une religion « nationale », c'est une religion « étrangère ».

Le christianisme, comme le manichéisme, est un adversaire intransigeant du polythéisme impérial et romain.

Le christianisme, comme le manichéisme, a contaminé toute

la société jusqu'à la cour de l'empereur, comme une « cinquième colonne » d'apatrides et d'athées.

En février 303, jour de la fête romaine des *Terminalia*, dont le nom est de bon augure pour en terminer avec l'impiété, son premier édit prescrit la destruction des églises, la confiscation et la destruction des livres liturgiques et des objets du culte. Les réunions chrétiennes sont interdites, les chrétiens ne sont plus admis à témoigner en justice, les aristocrates sont déchus de leur rang et les affranchis ramenés à la condition d'esclaves. Les mesures visent à démanteler l'organisation chrétienne, mais la peine capitale n'est pas prévue contre ceux qui ne se soumettraient pas aux ordres de l'empereur. Cette disposition n'apparaît pas non plus, quelques semaines plus tard, dans le deuxième édit, qui ordonne l'emprisonnement de tous les membres du clergé.

Seul le troisième édit requiert systématiquement la mort contre les chrétiens qui refusent d'abjurer et de sacrifier aux dieux. « Dioclétien », écrit Lactance, « contraignit sa fille Valeria, puis Prisca son épouse, à se souiller d'un sacrifice. On mit à mort les eunuques naguère tout-puissants, naguère les plus fidèles soutiens du Palais et de l'empereur. On arrêta les prêtres et les diacres ; condamnés sans qu'on eût procédé à la moindre enquête, sans qu'ils eussent fait le moindre aveu, ils étaient emmenés au supplice avec tous les leurs. Les arrestations n'épargnaient ni l'âge ni le sexe ; toutes se terminaient par le bûcher, et si grande était la foule des condamnés qu'on ne les exécutait plus individuellement, mais qu'ils étaient rassemblés en masse au centre d'un immense feu » (*De la mort des persécuteurs*, II, 12, 13, 15).

Quant au quatrième édit, au printemps 304, il revient à la procédure de Dèce et oblige tous les citoyens à manifester publiquement leur adoration aux dieux et à l'empereur sous peine d'être exécutés ou envoyés aux travaux forcés.

La persécution de Dioclétien eut des effets très différents selon les régions. Tantôt, seul le premier édit fut appliqué, tantôt seulement le deuxième, en tout cas jamais les quatre de manière coordonnée et systématique. Et cela d'autant plus que les chrétiens avaient réussi à se faire accepter et respecter dans beaucoup d'endroits, en Orient comme en Occident.

Il n'y avait plus envers eux une hostilité populaire telle qu'elle avait pu s'exprimer dans le passé, et de nombreux magistrats regardaient le christianisme comme une religion paisible dont les adeptes ne causaient aucun trouble public et payaient leurs impôts. Quant aux fonctionnaires impériaux requis pour faire appliquer les édits, on sait qu'ils ne montraient pas un zèle excessif, quand ils ne se laissaient pas corrompre. Plus d'un exemple prouve que, par indifférence ou par cupidité, ils fermaient volontiers les yeux si on leur remettait comme livres prétendument chrétiens d'autres livres, des ouvrages hérétiques, des manuels scientifiques, des textes profanes qui n'avaient rien à voir avec la Bible. On sait aussi, par Eusèbe, qu'un simulacre d'apostasie suffisait à contenter les officiers romains, « tant il leur importait de paraître en toute manière avoir réussi » (*Martyrs de Palestine*, I, 4-5).

Malgré cela, Eusèbe de Césarée, notre principale source d'information, n'hésite pas à compter les morts par centaines, hommes, femmes, enfants, soumis à des tortures dignes du cercle de l'enfer qu'inventera Sade dans *Les Cent Vingt Journées de Sodome*.

« Tantôt ils périssaient par la hache, comme il est arrivé à ceux d'Arabie ; tantôt ils avaient les jambes brisées, comme cela s'est produit pour ceux de Cappadoce ; et parfois ils étaient attachés la tête en bas et suspendus par les pieds, tandis qu'un feu doux était allumé sous eux, si bien qu'ils étaient étouffés par la fumée de la matière enflammée, comme cela se produisait en Mésopotamie ; parfois encore on leur coupait le nez, les oreilles, les mains, et on dépeçait les autres membres et parties du corps, comme il arriva à Alexandrie. Me faut-il ranimer le souvenir de ceux d'Antioche, rôtis sur des grils portés au rouge, non pour les faire mourir mais pour les supplicier longuement ? » (*Histoire ecclésiastique*, VIII, 12, 1-2.)

La délectation morbide d'Eusèbe, dont ces lignes ne donnent qu'un faible goût, contient en puissance ce qui deviendra au Moyen Âge, sous la plume de Jacques de Voragine, *La Légende dorée*, immense répertoire des supplices qui porte bien son nom : une légende.

« Dans ces combats », écrit encore Eusèbe de Césarée, « ont brillé, sur toute la terre habitée, les magnifiques martyrs du Christ. [...] Faire mention de chacun par son nom serait long, pour ne pas dire impossible » (*Histoire ecclésiastique*, VIII, 12, 11).

En réalité, le nombre des victimes demeure aujourd'hui, pour les historiens, impossible à évaluer. Plusieurs centaines de morts, quelques milliers, moins d'une dizaine de mille en tout cas, et comparativement beaucoup plus en Orient qu'en Occident (presque aucun martyr en Gaule, par exemple).

Si l'on considère l'exemple de l'Afrique, un des grands bastions du christianisme à l'époque, il y eut certainement un nombre conséquent d'exécutions, il y eut aussi beaucoup de désertions, beaucoup de faiblesses, notamment dans le clergé : ainsi, de nombreux évêques livrèrent sans protester les livres saints et les objets liturgiques, devenant ainsi des *traditores*.

Le rêve de Perpétue

Si les sources historiques sont défaillantes pour dénombrer l'effectif exact des martyrs jusqu'au début du IVe siècle, la littérature chrétienne saura combler ce vide par une surenchère d'horreur et de sang.

Par rapport au nombre de victimes, réel ou supposé, il faut reconnaître que l'impact des persécutions de Dèce, Valérien et surtout Dioclétien fut extraordinaire.

Il aurait plutôt provoqué un mouvement inverse à celui qu'avaient escompté les empereurs romains. Les adhésions au christianisme se multiplièrent. D'une part parce que certains chrétiens forçaient l'admiration en allant à la mort avec une dignité et un courage relevant des plus fortes vertus romaines, d'autre part parce que se répandirent les récits de martyre, qui furent d'une efficacité redoutable dans la propagation de la foi.

Un des plus beaux, en tout cas des plus significatifs, est celui de Perpétue, qui fut exécutée avec ses compagnons plus tôt, en 203, à Carthage.

Dans le récit de son martyre, Perpétue raconte un rêve : « Je vis alors une grande foule regardant attentivement le spectacle. Je savais que j'étais condamnée aux fauves, aussi étais-je fort surprise qu'on n'en lançât aucun contre moi. Alors s'avança contre moi un Égyptien repoussant. Avec ses suppôts il s'apprêtait à me combattre. Au même moment, de beaux jeunes gens se rangèrent à mes côtés. C'étaient mes aides et mes partisans. On me déshabilla et je devins un homme. Mes partisans se mirent à m'enduire d'huile comme cela se fait dans les combats. Face à moi, je vis l'Égyptien se rouler dans le sable. Alors s'avança vers moi un homme d'une taille extraordinaire ; il était si grand qu'il dépassait le faîte de l'amphithéâtre. Il portait une tunique avec deux pans de couleur pourpre sur ses épaules et sa poitrine. Ses chaussures étaient brodées d'or et d'argent. Il portait une bague comme le chef des gladiateurs. À ce moment, je me réveillai. Je compris que je combattrais non contre des fauves, mais contre le Diable. Et j'étais sûre de la victoire » (*Martyre de Félicité et de Perpétue*).

Pour le chrétien, les martyrs sont des athlètes comparables à ceux qui se produisent au cirque et dans les stades. Avant Perpétue, Blandine avait été louée pour sa force d'âme et son endurance. Dans la littérature, on leur attribuera souvent une « couronne », comme à l'empereur triomphant la tête ceinte de lauriers, et l'iconographie chrétienne montrera plus d'un martyr tenant la palme du vainqueur.

L'héroïsme s'inverse. Celui qui l'emporte n'est pas le gladiateur qui tient le glaive mais celui qui reçoit le coup et verse son sang dans l'arène.

La victime vole la gloire à son bourreau. Persuadée que

mourir pour Dieu l'assure de la félicité éternelle, certaine que la colère divine s'abattra contre son assassin. Mais, plus encore que le martyr, la femme martyre, de Blandine à Perpétue en passant par sainte Sofia San d'Oro et des dizaines d'autres, est la figure de proue du martyrologe chrétien.

Chez les païens, le christianisme avait la réputation d'être une religion de femmes pour les femmes, et c'est vrai que, même si les femmes n'ont pas toujours le beau rôle dans les textes chrétiens (voir Marie, la mère de Jésus, maltraitée dans les évangiles canoniques, jusqu'au « Que me veux-tu, femme ? » (Jn 2,4) que lui lance Jésus dans l'évangile de Jean), en tout cas elles y ont une place. La femme – fille, sœur, épouse ou mère – a un statut inférieur à celui de l'homme, voire aucun statut si elle est servante ou esclave. Les femmes qui meurent au cirque trouvent enfin dans la mort ce qui leur est refusé dans la société antique, une égalité avec les hommes, voire une supériorité.

Avec les femmes martyres s'opère ainsi une nouvelle inversion des valeurs.

Non seulement la mort est une victoire, mais la femme supplante l'homme, l'esclave domine le maître. Elle se dégage de sa condition inférieure et s'élève à l'égal de son père, de son frère, de son mari, voire les dépasse.

Il n'empêche qu'une question demeure : quel crédit accorder au « témoignage » d'une personne du sexe dit faible ?

Les évangélistes avaient déjà affronté la difficulté : c'étaient les femmes qui avaient fait la découverte du tombeau vide et elles avaient été les premières à voir le Ressuscité, ce que personne, pas même les apôtres, ne pouvait croire. Leurs paroles « leur semblèrent du radotage et ils ne les crurent pas » (Lc 24,11). Et les évangiles de Marc, Matthieu, Luc et Jean de dépêcher aussitôt Pierre et d'autres disciples pour que des hommes garantissent le « témoignage » des femmes.

Or, dans le rêve qu'elle fait avant de subir le martyre, Perpétue est transformée « en homme » exactement pour la même raison. Seule une femme « mâle » peut garantir la valeur du

« témoignage » dans les deux sens du terme, parole de vérité ou martyre. « Mâle », la femme martyre reçoit du bourreau le coup dans la poitrine – mort noble et virile – qui la grandit, alors que vulgairement égorgée, comme le sont les bêtes, elle aurait déprécié la signification de son sacrifice.

Cette virilisation de la femme avait eu un précédent. Dans l'*Évangile de Thomas*, un texte apocryphe du IIe siècle, Pierre veut exclure Marie-Madeleine du cercle des disciples bien qu'elle soit la première bénéficiaire d'une apparition du Ressuscité : « Que Marie sorte de parmi nous, car les femmes ne sont pas dignes de vie ! » dit-il. Mais Jésus le rembarre : « Voici, moi, je l'attirerai pour que je la rende mâle afin qu'elle devienne un esprit vivant pareil à vous, les mâles ! Car toute femme qui sera faite mâle entrera dans le Royaume des cieux » (*Évangile de Thomas*, 118).

Le sang, semence des chrétiens

C'est ainsi qu'au prix d'un changement de sexe s'ouvre la route droite qui, de l'arène, conduit au ciel.

Le sang des martyrs chrétiens est un sang exemplaire. *Semen est sanguis cristianorum*, affirmait Tertullien. « Aussi raffinée qu'elle soit, votre cruauté ne sert à rien ; et même, pour notre communauté, elle constitue une invitation. À chacun de vos coups de faux, nous devenons plus nombreux : le sang des martyrs est une semence de chrétiens » (*Apologétique*, L, 13).

Un sang qui, après avoir été celui de la circoncision, a été celui du coup de lance au côté de Jésus, et ce goût de sang irriguera longtemps la chrétienté.

À partir des femmes martyres va se développer une véritable mystique du sang.

Mystique qui s'exprimera notamment au XIVe siècle, entre autres dans les œuvres de Catherine de Sienne : « Ainsi je veux que vous vous insériez dans le flanc du fils de Dieu, ce flanc qui est une bouteille ouverte pleine d'odeurs au point d'embaumer même le péché. Là se repose la douce épouse sur le lit de feu et de sang. »

À l'époque où Catherine de Sienne écrit, il n'y a plus de martyrs. Mais il existe une parenté indiscutable entre les vierges sacrifiées dans l'arène aux IIe et IIIe siècles et celles qui, dix ou douze siècles plus tard, choisissent l'enfermement monastique. Dans l'un ou l'autre cas, ces femmes obtiennent un statut indépendant de la volonté de l'homme, elles se soustraient à la domination masculine, échappent aux contingences du mariage en exprimant une spiritualité radicale, au prix de leur vie, par le choix de la mort ou de la réclusion volontaire.

Ultime retournement, le plus stupéfiant : le christianisme érige le martyre en symbole même de liberté.

Vierges et martyrs

Les récits de martyre ont peu à peu constitué un genre littéraire particulier – un genre inventé par les auteurs chrétiens, le concept de « martyr » étant absent de la littérature païenne. Une littérature prolifique où voisinent la chronique, l'histoire, l'hagiographie, la fiction.

Certains textes reposent sur les déclarations de témoins oculaires, des comptes rendus administratifs, des pièces judiciaires, voire l'« autofiction » des martyrs eux-mêmes : « Voilà le récit que j'ai fait jusqu'à la veille des jeux », dit Perpétue, qui prend soin de préciser : « Mais pour le déroulement des jeux, le décrive qui voudra » (*Martyre de Perpétue*, X, 15), tant il est évident qu'aucun martyr n'aurait pu raconter son supplice…

Sous l'emphase, plusieurs textes doivent transmettre des faits authentiques et véritablement documentés. Le martyre de Pionios, par exemple, ne serait-ce que par sa hargne et son ressentiment contre les juifs, a tous les accents de sincérité d'un chrétien de Smyrne en 250. D'autres, au contraire, sont purement romanesques, ils se recopient les uns les autres, se livrent à une escalade où la vulgarité et la pornographie voisinent avec l'héroïsme et le sacré : ainsi les *Actes des martyrs*, qui mettent fréquemment en scène un mâle puissant, musclé, armé, violentant une vierge dont le corps est aussi immaculé que la robe qu'elle porte…

La sexualisation des récits de martyre a sans doute été pour beaucoup dans leur succès, notamment leur vogue populaire. Une sexualisation associée jusqu'au paradoxe à l'idéal de pureté incarné par la Vierge. Dans l'imaginaire du christianisme, la Vierge, c'est Jésus au féminin : Jésus dans sa nouveauté absolue, ontologique ; Jésus lui-même « né d'une vierge », enterré dans un tombeau neuf, premier-né d'entre les morts, offrant au monde une Nouvelle Alliance, etc. Jésus insulté, flagellé, crucifié, souffrant sa passion comme les vierges vont vivre la leur, versant leur sang pour la gloire du Christ comme Jésus a donné le sien pour le salut de l'humanité.

La mort et le sexe

Au IVe siècle, dans l'hymne à Agnès que compose le poète latin chrétien Prudence, cette sexualisation intense du martyre est éclatante :

Je me réjouis quand un homme farouche s'approche
Un homme d'armes cruel et brutal,
[…] Oui, voici mon amant, je le confesse,
Un homme qui enfin me plaît !
Je me précipiterai au-devant de ses pas
Afin de ne pas opposer de délai à ses désirs brûlants
J'accueillerai son fer tout entier
Dans mon sein ; et j'enfoncerai
La violence de son glaive jusqu'au fond de mon cœur[1].

1. Cité par Daniel Boyarin, *Mourir pour Dieu*, Paris, Bayard, 2004, p. 95-96.

Ce récit – comme tous les autres du même genre – présente les caractéristiques ordinaires des publications sadomasochistes. Il joue sans vergogne sur l'excitation, l'obscénité d'assister à un viol qui est aussi un meurtre, tout en affirmant implicitement au lecteur que ce voyeurisme morbide n'est pas répréhensible, mais sert la cause du Christ.

L'hymne s'achève par ces mots qui disculpent le lecteur :

C'est ainsi qu'épouse du Christ je franchirai
Les ténèbres du ciel, les cimes de l'éther.
Souverain éternel, ouvre les portes du ciel
Autrefois fermées aux fils de la terre.
Elle appelle, ô Christ, une âme vierge,
Une âme qui veut te suivre,
Immolée à présent à Dieu le Père.

Romans

À partir de Constantin, quand le christianisme devient religion favorisée par l'Empire, le temps des premiers martyrs est terminé.

Peu de traces écrites subsistent des exécutions dont ont été victimes les chrétiens lors des persécutions, mais suffisamment pour que la littérature martyrologique y trouve alors un encouragement puissant. Aujourd'hui, ces vies de martyrs seraient considérées comme des « romans », des œuvres d'imagination, des constructions de l'esprit, même si elles reposent sur des bases plus ou moins réelles.

Cette littérature va prospérer parallèlement au développement du culte des martyrs, à la construction de *martyria*, aux cérémonies qui sont célébrées sur les tombes des victimes et à l'occasion desquelles sont lues ou récitées les vies de ces héros et héroïnes du christianisme. Le récit de martyre a donc une fonction mémorielle, liturgique, civique également, puisque c'est à partir des célébrations funèbres que sera peu à peu constitué le calendrier des saints.

Ils ont aussi une autre fonction, plus idéologique celle-là.

À la fin du IVe siècle, quand sera lancée la chasse aux hérétiques, lorsque les dissidents seront persécutés comme jamais les premiers chrétiens ne l'ont été par les empereurs païens, l'Église va utiliser les récits de martyre pour faire écran à son intolérance, pour masquer qu'elle est devenue une institution persécutrice en exaltant son passé glorieux de sacrifices pour la foi.

Les récits de martyre parleront alors une « novlangue », cette langue inventée par George Orwell pour affirmer le contraire de ce qui est (« la paix, c'est la guerre »). Plus les hérétiques seront exilés, torturés, mis à mort, plus la littérature chrétienne dira combien l'Église a souffert et combien ses souffrances passées interdisent implicitement toute mise en cause de son autorité dans l'Empire devenu chrétien.

Les textes, des récits de martyre aux sommes théologiques, construisent l'identité chrétienne, au IIe comme au IVe siècle. Ils s'opposent ou s'unissent pour conquérir le pouvoir idéologique, pour le conserver ; ils proposent des visions antagonistes du monde, s'arment contre leurs ennemis de l'extérieur autant que de l'intérieur.

Des manuscrits les plus anciens aux éditions modernes, leurs phrases parfaitement justifiées, leurs mots soigneusement calligraphiés, la finesse des pages sur lesquels ils sont couchés ne doivent pas masquer la réalité qui les anime : ils livrent bataille.

4

La guerre des textes

L'évangile de Matthieu, écrit probablement vers les années 80, met dans la bouche de Jésus une litanie terrible de malédictions contre d'autres juifs, les pharisiens, traités d'assassins et d'« engeance de vipères » (Mt 23,33) : « Malheur à vous, scribes et pharisiens hypocrites, qui fermez aux hommes le royaume des cieux ! Vous n'entrez certes pas vous-mêmes, et vous ne laissez même pas entrer ceux qui le voudraient ! » (Mt 23,13) ; plus loin : « Malheur à vous, scribes et pharisiens hypocrites, qui purifiez l'extérieur de la coupe et de l'écuelle, quand l'intérieur en est rempli par rapine et intempérance ! » (Mt 23,25) ; plus loin encore : « Malheur à vous, scribes et pharisiens hypocrites, qui ressemblez à des sépulcres blanchis : au-dehors ils ont belle apparence, mais au-dedans ils sont pleins d'ossements de morts et de toute pourriture » (Mt 23,27) ; et ainsi de suite jusqu'à la menace finale : « Que retombe sur vous le sang innocent répandu sur la terre, depuis le sang de l'innocent Abel jusqu'au sang de Zacharie, assassiné entre le sanctuaire et l'autel ! En vérité, je vous le dis, tout cela va retomber sur cette génération ! » (Mt 23,35-36.)

Cette rengaine contre les « pharisiens hypocrites », assassins des prophètes, guides aveugles qui arrêtent « au filtre le moustique et engloutiss[ent] le chameau » (Mt 23,24), deviendra le terreau de la plupart des clichés de l'antisémitisme. Les juifs seront à jamais maudits par ces paroles d'évangile et le sang de

Jésus retombera sur eux et sur leurs enfants, toujours selon saint Matthieu (Mt 27,25).

Or la charge légitimée par le héraut de cette religion d'amour que serait le christianisme contrairement au judaïsme n'est certainement pas une parole de Jésus.

C'est un discours de circonstance, ajouté ultérieurement, qui ne s'explique que par le contexte historique au moment de la rédaction de l'évangile de Matthieu.

La chute du Temple

L'insurrection juive contre Rome avait éclaté en 67.

En 70, Titus, qui n'est pas encore empereur mais général dans l'armée de son père, Vespasien, fait le siège de Jérusalem où les juifs révoltés se sont réfugiés. Depuis Pompée (-63), le royaume d'Israël (que les Maccabées et leurs descendants avaient réussi à maintenir indépendant durant près d'un siècle) était passé sous la tutelle romaine. L'autorité était partagée entre un procurateur romain et les grands prêtres, dont la compétence se limitait cependant à la gestion du Temple et, *via* le Sanhédrin, à trancher les cas de justice relevant de la Loi de Moïse, c'est-à-dire les conflits religieux à l'intérieur de la communauté. Exaspérés par les vexations continuelles des troupes d'occupation, les exécutions sommaires (comme celle de Jésus), poussés par l'espoir de restaurer le royaume d'Israël, exaltés par la renaissance d'un messianisme qui se confond avec leur nationalisme, les juifs ont pris les armes pour chasser les impies de la Terre sacrée.

Les légions romaines ont tôt fait de les réprimer dans le sang.

Le 30 août de l'an 70, c'est la catastrophe !

Les soldats romains mettent le feu aux portails du Temple pour en forcer l'accès. L'incendie les déborde. Il gagne rapidement les portiques, les boiseries et c'est tout le bâtiment qui s'embrase et disparaît dans les flammes. Comme le raconte l'historien juif

Flavius Josèphe : « En voyant le feu qui les encerclait, les juifs n'avaient plus aucun ressort ni physique ni moral. Dans cet abattement, personne ne s'élançait pour repousser le danger ou combattre l'incendie : pétrifiés, ils restaient debout à regarder. Cependant, bien que démoralisés par le spectacle de ce qui était détruit, ils n'étaient pas plus raisonnables à l'égard de ce qui restait mais comme si, dès ce moment, où tout le Temple brûlait, ils aiguisaient leur rage contre les Romains » (*La Guerre des juifs*, VI, 233-234).

Pourtant, cette destruction est plus accidentelle que délibérée. Les Romains avaient en fait tout intérêt à ce que le Temple reste en activité, à protéger ce symbole, qui garantissait la paix civile.

L'histoire ou le hasard en ont décidé autrement.

La leçon est double : pour les Romains, il est clair que le dieu des juifs a été vaincu par les dieux de l'Empire ; pour les juifs, la destruction du Temple est interprétée comme la colère de Dieu contre son peuple, infidèle à sa Loi. La question qui se pose aux juifs est donc plus que jamais celle-ci : comment laver Israël de ses péchés, comment retrouver le soutien de Yahvé, comment témoigner de sa fidélité absolue aux commandements de la Torah ?

Dès lors, les différents courants juifs vont entrer en compétition pour rebâtir le judaïsme sur les ruines du Temple, pour définir les nouvelles règles et se porter à la tête du peuple. Les sadducéens, qui jusqu'alors tenaient le haut du pavé avec les grands prêtres, disparaissent dans la tourmente : les cultes et les sacrifices qui leur donnaient leur raison d'être ont disparu avec le Temple. Les pharisiens professent que, désormais, le judaïsme ne reposera plus sur un lieu, le Temple (destructible), mais sur un livre, la Torah (indestructible), qu'il faut lire et questionner. Les baptistes célèbrent Jean le Baptiste comme le messie, et les partisans de Jésus en font autant pour leur champion, disputant la première place à tous les autres courants alors qu'ils ne semblent pas avoir particulièrement participé à la révolte.

Sous l'impulsion du rabbin Yohanan Ben Zakkaï, la réforme

de Yavneh va faire prévaloir les positions pharisiennes qui fondent jusqu'à aujourd'hui le judaïsme rabbinique. De fait, les partisans du Baptiste et ceux de Jésus vont être marginalisés et peu à peu considérés comme hérétiques, puis, petit à petit, chassés hors de Palestine.

Les pharisiens, du temps de Matthieu, sont donc devenus les adversaires les plus redoutables des juifs chrétiens dans cette bataille pour la conduite du peuple après l'anéantissement du Temple. C'est dans ce contexte que l'évangile de Matthieu instrumentalise Jésus : Jésus devient, *a posteriori*, le porte-parole de la résistance antipharisienne.

Ainsi, lors du dernier tiers du Ier siècle, dans l'orbe de Matthieu, les évangiles vont mettre en scène, de manière diverse et souvent contradictoire (entre eux et à l'intérieur de leurs propres textes), le conflit théologique qui dresse le courant juif chrétien contre les autres courants juifs pour reconstruire le judaïsme. Un long et douloureux affrontement qui culmine dans l'évangile selon Jean, où les pharisiens menacent : « Si quelqu'un reconnaissait Jésus pour le Christ, il serait exclu de la synagogue » (Jn 9,22). Lorsque le quatrième évangile fait dire à Jésus que les juifs l'ont haï à cause de « leur » Loi, un point de non-retour est atteint. Les juifs sont désormais une entité qui s'oppose à Jésus et à ses disciples, comme s'ils n'appartenaicnt plus au même peuple.

À l'origine message juif et uniquement juif, la foi chrétienne disparaît lentement et diversement, selon les régions de la diaspora hellénistique, de la zone d'influence du judaïsme. L'Apocalypse de Jean, avec peut-être l'épître de Jacques, est l'un des rares vestiges caractéristiques de la galaxie judéo-chrétienne. Mais c'en est fait.

Ainsi, l'an 70 marque un moment fondamental de notre histoire.

Fondamental pour l'histoire du judaïsme, fondamental pour l'histoire du christianisme, à tel point que l'on pourrait fixer à cette date l'an zéro de la religion chrétienne.

Que faire d'Israël ?

Cette rupture avec le judaïsme vient de loin.

Dès les années 50, Paul professe que le salut ne vient plus de la Loi mais du Christ. Il prétend simplifier les voies d'accès à la nouvelle forme de judaïsme qu'il annonce, par un assouplissement, voire un abandon des interdits alimentaires, du shabbat et de la circoncision.

Vers 65, dans les années qui suivent la mort de Paul, cette option est relayée par ses disciples, les « pauliniens », et elle est de mieux en mieux accueillie par les « craignant-Dieu », les païens sympathisants du monothéisme qui adhèrent au christianisme, forme « allégée », édulcorée, de judaïsme. Le livre des Actes des Apôtres, par exemple, est un manifeste chrétien qui prend acte du renversement de perspective théorisé par Paul : le message de Jésus n'est plus destiné aux juifs, mais aux païens ; c'est vers eux que le christianisme doit se tourner pour que l'histoire s'accomplisse.

Bien qu'écrits en grec et hors de Palestine, les évangiles et les autres textes chrétiens prouvent cependant, par leur vocabulaire, leur arrière-plan, leurs figures, leurs concepts, que la vision chrétienne du monde n'est pas pensable en dehors de l'héritage juif. C'est de cet héritage que le christianisme tient l'essentiel : sa référence au Dieu unique, sa conception de Jésus comme messie, son espoir en la venue prochaine du Royaume de Dieu.

Alors, que faire de cet héritage ?

Que faire de la Bible juive ?

Pendant un temps sûrement bref, les intellectuels chrétiens ont pu caresser l'espoir de se substituer aux juifs pour bénéficier, à leur place, selon les villes, selon les provinces, du statut protecteur de *religio licita*, de « religion protégée », qui leur était tacitement accordé par les autorités. Mais l'ambiguïté n'a pas dû pouvoir être maintenue : aux yeux des Romains, les chrétiens n'étaient pas de vrais juifs. C'était pire. C'étaient des « faux juifs » comme le soutient l'auteur de l'Apocalypse ou, comme le disait Pline le Jeune, des gens bizarres adeptes d'une superstition malfaisante venue d'Orient, fréquentant d'autres lieux que les synagogues, ayant d'autres rites que ceux fixés par la Torah. Quant aux juifs, ils considéraient les pagano-chrétiens comme des imposteurs et les judéo-chrétiens comme des apostats.

Aucune conciliation n'était possible.

D'autant moins possible que, si les judéo-chrétiens faisaient le dos rond, les pagano-chrétiens œuvraient pour maintenir leurs liens avec l'Empire.

Dès lors, un combat sans merci avec les sages d'Israël devenait inévitable.

Trois textes, trois noms, scandent au cours du IIe siècle les positions chrétiennes dans la querelle à propos des Écritures : Barnabé, Justin, Marcion.

Barnabé

Selon l'épître aux Galates ou celles aux Corinthiens et les Actes des Apôtres, Barnabé aurait été l'un des compagnons de Paul. C'est le nom d'emprunt de l'auteur anonyme d'un texte écrit au début du IIe siècle par un croyant qui se prépare au retour du Seigneur.

Le plus ancien manuscrit en notre possession se trouve dans le codex Sinaiticus, daté du IVe siècle, et aujourd'hui conservé à Londres, à la British Library. L'*Épître de Barnabé* y figure à côté de l'Ancien et du Nouveau Testament. C'est dire que cette épître fut en son temps un écrit majeur. Elle est désormais considérée comme apocryphe et reléguée dans les coulisses de l'histoire. L'*Épître de Barnabé* est une survivance de l'un des courants disparus du christianisme.

L'attitude adoptée par l'*Épître de Barnabé* avait en effet de quoi séduire des chrétiens du IIe siècle : pour le pseudo-Barnabé, la Bible (ce que la terminologie chrétienne baptisera l'« Ancien Testament ») devait purement et simplement changer de mains.

La Bible n'était plus un livre juif mais un livre chrétien. Les juifs n'avaient pas su la lire. « Je vous le demande instamment, moi qui suis l'un d'entre vous et qui vous aime tous, chacun en particulier, plus que moi-même : prenez garde à vous-mêmes et ne ressemblez pas à ces gens en accumulant les péchés par l'affirmation que notre alliance nous est irrévocablement acquise. Certes, elle est à nous ! » (*Épître de Barnabé*, 4, 6-7a.)

« Eux », ce sont les juifs qui ont définitivement perdu l'Alliance que Moïse avait reçue. « L'Écriture, poursuit le texte, dit en effet : "Moïse jeûna sur la montagne quarante jours et quarante nuits, puis il reçut du Seigneur l'alliance, les tables de pierre écrites par le doigt de la main du Seigneur." Mais, pour s'être tournés vers les idoles, ils la perdirent. Car voici ce que dit le Seigneur : "Moïse, Moïse, hâte-toi de descendre, car ton peuple a péché, eux que tu as fait sortir du pays d'Égypte." Moïse comprit et il jeta les deux tables qu'il tenait. Leur alliance fut brisée afin que celle de Jésus, le Bien-Aimé, fût scellée dans nos cœurs par l'espérance de la foi en lui » (4, 7b-8).

Pour l'*Épître de Barnabé*, l'Écriture de référence reste donc la Bible, mais la Bible doit désormais être lue selon les procédés de l'interprétation chrétienne, dans la perspective chrétienne. La lecture littérale que pratiquaient les juifs est jugée non seulement erronée mais diabolique. Au sens littéral des préceptes ou des commandements rituels doit être substitué le sens spirituel (ainsi le Temple ou la circoncision ne sont plus à entendre comme des réalités concrètes).

L'interprétation allégorique permet de comprendre tous les épisodes de la Bible, tous les détails du texte, comme des annonces de la venue du Christ (ainsi les prophéties du baptême ou de la croix). Quand Abraham circoncit dix-huit puis trois cents hommes de sa maison, l'auteur de l'épître lit : « Dix-huit s'écrit : I (dix) H [la lettre grecque *Èta*] (huit). Vous avez là : IH(σους) [Jé(sus)] », et il interprète le chiffre trois cents par la lettre grecque *Tau*, T (T = 300), lettre qui n'est autre que le signe de la croix… CQFD !

Le Seigneur « a circoncis nos oreilles pour que nous entendions la parole et que nous croyions » (9,3d). L'*Épître de Barnabé* tient une position radicale : puisque les juifs ont été sourds et aveugles, ils doivent être dépouillés des Écritures, et les chrétiens peuvent légitimement entrer en possession de leurs textes, les accaparer.

Justin

Pour Justin, qui écrit vers 150-160 le *Dialogue avec Tryphon*, la problématique est voisine, mais la solution s'avère très différente. Contrairement à Barnabé dont on ne sait rien, Justin a livré quelques éléments de sa biographie intellectuelle qui permettent de connaître son parcours. Il naît en Samarie à l'époque où Trajan est empereur, dans la colonie romaine de Flavia Neapolis, l'antique Sichem, l'actuelle Naplouse. Il n'est pas juif, c'est un païen, un de ces fameux craignant-Dieu convertis au christianisme.

Dans les premières pages du *Dialogue*, avec un certain humour, il raconte comment, au terme d'un véritable parcours du combattant, il est parvenu au bon choix philosophique.

Justin fréquente d'abord un stoïcien qui ne lui donne pas les réponses qu'il cherche, puis il va voir un péripatéticien, un disciple d'Aristote : « Il se croyait très fort. Il me supporta les premiers jours, puis me demanda bientôt de nous entendre sur les honoraires, pour que nos relations ne fussent pas inutiles. » Déçu, il s'adresse à un pythagoricien célèbre qui lui reproche de ne pas connaître la musique, l'astronomie, la géométric, les sciences qui permettent de détacher l'âme des objets sensibles, et qui le congédie. Enfin, il devient l'élève doué d'un maître platonicien qui lui fait percevoir la vérité. Décidant de méditer dans la solitude, il rencontre par hasard, sur une plage, un vieillard.

Rencontre décisive : ce sage lui démontre que la vraie philosophie est le christianisme, à condition que Dieu et le Christ lui en apportent la révélation.

Ce à quoi l'interlocuteur de Justin, le juif Tryphon, répond en souriant : « J'aime ton ardeur pour ce qui est divin ; mais il vaudrait encore mieux que tu philosophasses sur la philosophie de Platon ou de quelque autre, en t'exerçant à la force, à la continence et à la tempérance, que de te laisser décevoir par des doctrines trompeuses et te faire le disciple d'hommes de rien. [...] Si tu veux m'écouter, car je te regarde déjà comme un ami, fais-toi d'abord circoncire, observe ensuite, comme c'est l'habitude, le sabbat, les fêtes, les néoménies ; en un mot accomplis tout ce qui est écrit dans la Loi, et alors, sans aucun doute, tu obtiendras de Dieu la miséricorde. »

On pourrait croire d'abord que le texte de Justin se montre un fidèle témoin des positions de l'adversaire.

Pour Tryphon, les chrétiens sont des faux juifs, ils n'observent pas la Loi et les *mitzvot* (préceptes), leur Christ est un messie que rien ne prouve : « Le Christ, à supposer qu'il soit né et qu'il existe quelque part, c'est un inconnu ; il ne se connaît pas lui-même ; il n'a aucune puissance tant qu'Élie n'est pas venu l'oindre et le manifester à tous. Mais vous, c'est un vain on-dit que vous avez accepté ; vous vous êtes façonné vous-mêmes un Christ, et c'est pour lui que vous vous perdez maintenant étourdiment » (*Dialogue*, VIII).

Justin a beau jeu de rétorquer qu'un philosophe comme lui n'est pas du genre à croire à des fables vaines ou à des doctrines sans preuves. Sa protestation fait éclater de rire les compagnons de Tryphon, au point que Justin menace d'abandonner la discussion... Et il faut toute la diplomatie du rabbin pour amener Justin à continuer le débat.

On ne peut qu'admirer le stratagème rhétorique qui va donner crédit à la fable du dialogue contradictoire entre un juif et un chrétien.

Car c'est bien d'une fable qu'il s'agit.

Il n'y a pas de rabbin Tarphon ou d'autre personnage historique derrière ce Tryphon de papier que Justin invente pour les besoins de sa cause. Le face-à-face qui promettait d'être sans concessions, comme le seront plus tard les dialogues philosophiques de Diderot, tourne rapidement court.

En quelques pages, Tryphon se mue en faire-valoir de Justin.

C'est un homme de paille.

C'est un interlocuteur fictif, un faux rabbin qui ne sait que se rendre aux arguments du chrétien, le laissant manipuler les Écritures sans protester devant les affirmations les plus scandaleuses. Très vite, Tryphon se laisse écraser par la théologie de Justin, mortifié d'être si peu capable de la comprendre.

Malgré le début du *Dialogue* qui laissait augurer un débat sans faux-fuyants entre un juif et un chrétien, mettant en scène deux interlocuteurs aussi déterminés l'un que l'autre, on assiste à un soliloque.

Lire la Bible

Comme dans l'*Épître de Barnabé*, la question essentielle que pose le *Dialogue avec Tryphon* est celle du statut du texte biblique.

Comment lire la Bible, ce livre que partagent juifs et chrétiens, comment l'interpréter ?

L'interprétation est une jouissance qui permet d'user de tous les procédés pour lire les textes. L'exemple de la naissance virginale de Jésus est le plus classique et le plus probant : dans l'évangile de Matthieu, la virginité de Marie est donnée comme un accomplissement de la prophétie d'Isaïe annonçant que « la vierge concevra et enfantera un fils » (Is 7,14). Or cet accomplissement ne fonctionne que dans la traduction grecque de la Bible, la Septante, qui utilise le mot grec *parthenos*, « vierge », alors que l'original du texte hébraïque emploie le terme hébreu *'almah*, qui ne signifie pas « la vierge » mais plus largement « la jeune fille » ou « la jeune femme ». Malgré sa bonne volonté désarmante, Tryphon proteste tout de même contre l'usage philologique de cet argument spécieux. Justin, sans être désarçonné le moins du monde, rétorque que c'est bien la preuve que les juifs ont falsifié les textes !

Ce dont il était peut-être convaincu…

En fait, il s'agit d'amplifier un mouvement déjà inscrit chez Paul ou dans les évangiles, très caractéristique de la manière de lire, de fouiller, de scruter, de questionner les textes dans la plus pure tradition juive.

Le personnage de Jésus ressuscité lui-même en propose le modèle lorsqu'il interpelle les pèlerins d'Emmaüs dans l'évangile de Luc : « Alors il leur dit : "Ô cœurs sans intelligence, lents à croire à tout ce qu'ont annoncé les Prophètes ! Ne fallait-il pas que le Christ endurât ces souffrances pour entrer dans sa gloire ?" Et, commençant par Moïse et parcourant tous les Prophètes, il leur interpréta dans toutes les Écritures ce qui le concernait » (Lc 24,25-27)… « Puis il leur dit : "Telles sont bien les paroles que je vous ai dites quand j'étais encore avec vous : il faut que s'accomplisse tout ce qui est écrit de moi dans la Loi de Moïse, les Prophètes et les Psaumes." Alors il leur ouvrit l'esprit à l'intelligence des Écritures » (Lc 24,44).

N'est-ce pas exactement ce que proclame Justin dans sa *Grande Apologie* ? « Nous lisons, annoncé dans les livres des prophètes, que Jésus, notre Christ, doit venir, qu'il naîtra d'une vierge, qu'il parviendra à l'âge d'homme, qu'il guérira toute maladie et toute infirmité, qu'il ressuscitera les morts, que, méconnu et persécuté, il sera crucifié, qu'il mourra, qu'il ressuscitera et montera au ciel, qu'il est et sera reconnu fils de Dieu, qu'il enverra certains annoncer ces choses dans le monde entier et que ce seront surtout les gentils qui croiront en lui. »

Une autre question surgit alors aussitôt : la lecture chrétienne des Écritures rend-elle caduque la lecture juive ?

Justin sous-entend que la lecture juive est possible, mais qu'elle ne permet pas de comprendre le texte.

C'est une lecture infirme.

Pour illustrer son analyse, après l'*Épître de Barnabé*, Justin systématise les procédés de lecture que Paul a mis en œuvre. Dans la première épître aux Corinthiens, Paul affirmait : « Car je ne veux pas que vous l'ignoriez, frères : nos pères ont tous été sous la nuée, tous ont passé à travers la mer, tous ont été baptisés en Moïse dans la nuée et dans la mer. Tous ont mangé le même aliment spirituel et tous ont bu le même breuvage spirituel – ils buvaient en effet à un rocher spirituel qui les accompagnait, et ce rocher c'était le Christ » (1 Co 10,1-4). Dans sa lecture, la manne et l'eau du rocher perdent leur réalité matérielle pour devenir « spirituelles ». La manne n'est plus du pain pour nourrir les affamés et le rocher n'est plus de granit, c'est le Saint-Esprit et le Christ.

Ainsi la Bible devient-elle un immense réservoir de figures qui vont servir aussi bien à la liturgie qu'à l'exégèse chrétienne, avec Tertullien au IIe siècle, avec Origène au IIIe siècle, avec Augustin au IVe siècle.

L'exégèse prophétique, l'allégorisation, l'interprétation métaphorique, la typologie (la détection de ce qui est préfiguré à travers les personnages ou les épisodes de l'Ancien Testament) deviennent des clefs de lecture. Du point de vue chrétien, elles sont non seulement les plus efficaces mais les seules légitimes. L'Agneau immolé selon l'Exode annonce le sacrifice du Christ, le bois de la croix est déjà dissimulé dans le bâton que brandit Moïse pour désigner la terre promise ou dans les fagots que transporte Isaac, les trois jours passés par Jonas dans le ventre de la baleine anticipent la mise au tombeau de Jésus avant sa résurrection…

Les évangiles le disent et Paul aussi, c'est ce que Justin ne cesse de répéter à satiété : tout le texte dc la Bible veut dire autre chose que ce qu'il dit en apparence. Il a un sens immédiat que lisent les juifs, et un sens caché que comprennent seuls les chrétiens. Bien évidemment, le sens caché est le vrai sens, le sens qui exprime les volontés secrètes de Dieu.

Abraham avant et après

Plus subtilement que ne le faisait l'*Épître de Barnabé*, Justin explique que, s'il y a une filiation entre le christianisme et le judaïsme, les chrétiens disposent d'une primauté chronologique ! Affirmation audacieuse au regard de l'histoire, puisque le judaïsme est bien évidemment antérieur au christianisme.

Pour sa démonstration, Justin avance un argument que Paul développait déjà dans l'épître aux Galates.

L'apôtre, s'appuyant sur le récit de la Genèse où il est dit qu'Abraham eut deux fils, l'un de la servante Agar, Ismaël, l'autre de son épouse Sara, Isaac, interprétait sans hésitation : « Il y a là une allégorie : ces femmes représentent deux alliances » (Ga 4,24). Pour Paul comme pour Justin, il va de soi que les chrétiens sont les enfants non de la servante mais de la femme libre.

Au-delà de son aspect idéologique, cette affirmation obéit à une nécessité politique. En prouvant leur ancienneté – condition indispensable dans l'Antiquité pour être reconnus –, les chrétiens peuvent susciter le respect. Remonter à Abraham permet en l'occurrence de déprécier le judaïsme qui, ne remontant qu'à Moïse, se trouve de fait plus récent que le christianisme. Les musulmans, se réclamant eux aussi d'Abraham, utiliseront le même procédé et les mêmes arguments pour disqualifier et le judaïsme et le christianisme.

Le véritable Israël

Le combat entre juifs et chrétiens a lieu par textes interposés. À travers la querelle d'exégèse, il s'agit de prendre le pouvoir sur son adversaire, de le délégitimer, de le déshériter, comme l'avoue ouvertement Justin : « Mais une loi qui va contre une loi abroge celle qui la précède, et une alliance conclue après une autre l'annule de même » (XI, 2), « car la race israélite véritable, spirituelle, celle de Juda, de Jacob, d'Isaac et d'Abraham qui, dans l'incirconcision, a reçu de Dieu témoignage pour sa foi, qui a été béni et appelé le Père des peuples nombreux, c'est nous, nous que ce Christ crucifié a conduits vers Dieu » (XI, 5).

En situant le *Dialogue avec Tryphon* sur fond de la deuxième guerre juive, alors même que l'insurrection s'est soldée par la défaite de 135, une vingtaine d'années avant la rédaction du texte, Justin opère un autre coup de force. « Je m'appelle Tryphon, et je suis hébreu de la circoncision, j'ai fui la guerre actuelle et je passe la plus grande partie de mon temps en Hellade et à Corinthe » (I, prologue). À la défaite militaire et politique d'Israël doit, selon Justin, s'ajouter la défaite de la pensée juive.

Une défaite qui doit marquer la victoire définitive du christianisme.

Le coup de grâce vient presque à la fin du dialogue.

Justin reproche aux juifs de croire qu'ils sont seuls à être Israël, citant le livre de Jérémie : « Je susciterai, est-il dit, pour Israël et Juda une race d'hommes et une race de bétail » (Jr 31,27) ou celui d'Ézéchiel : « J'engendrerai sur vous des hommes, mon peuple Israël, et ils vous auront en partage, et vous deviendrez leur possession, et vous ne continuerez pas à rester sans enfants de leur fait » (Ez 36,12).

D'où le sursaut de Tryphon :

« Quoi donc ? dit-il. Vous êtes Israël, et c'est de vous que sont dites ces paroles ?

– Si nous n'avions parlé et abondamment de ces choses, répond Justin, je pourrais me demander si c'est parce que tu ne comprends pas que tu me poses cette question : mais grâce à ma démonstration, c'est avec votre assentiment que nous avons clos cette discussion et je ne puis penser que tu ignores ce qui a été dit, ni que tu veuilles à nouveau chicaner » (XII, 3).

Justin se montre un digne lecteur de l'évangile de Matthieu (celui qu'il cite presque toujours dans son livre), comme si l'écrivain qu'il est avait été particulièrement impressionné par les deux célèbres répliques de Jésus à l'occasion de son procès. Au grand prêtre qui l'adjure de dire s'il est le Christ, le Fils de Dieu, Jésus répond cavalièrement : « Tu l'as dit » (Mt 26,64). De même, quelques versets plus loin, quand Pilate l'interroge pour savoir s'il est le roi des juifs, il répète sa réplique : « Tu le dis » (Mt 27,11).

Dans les évangiles, à plusieurs reprises, c'est à l'autre de décliner la véritable identité de celui qui refuse de parler, c'est à Pierre par exemple qu'il revient de dire : « Tu es le Christ » (Mt 16,16), alors même que Jésus se défend toujours de porter un tel titre. Ainsi, chez Justin, c'est au juif que revient la charge d'annoncer que le christianisme – forme dérivée du judaïsme – revendique d'être Israël ; non pas un autre Israël : le nouvel Israël, le véritable Israël…

Affirmation provocatrice d'une redoutable portée, puisqu'elle aspire à vider le judaïsme de sa substance religieuse, nationale, historique, culturelle.

Pour quels lecteurs ?

L'œuvre de Justin a eu un impact très important au fil des siècles. Mais, de son temps, à qui s'adressait-il ?

Aux juifs ?

Même si Justin s'avère un bon connaisseur du judaïsme réel de son temps, le judaïsme hellénistique, il est difficile de croire que son livre aurait pu convaincre les juifs, tellement leur point de vue y est mal exposé. La dimension polémique est d'ailleurs patente : à la fin du dialogue, bien qu'il ait régulièrement acquiescé aux arguments de Justin, Tryphon ne se convertit pas ! Une fois encore, les juifs au cœur endurci restent sourds et aveugles à l'évidence chrétienne.

Le *Dialogue* s'adresse-t-il aux païens ?

Comment admettre que cette querelle de famille, cette discussion de connivence, ait pu les concerner ?

Aux chrétiens ?

Oui, sans aucun doute.

Le livre de Justin fournit un éventail d'arguments aux prédicateurs. Il répond à deux objectifs : convaincre les craignant-Dieu que le monothéisme chrétien est, en tout point, supérieur au monothéisme juif ; fournir des réponses argumentées aux pagano-chrétiens, les chrétiens d'origine païenne (comme Justin lui-même), dans leurs débats avec les judéo-chrétiens qui refusent de rompre les amarres avec la tradition d'Israël.

Marcion, l'homme du Pont-Euxin

Barnabé voulait dessaisir les juifs de la Bible au profit exclusif des chrétiens ; Justin voulait l'interpréter en vérité à la lumière du christianisme ; Marcion, qui se manifeste à Rome vers les années 140-150, estime pour sa part qu'il faut abandonner la Bible. Selon lui, les chrétiens ne sont pas les continuateurs du judaïsme. Aussi est-il urgent de substituer aux textes juifs en circulation dans les communautés chrétiennes de nouveaux textes, spécifiquement chrétiens, sans aucun rapport avec la Bible hébraïque.

Marcion n'avait pas que des amis, loin de là.

Et, parmi ses ennemis (dont Justin), il a compté un adversaire de taille, Tertullien (v. 150-v. 230), un chrétien d'Afrique du Nord, rhéteur écrivant en latin dans un style éblouissant. C'est essentiellement par les volumes de son ouvrage polémique, le *Contre Marcion*, que nous connaissons un peu l'homme et surtout son œuvre, sa théologie et sa conception d'une littérature exclusivement chrétienne. En revanche, il ne subsiste aucune trace des *Antithèses* où Marcion développait ses propositions sur la nouveauté radicale du christianisme.

Pour évoquer sa biographie, restent les rumeurs et peut-être les légendes.

Philosophe, fils de l'évêque de Sinope sur les bords de la mer

Noire, Marcion professe que Yahvé, le dieu juif, n'est qu'un sous-dieu, un dieu inférieur, un démiurge. Il n'y a pas lieu d'entretenir avec ce dieu limité, incapable d'assurer le bon fonctionnement du monde, une querelle à l'intérieur du monothéisme. C'est un dieu de justice, de colère, dont on ne peut ni ne doit espérer les faveurs.

Qui est le Christ pour lui ?

C'est l'envoyé d'un dieu qui n'a pas créé le monde, un dieu qui n'a d'obligation qu'envers ceux qui croient en lui. Un dieu qui oppose le commandement d'amour à la loi juive. Le Christ, selon Marcion, révèle le vrai Dieu, le Dieu inconnu, le Dieu suprême. Le Dieu de Jésus n'est pas le dieu des juifs ni le dieu des dieux cher à la tradition philosophique grecque.

Il est autre, étranger.

Donc Marcion répudie la Bible juive. Pour lui, il n'est pas nécessaire d'annexer ce texte ni de l'interpréter chrétiennement comme le font, chacun à leur manière, le pseudo-Barnabé ou Justin. La question ne préoccupe absolument pas Marcion. La Bible est un livre juif qu'il abandonne aux juifs.

Se pose alors la question des Écritures chrétiennes.

S'ils n'ont plus la Bible juive comme référence, si leur foi n'a plus pour perspective la promesse faite à Israël, sur quels textes peuvent se fonder les chrétiens ?

Pour Marcion, les disciples étaient des ignorants auxquels a échappé la nouveauté de l'enseignement de Jésus. Marcion se fait un malin plaisir de souligner toutes les circonstances où leur incompréhension et leur stupidité sont manifestes à travers les évangiles. Les disciples ne comprennent rien à la multiplication des pains (Mc 6), rien à la deuxième annonce de la Passion (Mc 9), rien à la troisième, etc., bref, ils sont toujours ceux « qui entendent sans entendre ni comprendre » (Mt 13,13-15). Mais Marcion ne les accable pas, il les ignore. S'ils n'ont pas compris, c'est qu'ils étaient juifs. Et, en tant que tels, ils confondaient le Dieu inconnu (celui de Jésus) et leur dieu local (Yahvé), qu'ils vénèrent aveuglément. Donc, toute la tradition transmise par les disciples juifs, tradition que répercutent les évangiles, est, pour Marcion, nulle et non avenue. Leurs textes, englués dans le judaïsme, ne valent rien. Quant à la tradition orale, elle ne saurait être légitime plus de cent ans après la mort de Jésus.

Alors où trouver le véritable enseignement de Jésus, puisqu'il n'a rien écrit et que son message n'est rapporté que par ces disciples sans intelligence ?

Marcion répond : chez Paul.

Selon le mot de Louis Rougier, le marcionisme est un « paulinisme conséquent[1] ».

L'exécuteur testamentaire

Dans la première épître aux Corinthiens, Paul rappelle bien qu'il a bénéficié d'une apparition du Christ, alors qu'il n'avait pas connu Jésus dans la chair, contrairement aux apôtres. Au chapitre 15, au terme d'une longue énumération de christophanies, il déclare avec fausse modestie : « En tout dernier lieu, il m'est apparu à moi aussi, comme à l'avorton » (1 Co 15,8). Pour Marcion, si le Christ apparaît à Paul *après* être apparu aux disciples, c'est bien la preuve qu'il n'avait pas été compris et qu'il doit répéter son message au seul – et dernier – capable de le comprendre.

Paul a écrit une vingtaine d'années seulement après la mort de Jésus, tout en prétendant conserver des traditions beaucoup plus anciennes. Son témoignage, aux yeux de Marcion, est donc exempt des scories qui défigurent les évangiles en judaïsant le message original de Jésus. De plus, Paul a saisi de manière éclatante que le message chrétien rompait avec le judaïsme, que l'Évangile s'opposait à la Loi, que les chrétiens n'avaient besoin que du Christ. Et, si Paul concède que le respect de la Loi demeure valable, il précise que c'est pour les juifs, et seulement

1. Louis Rougier, *Le Conflit du christianisme primitif et de la civilisation antique*, Paris, Copernic, 1977, p. 105.

pour eux. L'Évangile que revendique Paul est, pour Marcion, un évangile écrit, mais disparu, l'« évangile de Jésus-Christ », camouflé dans celui prétendument attribué à Luc (dont la tradition veut faire un compagnon de Paul). Seul cet évangile transmet le christianisme le plus pur. Les autres émanent de ceux que Marcion, s'inspirant de Paul, nomme « les faux apôtres ».

Marcion oppose ainsi à la tradition des Douze et de leurs successeurs une ligne de transmission directe de Jésus à Paul.

Aussi entreprend-il de nettoyer l'évangile de Luc de toutes les interpolations juives, des additions qui, selon lui, ont falsifié le texte. Il supprime des mots, des phrases, des paraboles, des épisodes, tout ce qui enracine Jésus dans le judaïsme : le repas de noces dans le royaume des cieux, les annonces de la Passion, les explications aux disciples par le recours aux Écritures, l'entrée triomphale à Jérusalem, les marchands chassés du Temple, Jésus n'est pas crucifié comme « roi des juifs » mais comme Christ, etc.

Marcion fait commencer l'évangile au chapitre 3, le Christ apparaissant soudain comme le Sauveur « l'an quinze du principat de Tibère César, Ponce Pilate étant gouverneur de Judée, Hérode tétrarque de Galilée… » (Lc 3,1).

C'est un dieu qui se révèle, non pas un homme qui naît.

Parallèlement, Marcion accomplit un travail similaire sur les épîtres de Paul, dont il reconnaît dix comme authentiques : l'épître aux Galates, les deux épîtres aux Corinthiens, l'épître aux Romains, les deux épîtres aux Thessaloniciens, l'épître aux habitants de Laodicée qu'il reconnaît les Éphésiens, l'épître aux Colossiens et enfin celle aux Philippiens et celle à Philémon. Ses interventions sont, semble-t-il, plus modestes, car le texte des épîtres, par nature, a été moins abondamment judaïsé, même s'il y trouve aussi des surcharges et des interpolations.

Au terme de son travail, Marcion réunit en un seul volume un évangile, l'*Evangelion* (celui de Paul selon Luc), ainsi que l'Apôtre, l'*Apostolicon* (la collection des épîtres), pour constituer le « Nouveau Testament ». Un unique livre qui doit régler la vie des chrétiens et le seul dont ils doivent désormais se réclamer.

Une sorte de premier « canon » des Écritures.

L'hérétique

Malgré le don important qu'il aurait fait à l'Église romaine, malgré son rôle, malgré ses novations doctrinales et théologiques, Marcion est exclu de la communauté chrétienne de Rome. Les polémistes se déchaînent à cœur joie contre lui, le traitant de philologue dilettante, Tertullien en tête, comme si Marcion faisait courir un danger mortel au christianisme.

On peut s'interroger sur cette exclusion, sur la violence verbale qu'elle a suscitée en des temps où le christianisme était traversé de courants contraires, de théologies multiples portées par des personnages singuliers, bien loin de la conception moderne de l'orthodoxie vaticane.

Ce qu'on appelle la Grande Église – qui n'est autre que la préfiguration anachronique de ce que deviendra l'Église avec sa centralisation et sa hiérarchie – fédère un conglomérat de positions théologiques unies pour rejeter Marcion.

Pourquoi ?

D'abord pour une simple raison de réalisme politique : se séparer du judaïsme signifie perdre son ancienneté virtuelle et la possibilité d'obtenir un statut légal dans l'Empire. Le judaïsme est *religio licita* parce que personne ne conteste l'antiquité des traditions juives. Si les chrétiens n'ont plus d'ancêtres (tous les personnages de la Bible hébraïque), ils ne sont plus qu'une secte que l'on peut persécuter à bon droit.

Ensuite, sans doute la cohérence même de la théorie de Marcion, le caractère normatif et délibérément univoque de ses conceptions ont-ils joué contre lui, comme si l'on avait deviné que sa rigidité empêcherait tous les compromis, l'alliage des contraires qui fera la force du christianisme ultérieur.

Plus certainement, Marcion touchait à deux points névralgiques de l'identité chrétienne. La filiation avec la tradition d'Israël, même si elle est et reste problématique, est théologiquement et socialement incontournable, car elle seule légitime le christianisme. Rompre avec la Bible hébraïque, c'était se priver des oracles sur lesquels les chrétiens avaient construit la relecture chrétienne du passé d'Israël.

En faisant table rase du judaïsme de Jésus, Marcion touchait aussi à un autre élément fondamental, l'incarnation.

Selon Marcion, en effet, le Christ n'est pas Dieu incarné en Jésus, vivant, souffrant, mourant avant de ressusciter. Il est la manifestation du Dieu inconnu envoyant son émissaire sur terre. Dieu a accepté que son fils souffre sur la croix pour le salut de l'humanité, mais en apparence seulement (c'est la conception « docète » qui apparaît dans plusieurs textes chrétiens apocryphes, dont l'*Évangile de Pierre*, et qui sera reprise par le Coran). Une humanité pourtant créée par un dieu imparfait.

Tertullien ne le lui envoie pas dire : « Que l'hérétique maintenant cesse d'emprunter son venin au juif – l'aspic à la vipère comme on dit ! Qu'il vomisse désormais le poison de sa propre invention en prétendant que le Christ est un fantôme. [...] Dès lors qu'on reconnaît comme mensonge que le Christ soit chair, il en découle qu'a été mensongèrement accompli tout ce que le Christ a accompli par la chair. [...] Aspect illusoire, action illusoire ; agent imaginaire, œuvres imaginaires. [...] Si donc on nie sa chair, comment affirme-t-on sa mort, quand celle-ci est une souffrance affectant en propre la chair qui, par la mort, retourne à la terre dont elle a été tirée, selon la loi de son auteur ? Or si, par la négation de sa chair, on nie ainsi sa mort, on ne laissera pas debout non plus sa résurrection » (*Contre Marcion*, III, 8, 1, 4).

C'en est trop.

La trace de Marcion disparaît, d'autant plus qu'attendant lui aussi la Fin des temps de son vivant il prônait, pour s'y préparer, l'ascétisme et la chasteté la plus rigoureuse, vertus qui ne facilitaient pas l'expansion du mouvement. Pourtant, des Églises marcionites survivront jusqu'à la fin du ve siècle en Syrie et en Mésopotamie, en Asie centrale jusqu'au XIe siècle, signe que l'influence de cette hérésie a été extrêmement puissante.

Si Marcion avait gagné

Avec Marcion, le christianisme accepte pour la première fois de se détacher de ses origines juives, de les oublier, comme si Marcion disait tout haut ce que, pour l'essentiel, les chrétiens pensaient tout bas et continuent souvent de penser. Comme s'il autorisait d'entendre à l'envers la célèbre formule de Jésus qui résonne toujours comme une dénégation : « N'allez pas croire que je sois venu abolir la Loi ou les Prophètes : je ne suis pas venu abolir, mais accomplir » (Mt 5,17).

Pour Marcion, accomplir c'est abolir.

Ce l'est encore pour beaucoup de catholiques.

La défaite de Marcion cache la victoire de ses idées.

Que se serait-il passé s'il l'avait vraiment emporté ?

Si les chrétiens avaient coupé tous les ponts avec le judaïsme, s'ils avaient récusé les textes juifs et les avaient effacés de leur histoire ? Si judaïsme et christianisme n'avaient plus l'héritage d'Israël à convoiter. S'ils étaient devenus deux entités aussi séparées que le bouddhisme zen et l'islam ? « Les conséquences de cette défaite ont été incalculables », écrit Carlo Ginzburg[1]. Incalculables, en effet…

Si la doctrine de Marcion s'était imposée, on peut se demander si l'antijudaïsme chrétien n'aurait pas été tari. Paradoxalement, la dimension foncièrement antijudaïque du marcionisme (d'un antijudaïsme d'ailleurs intellectuel et non réel à l'égard du peuple juif, considéré comme la victime de son dieu plutôt que comme le responsable de son destin) aurait peut-être permis au christia-

1. Carlo Ginzburg, *À distance*, Paris, Gallimard, 2001, p. 162.

nisme d'échapper à ses abîmes, en coupant à la racine la tentation de l'antisémitisme.

L'invention du Nouveau Testament

Marcion est le héros méconnu des premiers temps du christianisme.

Les disputes qui divisent encore la recherche pour estimer son apport et la place qu'il faut lui accorder reposent trop souvent sur des *a priori* idéologiques et théologiques. Marcion n'est pas très présentable. Marcion sent le soufre. Marcion n'est pas du sérail. Marcion a été méprisé de ses contemporains comme un amateur. Marcion a le grand tort d'avoir compris avant les autres la nécessité d'Écritures chrétiennes spécifiques.

Pourtant, le processus que Marcion a déclenché va avoir pour contrecoup la réunion d'un corpus de textes chrétiens destiné, pour la première fois, à compléter la Bible juive. À partir de Marcion, grâce à lui, en réaction contre lui, va se mettre en place un canon d'Écritures chrétiennes, un recueil de textes qui donnera naissance au Nouveau Testament, par opposition à ce qui deviendra de fait l'« Ancien Testament ».

Adolf von Harnack (1851-1930), théologien protestant et historien du christianisme qui fut essentiel dans la redécouverte du rôle de Marcion, écrivait à son propos : « Les objections, qui affirment qu'il n'a pas été le premier sur tous ces points, mais qu'il a imité quelque chose de déjà existant, sont entièrement illusoires. On s'est efforcé en vain de démontrer que la conception et la création d'un deuxième document sacré – le Nouveau Testament – avait déjà eu lieu avant Marcion dans la grande chrétienté. Le *Dialogue avec Tryphon* de Justin, pour ne rien dire d'autres témoins négatifs, va à l'encontre de cette affirmation. Dans la grande chrétienté, depuis Paul, on avait bien l'idée de deux Testaments, mais on n'en possédait qu'*un*, l'ancien, en forme d'*Écriture*, et on ne pensait à aucun redoublement. D'où serait-on venu à produire l'autorité pour la création d'un nouveau Testament[1] ? »

Même s'il est impossible de désigner à coup sûr Marcion comme « l'inventeur » du Nouveau Testament, il est certain que le titre et le concept viennent de lui, et que le christianisme se définira par rapport à lui.

L'ancien et le nouveau

Parmi les chrétiens d'Orient et d'Occident émerge peu à peu le projet de donner un statut à ces évangiles, lettres, révélations, visions, listes de paroles, catéchèses, manuels de discipline, hymnes liturgiques qui, depuis le milieu du Ier siècle, circulent dans les différentes communautés chrétiennes. Tantôt il s'agira de fixer les écrits et de fixer les traditions orales qui les accompagnent, tantôt au contraire ce sera pour juguler leur prolifération, pour éviter qu'ils ne deviennent incontrôlables. Le processus aboutira à la constitution d'une Bible des chrétiens.

La Bible chrétienne réunira donc un « Ancien Testament » (la Bible juive dans sa version grecque, la Septante) et un « Nouveau Testament », le recueil des nouvelles écritures chrétiennes. Quoi qu'on en dise, les deux termes sont implicitement polémiques, puisqu'ils supposent que les bénéficiaires de l'héritage divin ont permuté, que les chrétiens ont remplacé les juifs, déshérités de la promesse.

Certes, on ne parle pas d'abord de « Nouveau Testament », mais de « Nouvelle Alliance ». Manière de dire qui semble moins violente, mais, quand on se tourne vers les versets du livre de Jérémie auquel est empruntée cette expression – les prophètes servant à légitimer la nouveauté du christianisme –, rien n'est aussi sûr… « Voici venir des jours – oracle de Yahvé –

1. Adolf von Harnack, *Marcion. L'évangile du Dieu étranger*, Paris, Éd. du Cerf, 2003, p. 233.

où je conclurai avec la maison d'Israël (et la maison de Juda) une alliance nouvelle. Non pas comme l'alliance que j'ai conclue avec leurs pères, le jour où je les pris par la main pour les faire sortir du pays d'Égypte – mon alliance qu'eux-mêmes ont rompue bien que je fusse leur Maître, oracle de Yahvé ! Mais voici l'alliance que je conclurai avec la maison d'Israël après ces jours-là, oracle de Yahvé. Je mettrai ma Loi au fond de leur être et je l'écrirai sur leur cœur. Alors je serai leur Dieu et eux seront mon peuple » (Jr 31,31-33).

L'Alliance change, l'identité du peuple élu aussi.

C'est la raison pour laquelle la coïncidence ne saurait être totalement fortuite entre l'idée de canon du Nouveau Testament à la fin du IIe siècle et, du côté juif, la fixation de la Mishna (littéralement la répétition, le commentaire de la Torah) qui intervient vers 200, comme un effet de la compétition entre les deux religions, selon l'hypothèse que formule Guy Stroumsa : « Dans les deux cas il s'agit d'un texte secondaire, "nouveau" ou "répétition". Ce texte n'a de sens que lu parallèlement aux Écritures, qui, de leur côté, ne trouvent leur signification qu'à travers le prisme du nouveau texte. Les deux corpus reflètent ainsi l'éloignement des deux religions l'une de l'autre dans leurs structures fondamentales, l'une mettant l'accent sur la foi prophétique, l'autre sur la pratique rituelle. Mais, à la fois pour les juifs et pour les chrétiens, il s'agit d'offrir une clef d'actualisation herméneutique dont elles sont la loi[1]. »

Muratori

Il aura fallu plusieurs siècles pour arrêter officiellement le canon des Écritures chrétiennes.

Le recueil des vingt-sept livres qui composent le Nouveau

1. Guy G. Stroumsa, *La Fin du sacrifice*, Paris, Odile Jacob, 2005, p. 90-91 ; cf. Id., *Le Rire du Christ*, Paris, Bayard, 2006, p. 120 *sq*.

Testament tel que nous pouvons le lire aujourd'hui n'a été entériné qu'en 1545 lors du concile de Trente, en Italie, même si ce corpus semble être pratiquement constitué dès la fin du IIe siècle.

Au début du XVIIIe siècle, un savant du nom de Ludovico Antonio Muratori découvre à l'intérieur d'un codex de la Bibliothèque ambrosienne de Milan un document exceptionnel : deux feuillets glissés là, un texte court, lacunaire, qui énumère en quatre-vingt-cinq lignes la plupart des livres de ce qui deviendra le Nouveau Testament. Pour beaucoup de chercheurs, ce fragment manuscrit latin incorporé dans le codex remonterait aux années 180, même si certains veulent le dater du IVe siècle.

Ainsi le « fragment de Muratori » serait-il la liste la plus ancienne des livres chrétiens.

Elle relate, sur le modèle des prologues aux livres bibliques, l'origine et les circonstances de la composition de ces textes. Notices essentiellement légendaires qui permettent de saisir, à sa naissance, la tradition chrétienne concernant tel ou tel apôtre. En dehors de cet aspect pittoresque, le fragment de Muratori a l'immense mérite de donner l'état des lieux des livres reconnus et acceptés vers 200 : les évangiles de Marc, Luc et Jean (la mention de l'évangile de Matthieu est manquante sur le manuscrit, on ne peut donc, avec vraisemblance, que la présumer), les Actes des Apôtres, treize épîtres de Paul, deux épîtres de Jean, celle de Jude, et l'Apocalypse de Jean.

Plus intéressantes encore dans le fragment de Muratori sont les mentions de textes qui n'appartiendront pas au canon : *La Sagesse de Salomon* et, avec prudence, l'*Apocalypse de Pierre* ou *Le Pasteur* d'Hermas. Certains textes, telle la *Lettre aux Laodicéens* considérée comme marcionite, sont déjà présentés comme des faux.

Vingt-deux livres sont en tout cas reconnus avec certitude par le canon de Muratori. Ce que l'on ne peut s'empêcher de mettre en relation avec le canon de la Bible hébraïque, qui contient aussi vingt-deux livres.

Que conclure d'autre ?

Qu'à la fin du IIe siècle un large consensus règne déjà, de fait, sans qu'aucune autorité centrale ait décrété de solution. Même si, avec Alfred Loisy, on peut examiner l'hypothèse d'un compromis établi à Rome lors des entretiens, qu'évoquent Irénée et Eusèbe, entre l'évêque de Smyrne, Polycarpe, et l'évêque de Rome, le « pape » Anicet, deux figures éminentes représentatives des Églises d'Orient et d'Occident.

« Comme on était au moment où la propagande marcionite battait son plein, écrit Loisy, il semble assez probable que Polycarpe venait à Rome en représentant des communautés asiates pour se concerter avec Anicet touchant les moyens de combattre le flot montant de l'hérésie. Or le premier moyen qui s'imposait était de déterminer les sources de la véritable tradition évangélique et apostolique. Entre les décisions qui alors furent prises, ne faudrait-il pas compter l'accord sur le nombre d'évangiles autorisés, et peut-être celui des épîtres de Paul ? Le fondement du canon néotestamentaire aurait ainsi été établi[1]. »

Quatre évangiles

La décision de conserver quatre évangiles, malgré leur diversité, leurs divergences, leurs contradictions est donc un choix très ancien.

Un choix qui n'allait pas de soi.

Ainsi Tatien, dans cette période autour de 170, a-t-il composé une harmonie des évangiles qui a longtemps prospéré, particulièrement dans les Églises syriaques. Son *Diatessaron* (littéralement : quatre évangiles en un) proposait, tel qu'il a pu être reconstitué, un récit unique de la vie et de l'enseignement de Jésus, composé exclusivement à partir d'extraits des quatre

1. Alfred Loisy, *La Naissance du christianisme*, Paris, Librairie Émile Nourry, 1933, p. 424.

évangiles, mais aussi de récits non canoniques. La solution de Tatien, qui avait pour elle la cohérence (comme Marcion ne conservant que l'évangile de Luc), a été vivement combattue par certains Pères de l'Église, en particulier Irénée de Lyon.

Irénée justifie littérairement l'existence des quatre évangiles, l'évangile « tétramorphe », par des arguments cosmologiques ou symboliques (quatre points cardinaux, quatre vents, quatre symboles, etc.) et préfère taire les rapports de pouvoir qui se jouent à travers ces textes entre différentes communautés chrétiennes et différentes conceptions doctrinales.

Classification

Deux siècles plus tard, la situation n'a fait que se consolider.

Vers les années 310, au Livre III de son *Histoire ecclésiastique*, Eusèbe de Césarée confirme à peu près la liste de Muratori ; il explicite les catégories dans lesquelles peuvent être rangés les textes chrétiens :

– les livres reconnus ;
– les livres contestés et connus du plus grand nombre ;
– les livres contestés et inauthentiques ;
– les livres des hérétiques.

À la Pâque de l'an 367, dans une lettre aux Églises d'Égypte, la trente-neuvième *Lettre festale*, Athanase, l'évêque d'Alexandrie, énumère d'une main ferme les textes canoniques de l'Ancien et du Nouveau Testament. Nous y trouvons cette fois exactement les vingt-sept livres du Nouveau Testament actuel.

Par contrecoup, les livres apocryphes sont à proscrire.

Quels ont été les critères retenus ?

1) L'ancienneté (le livre doit avoir été écrit vers l'époque de Jésus ou des apôtres).

2) Le caractère apostolique (le livre doit avoir été écrit par un apôtre ou un de ses compagnons, ainsi les évangiles seront-ils ultérieurement rattachés à la figure tutélaire d'un disciple).

3) Le caractère « catholique », c'est-à-dire, étymologiquement, « universel » (le livre doit être reçu par le plus grand nombre).

4) L'orthodoxie (le livre ne doit pas émaner de groupes considérés comme suspects, comme hérétiques).

Il est évident, par exemple, que l'Apocalypse ne répondait à aucun de ces critères, et qu'il a fallu beaucoup de persévérance à ses défenseurs, beaucoup d'astuce, pour faire admettre la fiction selon laquelle ce texte était de la main de Jean, fils de Zébédée, apôtre dûment estampillé, et qu'il était unanimement accepté dans toutes les communautés.

D'autres textes auront de moins bons avocats.

Leur sort sera de rester à la marge de l'histoire chrétienne jusqu'à la période récente où l'intérêt pour ces « apocryphes », ces textes « cachés », a égalé, sinon dépassé, l'attention qu'on porte aux textes canoniques. Citons l'*Apocalypse de Pierre*, les évangiles de Thomas, de Pierre, de Philippe, de Judas…, tous écartés du canon. Tous non reconnus par l'Église.

Comme toutes les collections anciennes : Bible, Coran, textes hindouistes ou bouddhistes, le Nouveau Testament aboutit à une solution paradoxale, il propose aux chrétiens un livre unique qui en contient plusieurs, une doctrine qui en recouvre plusieurs. Qu'y a-t-il de commun entre les judéo-chrétiens et les pagano-chrétiens ? Entre le royaume d'Israël prêché par Jésus et l'envoi vers les nations promu par les Actes des Apôtres ? Entre l'Apocalypse de Jean et les épîtres de Paul ?

Rien, ou presque.

Ce sera l'un des atouts du christianisme d'avoir su être multiple bien avant d'être dominant. Son génie aura été d'intégrer dans son corpus de textes de références un système d'oppositions qui s'avérera très efficace sur le plan théologique. Grâce à lui, l'Église n'en finira jamais de commenter les textes pour atteindre une harmonie qui n'a jamais existé.

5

Les citoyens du ciel

Au début du IVe siècle, si l'Apocalypse de Jean n'est pas purement et simplement mise à l'index, elle est pour le moins encore mal, voire très mal reçue.

« Certains la rejettent, mais d'autres décident de l'admettre parmi les livres reconnus », écrit Eusèbe de Césarée (*Histoire ecclésiastique*, III, 25, 4). Au siècle précédent, un autre théologien, Denys d'Alexandrie, pesait un peu hypocritement le « pour » et le « contre » : « Certains de ceux qui ont vécu avant nous ont rejeté et repoussé de toute manière ce livre ; ils l'ont critiqué chapitre par chapitre, en déclarant qu'il était inintelligible et incohérent et que son titre était mensonger. Ils disent en effet qu'il n'est pas de Jean, qu'il n'est pas une révélation, celle-ci étant complètement cachée sous le voile épais de l'inconnaissance, que ce n'est pas du tout quelqu'un des apôtres et pas même un des saints ou l'un des membres de l'Église qui est l'auteur, mais Cérinthe, le fondateur de l'hérésie appelée de son nom cérinthienne, et que celui-ci a voulu donner à sa fabrication un nom digne de créance. »

Cette critique ravageuse se clôt sur un avis sournoisement diplomatique du bon évêque d'Alexandrie : « Pour moi, je n'oserais pas rejeter ce livre que beaucoup de frères tiennent avec faveur, mais, tout en estimant que ces conceptions dépassent ma propre intelligence, je suppose que la signification de chaque passage est d'une certaine façon cachée et merveilleuse. En effet, si je ne la comprends pas, je soupçonne du moins qu'il y a dans les mots un sens plus profond. »

Denys conclut, plein d'onctuosité : « Je ne mesure ni n'apprécie cela par mon propre raisonnement ; mais, accordant la priorité à la foi, je pense que ces choses sont trop élevées pour être saisies par moi, et je ne rejette pas ce que je ne comprends pas, mais je l'admire d'autant plus que je ne l'ai pas vu » (*in* Eusèbe, *Histoire ecclésiastique*, VII, 25, 1-5).

Quelques siècles plus tard, il n'y a pas de doute que La Bruyère en aurait tiré matière pour le « caractère » d'un révérend père de la Compagnie de Jésus…

Un texte disputé

L'Apocalypse de Jean divisera longtemps le mouvement chrétien.

Les Églises d'Occident, les Églises latines, banalisent la violence du texte, si l'on peut dire, sous la féerie ou la numérologie, déchiffrant à travers la sidération de ses images la prémonition du Jugement dernier, une symbolique du Salut ou de l'Église. Cette interprétation allégorisante sera même entérinée officiellement en 431 par le concile d'Éphèse pour dessiner une vision de l'Enfer et du Paradis.

Il en est allé tout autrement dans les Églises d'Orient.

Qu'elles y adhèrent ou non, les Églises de langue grecque reçoivent ce qu'écrit Jean de Patmos dans un sens des plus concrets.

Ce que l'Apocalypse prophétise à travers son langage inspiré, c'est le royaume à venir, la nouvelle Jérusalem (l'Église chrétienne) qui finira par terrasser Babylone (l'Empire romain).

Une interprétation devant laquelle Denys d'Alexandrie fait la fine bouche : « Le règne du Christ sera terrestre. Il consistera […] dans les satisfactions du ventre et de ce qui est en dessous du ventre, c'est-à-dire dans les aliments, les boissons et les noces » (*in* Eusèbe, *Histoire ecclésiastique*, VII, 25, 3).

Mais les chrétiens des communautés d'Orient n'ont pas ces préventions. Pour eux, les textes sont clairs : l'Apocalypse annonce un royaume réel du Christ au lendemain de sa victoire sur Satan. Un royaume qui durera mille ans : « Je vis [...] les âmes de ceux qui furent décapités pour le témoignage de Jésus et la Parole de Dieu, et tous ceux qui refusèrent d'adorer la Bête et son image, de se faire marquer sur le front ou sur la main ; ils reprirent vie et régnèrent avec le Christ mille années » (Ap 20,4).

En raison de ces deux lectures antagonistes, celles d'Orient et d'Occident, l'Apocalypse fut, non sans mal, le dernier texte « canonisé ».

Formidable paradoxe que de voir ce texte si contesté conclure le Nouveau Testament et, de fait, la Bible chrétienne.

Plus formidable encore de voir s'achever les Écritures chrétiennes par le livre le plus antiromain. Ce qui ne manque pas d'ironie, quand on sait la place que Rome occupe dans l'imaginaire chrétien et dans la réalité historique de son succès.

Mais, que ce soit délibérément ou par accident, en fonction de la chronologie du processus de canonisation, d'une certaine façon il ne pouvait y avoir meilleure conclusion à la Bible chrétienne que ce « viens, Seigneur Jésus ! » (Ap 22,20) sur lequel se termine le texte en écho au « *Maran atha !* » de la fin de l'épître aux Corinthiens (1 Co 16,22).

Cette espérance du retour imminent du Christ, de la Fin des temps, du Jugement et de l'établissement du Royaume de Dieu, qui est si vitale pour les débuts du christianisme, ne semble pourtant plus guère animer les croyants au XXIe siècle, pas plus que celle d'un règne du Christ pour mille ans. Étonnamment, ces espoirs ne sont plus désormais que le fonds de commerce spirituel de sectes d'inspiration plus ou moins chrétienne et des fondamentalistes protestants.

Les montanistes sont là !

En 150 ou en 170, le Royaume et les mille ans promis par l'Apocalypse étaient plus qu'une promesse pour le prophète Montan et pour les prophétesses Priscilla et Maximilla qui l'accompagnaient. C'était le signe même que les paroles de Jésus s'accompliraient incessamment. Le mouvement que Montan initia (le montanisme) partit de Phrygie, gagna la Galatie, la Cappadoce, la Thrace, la Syrie, et survécut longtemps à son fondateur, jusqu'au IVe siècle en tout cas. En Afrique du Nord, le grand Tertullien, grand défenseur de l'orthodoxie chrétienne, en fut, vers la fin de sa vie, une recrue de choix.

Un engagement qui lui coûta sa place de Père de l'Église.

À la même époque, Irénée de Lyon, l'éternel chasseur d'hérétiques, reconnaissait presque à regret que les montanistes acceptaient toutes les Écritures, et croyaient en la résurrection.

Mais alors, que leur reprocher ?

Premièrement, comme Jésus, comme les disciples, comme à peu près tous les chrétiens du Ier siècle, les montanistes soutiennent, à travers une lecture littérale de l'Apocalypse, que la Fin des temps est imminente, que le Royaume de Dieu va se réaliser. Du temps de Montan, au IIe siècle, et encore après lui, non seulement les montanistes croient au Royaume mais ils sont persuadés, suivant la leçon de l'Apocalypse, que ce Royaume durera mille ans ; leur zèle, leur ascétisme, leur goût du martyre devant d'ailleurs en hâter la venue.

Ils sont millénaristes.

Tendance que la Grande Église combattra fermement. Parfois de façon ouverte, contre Tertullien par exemple, parfois de façon masquée, comme lorsque la seconde épître de Pierre prend acte du retard de la Fin des temps. En termes théologiques, le texte exhorte les croyants à remettre au lendemain cette apocalypse qui ne peut advenir le jour même : « Mais voici un point, très chers, que vous ne devez pas ignorer : c'est que, devant le

Seigneur, un jour est comme mille ans et mille ans comme un jour. Le Seigneur ne retarde pas l'accomplissement de ce qu'il a promis, comme certains l'accusent de retard, mais il use de patience envers vous, voulant que personne ne périsse, mais que tous arrivent au repentir » (2 P 3,8-9).

Si un jour est comme mille ans, à quoi bon faire des plans sur la comète et rêver d'un improbable royaume millénaire !

Deuxièmement, le montanisme réactive une tendance archaïque du christianisme, le christianisme prophétique. Or, pour les chrétiens du IIe siècle, la prophétie est close : Jésus est le messie, le Christ ; ses paroles ont été fixées, et il n'y a rien à ajouter aux paroles du Seigneur.

La prophétie, la parole inspirée par la voix du Saint-Esprit, ne peut plus être admise comme une parole « autorisée » à l'intérieur de l'Église.

Déjà, dans la première épître aux Corinthiens, Paul remettait à leur place ceux qui prétendaient avoir des dons spirituels, les « charismes ». Il voulait mettre de l'ordre, créer des hiérarchies, encadrer la parole chrétienne, fût-elle inspirée par l'Esprit : « Lorsque vous vous assemblez, chacun peut avoir un cantique, un enseignement, une révélation, un discours en langues, une interprétation. Que tout se passe de manière à édifier. Parle-t-on en langues ? Que ce soit le fait de deux ou de trois tout au plus, et à tour de rôle ; et qu'il y ait un interprète. S'il n'y a pas d'interprète, qu'on se taise dans l'assemblée ; qu'on se parle à soi-même et à Dieu. Pour les prophètes, qu'il y en ait deux ou trois à parler, et que les autres jugent. Si un autre qui est assis a une révélation, que le premier se taise. Car vous pouvez tous prophétiser à tour de rôle, pour que tous soient instruits et tous exhortés. Les esprits des prophètes sont soumis aux prophètes ; car Dieu n'est pas un Dieu de désordre mais de paix » (1 Co 14,26-33).

Quand les évangiles ou ce manuel de discipline nommé la *Didaché* combattent « les faux prophètes », qui visent-ils ?

Ils visent ceux qui ne sont pas conformes à la pensée chrétienne dominante, celle que, par commodité, on nomme la Grande Église. Les faux messies d'abord, « qui opéreront des signes et des prodiges pour abuser, s'il était possible, les élus » (Mc 13,22).

Dans *L'Ascension d'Isaïe*, un apocryphe chrétien composé au début du IIe siècle dans la région d'Antioche, le prophète de l'Ancien Testament est mis à contribution pour dénoncer la corruption montaniste qui sévit dans l'Église.

Ainsi, le texte fait dire à Isaïe : « Et ensuite, à son approche, ses disciples abandonneront la prophétie des douze apôtres, ainsi que leur foi, leur amour et leur pureté, et il y aura beaucoup de divisions à sa venue et à son approche. Et, en ces jours-là, nombreux seront ceux qui, bien que dépourvus de sagesse, animeront les charges. Et il y aura beaucoup de presbytres iniques et de pasteurs qui oppresseront leurs ouailles, et celles-ci seront rapaces, car elles n'auront pas de pasteurs saints. [...] Et il y aura au milieu d'eux une grande haine des pasteurs et des presbytres entre eux ; en effet il y aura une grande jalousie dans les derniers jours, car chacun dira ce qui est agréable à ses yeux. Et ils négligeront la prophétie des prophètes qui m'ont précédé, et mes visions aussi ils les abrogeront pour proférer les éructations de leurs cœurs » (*Ascension d'Isaïe*, 3, 21-24 et 29-31[1]).

Pourtant, le phénomène prophétique est une tendance qui ne disparaîtra jamais complètement de l'horizon chrétien, comme en témoigneront deux siècles plus tard le mouvement monastique ou, à l'époque moderne, les Mormons ou les Témoins de Jéhovah.

Troisièmement, les montanistes sont les témoins d'une tendance que de nos jours on dirait « anti-institutionnelle ». Non seulement l'autorité doctrinale ou l'autorité hiérarchique est

1. Traduit et présenté par Enrico Norelli, *in* François Bovon et Pierre Geoltrain (dir.), *Écrits apocryphes chrétiens*, t. I, Paris, Gallimard, « Bibliothèque de la Pléiade », 1998, p. 517-518.

contestée par ces prophètes chrétiens, mais, plus radicalement, c'est l'idée même d'autorité qui est visée, au sens où les disciples de Montan se sentent tout autant autorisés que d'autres, sinon plus, à parler au nom de Dieu, à entrer en communication avec lui. Le phénomène prophétique, sous toutes ses formes, va à l'encontre de l'autorité de l'Église.

Ce que met à vif le montanisme, c'est que la communication avec Dieu n'est pas interrompue, qu'elle continue de se produire, qu'elle n'est pas non plus l'apanage des clercs. Si la parole de Dieu, si les messages surnaturels qu'il émet en direction des humains continuent, cela signifie aussi que la perspective d'un Nouveau Testament n'a pas de sens, pas plus qu'un canon limité de textes chrétiens. Prophéties, oracles, visions, extases, transes, ces éructations du cœur ne sont pas des anomalies psychiques individuelles, mais des expressions de la magie propre au christianisme, de son rapport constitutif au divin.

Comme dans l'Apocalypse de Jean, Dieu parle à travers ses prophètes et nul ne peut s'interposer.

À en croire Irénée de Lyon, Montan pouvait dire : « Ce n'est ni un ange ni un ancien, mais moi, le Seigneur Dieu, qui suis venu », ou : « Je suis le Seigneur Dieu Tout-Puissant descendu dans un homme » (*Contre les hérésies*, 48, 11, 9). Stigmatisés comme « faux prophètes », les montanistes retournent l'accusation contre leurs accusateurs. De leur point de vue, eux seuls sont les vrais, les nouveaux prophètes dont la parole dénonce les accommodements avec le ciel de la Grande Église.

Le danger montaniste exprime un sursaut violent contre le sens du réalisme qui, avec le temps, gagne le mouvement chrétien ; sans compter son hellénisation sur le plan philosophique et sa dimension urbaine sur le plan sociologique. « Pour justifier son existence », comme le résume bien l'historien des religions Jaroslav Pelikan, « l'Église regardait de plus en plus non vers l'avenir, illuminé par les dons extraordinaires de l'Esprit, mais vers le passé, illuminé par la constitution du canon apostolique, la création du credo apostolique et l'établissement de l'épiscopat apostolique. Pour donner la preuve de son orthodoxie apostolique, un mouvement ou une idée devait se mesurer à ces normes[1]. »

Notre vision du christianisme ancien est inévitablement anachronique au point que les mots mêmes prennent un autre sens : le terme « chrétien » en est l'exemple le plus manifeste, mais on pourrait ajouter le mot « église », *ekklèsia*, qui signifie simplement à l'origine « rassemblement », « assemblée », « réunion », le mot « évêque », *episkopos*, qui se traduirait par « le surveillant », celui qui veille sur une communauté, sur ses âmes – qu'il y en ait quelques dizaines seulement ou quelques centaines –, le mot « hérésie », *hairesis*, qui signifie d'abord « choix », « option ».

Dès lors, certains aspects des premiers temps ont complètement disparu de notre mémoire, de nos représentations. Ils ont été effacés de l'histoire telle que les vainqueurs l'ont racontée, prétendant que, dès le début, très rapidement en tout cas, le christianisme s'était doté de structures, peut-être embryonnaires, préfigurant déjà, comme des prototypes, le christianisme que nous connaissons.

Le montanisme dément cette vision simpliste de l'histoire, et c'est sans doute une des clefs de l'hostilité farouche que ce mouvement a suscitée.

Puissance de Dieu

En décembre 1945, dans les sables de haute Égypte était exhumé un ensemble de papyrus – notamment *La Révélation de la Grande Puissance* de Simon de Samarie, dont on ne connaît plus les œuvres, hélas, que par ses détracteurs.

Comme Montan, Simon de Samarie est une figure noire pour les premiers chrétiens. Justin de Naplouse, *alias* Justin Martyr, n'écrivait-il pas dans sa *Grande Apologie*, au milieu du IIe siècle,

1. Jaroslav Pelikan, *La Tradition chrétienne*, t. I, *L'Émergence de la tradition catholique*, Paris, PUF, 1994, p. 112.

que les Samaritains et d'autres rendaient un culte à ce Simon comme à Dieu ? Ce qui était une abomination à ses yeux. Irénée de Lyon voyait en Simon de Samarie, surnommé « la Puissance de Dieu », « le père de toutes les hérésies ».

Pourquoi tant de hargne ?

Simon représentait une alternative à Jésus. C'était un messie, samaritain certes mais un messie quand même ; un prophète entouré de disciples entièrement voués à sa cause comme les Douze l'étaient à Jésus ; un magicien, mais Jésus aussi fut accusé de l'être ; bref, un adversaire d'autant plus dangereux qu'il y avait rique de confusion. Il fallait le disqualifier, le diaboliser, parce que les voies du salut qu'il proposait défiaient celles de l'Église majoritaire. Dans les Actes des Apôtres, Pierre et Jean l'accuseront de cupidité, de ladrerie, de vouloir « acheter » la grâce du Seigneur : « Périsse ton argent, et toi avec lui, puisque tu as cru acheter le don de Dieu à prix d'argent ! » (Ac 8,20.)

Dans son système, Simon de Samarie, que guettait la folie des grandeurs, se voyait comme le Dieu suprême, mais pas le dieu créateur des juifs qu'il exécrait, un autre dieu, un dieu supérieur, descendu sur la terre pour se faire reconnaître comme Fils en Judée, Père en Samarie, Esprit saint dans les autres régions.

Hélène, une prostituée rachetée dans un lupanar de Tyr, était la Pensée jaillie de son esprit, « elle résume en elle toute une lignée de femmes, à commencer par Hélène de Troie, symbole de l'âme captive de la matière[1] ». C'est cette Hélène qui avait créé les anges et les archanges, créateurs du monde. À la mythologie chrétienne, Simon de Samarie oppose un autre système, une mythologie parallèle, concurrente : « Simon conjugue dans son système l'héritage du judaïsme et une polémique virulente contre celui-ci. Le dieu créateur, un dieu méchant qui veut la perte des âmes, est identifié par Simon au dieu de l'Ancien Testament ; ses prophètes sont considérés comme des menteurs. Ces éléments de la doctrine simonienne deviendront une constante des

1. Madeleine Scopello, *Les Gnostiques*, Paris, Éd. du Cerf, 1991, p. 117.

spéculations gnostiques successives » (*ibid.*). Dans la nébuleuse qu'on a dite « gnostique », la théorie de Simon de Samarie est donc l'une des premières à prétendre révéler les secrets qui se cachent derrière les apparences du monde matériel : l'autre réalité.

La découverte de ce que l'on a appelé « la Bibliothèque copte » de Nag Hammadi a permis de saisir un pan entier de ce courant fort mal connu jusque-là, mouvement théologique et philosophique très intense quoique très marginal.

Gnôsis, la gnose

Définir la gnose est un exercice impossible.

Le mot « gnose » vient du grec *gnôsis* et signifie « connaissance », une connaissance tellement mise en exergue qu'elle se revendique comme la connaissance supérieure, la seule et véritable connaissance. Le terme lui-même suggère l'existence d'un trésor unique rassemblant formules et secrets cachés, un contre-savoir en quelque sorte. Les récits populaires ont divulgué, à qui mieux mieux, la vision simpliste mais vertigineuse d'un « mystère mystérieux » dont seuls de rares initiés se disputeraient les clefs et les serrures…

L'appellation moderne, « gnosticisme », permet d'échapper à cette impossible définition, englobant la multiplicité des groupes, la multiplicité des figures de référence, la multiplicité des textes jusqu'à leur prolifération maladive, la multiplicité des héritages (au confluent du judaïsme, du christianisme, du platonisme).

Au IVe siècle, Épiphane en dénombrait quatre-vingts formes – sans doute parce que, selon la lecture chrétienne du Cantique des cantiques, il y avait quatre-vingts concubines et une seule épouse du Christ, l'Église. C'était suffisant en tout cas pour y consacrer, avec un raffinement de précisions et de détails y compris les plus oiseux, tout un traité, le *Panarion*, destiné à servir de pharmacie aux bons chrétiens (*panarion*, qui signifie en grec « panetière », est aussi une « boîte à remèdes »).

Alors, quels dénominateurs communs réussir à distinguer ?

Le fondement de tous les systèmes gnostiques repose sur une vision négative du monde, une vision pessimiste : la création est démonisée, le monde est l'œuvre de Satan ou, à tout le moins, d'un démiurge – comme chez Marcion (dont on se demande encore s'il faut ou non le considérer comme un gnostique).

Dans la vision apocalyptique des choses, il y a le monde avec ses corruptions, ses crimes, ses iniquités, puis, à la Fin des temps, au retour en gloire du Christ, la transformation de ce monde. Nous sommes dans une vision linéaire de l'histoire. Le Royaume espéré sera notre monde transformé par le Christ au jour du Jugement, mais c'est le monde terrestre. Il y a ainsi un avant et un après entre ces deux états du monde, que l'on peut figurer sur un plan horizontal.

Pour les gnostiques, au contraire, il n'y a pas d'avant et d'après. Il y a, si l'on veut, le bas et le haut. Le monde témoigne de la chute, là aussi avec ses corruptions, ses crimes et ses iniquités. Le gnostique, porteur d'une étincelle divine, échappe à la chute et rejoint le haut, la sphère céleste où lui-même s'unit à la divinité. Le salut ne provient pas de la foi, mais de la connaissance des secrets, de la connaissance de l'origine et de la fin des choses – d'où l'importance des mythes originels dans leur littérature.

La gnose, cette connaissance réservée aux initiés, est la voie d'accès à Dieu. Au lieu d'espérer un rétablissement de la justice divine dans un proche avenir, une transformation réelle et future du monde, elle offre maintenant une alternative au présent.

Ainsi peut-on analyser le gnosticisme, ou les gnosticismes, comme une conversion de l'échec de l'attente apocalyptique : l'impossibilité de la Fin des temps conduit à une solution tout intérieure.

Par un mouvement cette fois vertical, la gnose permet d'échapper au réel, au monde, au monde matériel, donc à la mort et à l'histoire.

La pieuvre

La gnose s'est répandue partout « comme la pieuvre » : en Syrie, en Palestine, au Proche-Orient, en Égypte, en Afrique du Nord et jusqu'à Lyon, où Irénée écrit que ses idées « poussent comme des champignons » (*Contre les hérésies*, 1, 29, 1). Par son dualisme en rupture avec l'héritage juif, le gnosticisme opère une fracture insupportable dans le monothéisme. L'antijudaïsme sera d'ailleurs la caractéristique de bien des textes gnostiques.

Par ailleurs, la gnose multiplie à l'envi les êtres intermédiaires, les anges, les archanges, les éons, et elle désincarne la figure de Jésus, le transforme en Christ spirituel, irréel, voulant ignorer le dogme de l'incarnation.

Les spéculations des gnostiques, leurs fantasmagories auraient pu être considérées comme des délires philosophiques au sens littéral, et la Grande Église aurait pu choisir le silence pour les combattre.

Or, c'est la stratégie inverse qui a été adoptée. Et il y a aujourd'hui peut-être plus de textes contre les gnostiques que de textes gnostiques.

Prescription des hérétiques

À côté d'un christianisme pour le grand public, pour la masse des appelés, pour les faibles, les *idiotaï*, les simples fidèles, le gnosticisme ouvrait la perspective d'un christianisme de haut niveau philosophique et intellectuel. Pourtant, le caractère essentiellement ascétique du mouvement, son individualisme foncier, ses conceptions ésotériques, son élitisme n'étaient pas de nature à assurer une large divulgation au gnosticisme.

Aussi est-ce presque paradoxalement que la Grande Église – une réalité qui, aux IIe et IIIe siècles, n'a encore rien à voir avec la structure ultérieure mise en place par l'Église catholique – va pour partie se constituer en consolidant l'importance de son adversaire.

Tertullien, avocat de formation, évite le débat philosophique et le porte sur le terrain juridique quand, vers 205, il écrit son traité « contre la gnose », *De la prescription des hérétiques.* Pierre de Labriolle a souligné chez lui le recours au concept technique de « prescription » : l'usage valant titre de propriété en droit romain, seule la *praescriptio* permettait d'opposer une fin de non-recevoir et de paralyser l'entreprise d'appropriation. « Tel est l'expédient de procédure que Tertullien transporte dans le domaine théologique. Les hérétiques s'arrogent le droit de disserter sur les Écritures ; ils les interprètent arbitrairement ; parfois même ils les corrigent et les mutilent. Or toute la question se ramène à ceci : ont-ils le droit d'y toucher ? À qui les Écritures appartiennent-elles ? Ce seul point, une fois décidé, dispensera de plaider sur le fond[1]. »

On comprend mieux alors pourquoi, et contrairement à ceux de Marcion, les écrits gnostiques, révélations, apocalypses, lettres ou évangiles se sont souvent réclamés de figures tutélaires venues de la Bible (Adam ou le grand Seth) ou de l'entourage des proches et des disciples de Jésus (Pierre, Paul, Philippe, Thomas, Mathias, Judas, Marie-Madeleine). C'est qu'il s'agissait de résister ou de riposter à l'idée que seule l'Église serait la propriétaire des Écritures, l'héritière directe et authentique de la tradition transmise par les apôtres.

Parallèlement à Tertullien, Irénée de Lyon, qui, lui, écrit en grec à la fin du IIe siècle les cinq livres de son *Contre les hérésies*, en fait intitulés *Dénonciation et réfutation de la gnose au nom menteur*, en était arrivé à une conclusion voisine : « C'est pourquoi », écrit-il, « il faut écouter les presbytres qui sont dans l'Église : ils sont les successeurs des apôtres […] et, par la succession dans l'épiscopat, ils ont reçu le sûr charisme de la vérité

1. Pierre de Labriolle, *Histoire de la littérature latine chrétienne*, Paris, Les Belles Lettres, 1920, p. 118.

selon la volonté du Père » (IV, 26, 2) : la doctrine chrétienne a été transmise aux apôtres, puis aux évêques. C'est cette transmission qui garantit la règle de foi, la « saine et vraie doctrine ».

Dans le Nouveau Testament, la mise en garde de la première épître à Timothée contre « les faux docteurs » est sans appel : « Si quelqu'un enseigne autre chose et ne reste pas attaché à de saines paroles, celles de notre Seigneur Jésus Christ, et à la doctrine conforme à la piété, c'est un être aveuglé par l'orgueil, un ignorant en mal de questions oiseuses et de querelles de mots ; de là viennent l'envie, la discorde, les outrages, les soupçons malveillants, les disputes interminables des gens à l'esprit corrompu, privés de la vérité » (1 Tim 6,3-5).

Mais les gnostiques n'ont que faire de ces admonestations.

Ils battent en brèche l'idée même de doctrine alors même qu'ils génèrent des myriades de spéculations.

Comme l'accès au divin est pour eux le fruit d'une expérience personnelle, ils n'ont plus besoin d'Église, plus besoin de lecture encadrée, de liturgie, de sacrements ni de hiérarchie… L'Apocalypse copte de Pierre, texte gnostique, ne l'envoie pas dire : « Il y en a d'autres parmi ceux qui sont en dehors de notre nombre qui se donnent le nom d'évêques et de diacres, comme s'ils avaient reçu de Dieu leur autorité. Ils ploient sous le jugement de leurs chefs. Ces gens-là sont des canaux asséchés » (*Apocalypse de Pierre*, VII, 23-31).

Aussi comprend-on mieux pourquoi la première épître à Timothée, écrit néotestamentaire que l'on prête à Paul, s'achève sur une adjuration explicite : « Ô Timothée, garde le dépôt [la Tradition]. Évite les discours creux et impies, les objections d'une pseudo-science [*gnôsis*]. Pour l'avoir professée, certains se sont écartés de la foi » (1 Tim 6,20-21).

Gnôsis, la « soi-disant connaissance », la « prétendue » gnose : le mot est lâché, comme un gros mot, une seule et unique fois dans tout le Nouveau Testament.

Si l'attaque est nette, elle reste singulièrement discrète, presque cachée.

Pourtant, des traces ou des influences souterraines de la pensée gnostique transparaissent dans les épîtres de Paul, au point que l'on a pu soupçonner l'existence, à l'intérieur de certaines lettres, d'une couche de rédaction gnosticisante. Dans l'évangile selon Jean – précisément très apprécié par les milieux gnostiques, au point que son entrée dans le canon fut laborieuse –, le rôle du *Logos* au cours du Prologue, le discours des adieux de Jésus, plus globalement l'opposition de la lumière et des ténèbres renvoient à des motifs et à des thèmes en forte résonance avec l'univers gnostique.

Malgré l'opprobre qu'ils jettent sur la gnose, Clément d'Alexandrie et Origène, pour ne citer qu'eux, tout en discutant les interprétations gnostiques, les intégreront à leur réflexion et les incorporeront aussi à la pensée chrétienne, ouvrant la voie à toutes les lectures symboliques ultérieures. Sans pour autant cesser de les combattre, les Pères de l'Église tireront amplement parti de l'art de l'exégèse et de la spéculation dans lequel les gnostiques sont passés maîtres.

Hors du réel

En dehors des conflits de pouvoir, le montanisme comme le gnosticisme, qui ne partagent rien sur le plan des idées, mettent l'un et l'autre en cause l'identité chrétienne, le statut des chrétiens dans le réel.

Pour les montanistes, Dieu doit en finir avec l'ordre du monde tel qu'il est, injuste, impie. Mais c'est un vœu pieux qui, chez eux, n'en appelle pas à un activisme autre que la prière et la mortification. Chez les gnostiques, la question est de sortir du réel, de l'illusion du réel, pour atteindre par la pensée la communication avec le cosmos, l'autre réalité, la réalité vraie cachée aux yeux des ignorants.

On pourrait dire que les montanistes vivent les yeux tournés vers le ciel tandis que les gnostiques vivent tournés vers l'intérieur d'eux-mêmes.

Chacun à sa manière se vit comme étranger au monde.

Au cœur d'un empire immense et hostile, ils sont les habitants d'une autre patrie – une patrie spirituelle pour les uns, une patrie utopique pour les autres. Ces chrétiens marginaux, ces hérétiques (la Grande Église n'aura de cesse de les rendre tels) aspirent à vivre dans un monde parallèle qu'éclaire la lumière de Dieu.

Le christianisme dominant, lui, ne se pense pas hors du réel.

Tout au contraire, les intellectuels chrétiens, ceux dont le point de vue finira par prévaloir, veulent s'inscrire dans le monde terrestre, c'est-à-dire dans l'Empire romain.

La réaction païenne

Pour les chrétiens de la Grande Église, l'Empire est un champ de mines où chaque pas en avant menace leur existence même. Ils doivent se battre sur deux fronts : à l'intérieur, contre ceux qu'ils rejettent comme hérétiques, les montanistes, les gnostiques, etc. ; à l'extérieur, contre les païens qui raillent leurs mœurs, leurs bizarreries, leurs folies, leur bêtise.

Apulée, écrivant *L'Âne d'or* à Carthage vers 161, s'en donne à cœur joie. « À cette détestable femelle ne manquait aucun vice », dit-il de la marâtre qui a pour esclave le malheureux héros du roman ; « mais comme un cloaque infect et fangeux, toutes les infamies s'étaient donné rendez-vous en son âme. Méchante, stupide, coureuse, ivrognesse, insolente, entêtée, avide et prompte à mille larcins honteux, prodigue dans ses dépenses coupables, haïssant tenir ses promesses, au plus mal avec la pudeur. Méprisant et foulant aux pieds les puissances divines, au lieu d'une religion vraie, elle faisait profession mensongère et sacrilège de servir un dieu qu'elle prétendait unique, et, sous prétexte de pratiques vides de sens, elle trompait tout le monde, abusait son pauvre mari et, buvant sec dès le matin, se livrait tout le jour à la débauche[1]. »

Que les chrétiens soient visés à travers cette satire à l'acide ne fait guère de doute, même si certains l'ont nié ou ont prétendu qu'il s'agissait plutôt des juifs.

Celse, le philosophe païen qui écrivait vers les années 170, refusait de faire le distinguo et mettait juifs et chrétiens dans le même panier : ils « ressemblent à une troupe de chauves-souris, à des fourmis qui sortent de leurs trous, à des grenouilles qui tiennent séance autour d'un marais, à des vers formant assemblée dans un coin de bourbier, qui disputeraient ensemble qui d'entre eux sont les plus grands pécheurs et se diraient les uns aux autres : "Nous sommes ceux à qui Dieu révèle d'avance et prédit tout ; négligeant l'univers et le cours des astres, sans souci de cette vaste terre, c'est pour nous seuls qu'il gouverne, avec nous seuls qu'il gouverne par ses envoyés" » (Origène, *Contre Celse*, IV, 23).

Pour Celse, la croyance des juifs comme celle des chrétiens en un dieu unique – qu'ils ont le ridicule de ne pas se partager, chacun le sien ! – font d'eux des « athées », selon le cri qui saluait l'exécution de certains de leurs martyrs : « À mort les athées ! » Les chrétiens ne postulent pas seulement des théories extravagantes sur la création du monde, le salut de l'humanité, le fils de Dieu envoyé sur terre pour y être crucifié : à la rigueur passe encore, même si ces idées sont des aberrations philosophiques, des insultes pour l'esprit. Le plus grave est qu'ils ne vénèrent pas les dieux de la cité et mettent ainsi en péril l'Empire tout entier : « Si tous vous imitaient, rien n'empêcherait que l'empereur demeurât seul et abandonné et que tout le monde devînt la proie des Barbares les plus sauvages… »

L'exclusivisme des juifs ne vaut pas mieux, mais au moins les Romains leur reconnaissent des traditions anciennes, respec-

1. Apulée, *L'Âne d'or ou les Métamorphoses*, IX, 14 ; trad. fr. de Pierre Grimal, Paris, Gallimard, 1958, p. 208-209.

tables, et leur religion a la qualité d'être une religion nationale : d'où leur statut particulier dans l'Empire. Rien de tel pour les chrétiens, qui ne bénéficient pas de cette tolérance. Au pire on les persécute, au mieux on les méprise, on s'en moque, on les calomnie, puisque d'eux-mêmes ils se sont mis à part de la société.

Contre Celse

Quoique minoritaire encore longtemps, le christianisme est devenu suffisamment important pour que des intellectuels païens s'alarment de son influence, autant que les intellectuels chrétiens s'inquiètent de la gnose.

Pour les païens, le christianisme n'est plus seulement une maladie mentale, folie douce ou démence criminelle, mais un danger qui sape les bases de la civilisation antique.

Il faut reconstituer la critique païenne du christianisme, car les ouvrages polémiques antichrétiens ont disparu, au point que le traité *Contre les chrétiens* de Porphyre fut condamné au bûcher au début du ve siècle : il n'en subsiste que de rares fragments que l'on connaît par les citations de saint Jérôme ou d'Eusèbe de Césarée, mais aussi par des auteurs plus tardifs.

Quant à la critique du philosophe païen Celse, *Le Discours vrai*, elle ne semble pas avoir été volontairement détruite, mais nous ne la connaissons que par son contradicteur le plus célèbre, le théologien chrétien d'Alexandrie, Origène. C'est le paradoxe de ce livre disparu : on peut le reconstituer presque intégralement à travers la réfutation d'un de ses adversaires.

Avec les huit livres du *Contre Celse* qu'il achève vers 248, Origène répond en effet méticuleusement, systématiquement, à l'ouvrage d'un païen écrit soixante-dix ans auparavant.

Ce dialogue par-delà le temps (trois générations les séparent, et le contexte historique est tout autre) est en soi un révélateur significatif.

Si Origène répond à Celse, dont nous ignorons tout, hormis ce que nous en dit son opposant, c'est le signe que sa critique, loin d'être périmée, est toujours d'actualité au milieu du IIIe siècle.

C'est aussi la preuve que cette critique vaut pour d'autres textes polémiques qui ont disparu ; que Celse, en tout cas, a réussi d'une certaine façon à faire le tour de la question. Y répondre, c'est se mesurer à un adversaire digne d'être affronté. C'est combattre le noyau dur de la polémique antichrétienne. C'est répliquer à des arguments qui resteront pertinents jusqu'à nos jours, écrivait Jacob Taubes : « J'ai lu Nietzsche et je me suis demandé : est-ce que tu trouveras un argument qui n'a pas été évoqué par Celse ? Je n'en ai trouvé aucun[1]. »

Autant l'idée d'un dieu suprême, d'un dieu gouvernant d'autres dieux, est dans l'air philosophique du temps, autant l'idée d'un dieu incarné et souffrant est impensable ; de même l'idée que dieu puisse se soucier du destin, voire de la vie quotidienne de chacun des êtres humains. Celse ridiculise l'omniprésence divine ou la croyance en la résurrection, tout en se montrant, c'est assez extraordinaire pour être souligné, un lecteur très attentif, un exégète très malicieux des évangiles, un rationaliste avant l'heure, le pionnier de l'exégèse historico-critique qui ne s'épanouira qu'à la fin du XIXe siècle.

Celse se fait gladiateur.

C'est un rétiaire, armé d'un trident pour percer les impossibilités des récits évangéliques, lançant un filet pour capturer leurs anomalies, leurs contradictions. Un pourfendeur de l'absurde chrétien.

Par exemple, Celse s'étonne que Jésus ne se soit pas manifesté avec éclat. « Quel messager envoyé en mission se cacha-t-il jamais au lieu d'exposer l'objet de son mandat ? » Non, il ne se cachait pas, répond Origène, « puisqu'il dit à ceux qui cherchaient à le

1. Jacob Taubes, *La Théologie politique de Paul*, Paris, Éd. du Seuil, 1999, p. 113.

prendre : “Chaque jour j’étais dans le temple à enseigner librement, et vous n’osiez m’arrêter” ». Celse poursuit : « Est-ce que, de son vivant, alors que personne ne le croyait, il (Jésus) prêchait à tous sans mesure, et, quand il aurait affermi la foi par sa résurrection d’entre les morts, ne se laissa-t-il voir en cachette qu’à une seule femmelette et aux membres de sa confrérie ? » Ce n’est pas vrai, réplique à nouveau Origène : « Il n’est pas apparu seulement à une femmelette, car il est écrit dans l’évangile selon Matthieu : “Après le sabbat, dès l’aube du premier jour de la semaine, Marie de Magdala et l’autre Marie allèrent visiter le sépulcre. Alors il se fit un grand tremblement de terre : l’ange du Seigneur descendit du ciel et vint rouler la pierre.” Et peu après Matthieu ajoute : “Et voici que Jésus vint à leur rencontre – évidemment les Marie déjà nommées –, et il leur dit : ‘Je vous salue.’ Elles s’approchèrent, embrassèrent ses pieds et se prosternèrent devant lui.” » À son tour, Origène n’hésite pas à manier l’ironie contre le fantôme de Celse quand se pose la question : « Est-ce donc que, durant son supplice, il a été vu de tous, mais, après sa résurrection, d’un seul ? » Il balaie l’argument d’un trait d’une réjouissante mauvaise foi : « À en juger par son expression, il [Celse] voulait une chose impossible et absurde : que, durant son supplice, il [Jésus] soit vu d’un seul, après sa résurrection, de tous ! » (Origène, *Contre Celse*.)

Qu’on ne s’y trompe pas : dans le *Contre Celse*, le philosophe païen joue malgré lui le rôle de faire-valoir. Il n’intéresse Origène que dans la mesure où il lui permet de démontrer comment les textes du Nouveau Testament, s’ils ne coïncident pas tout à fait, voire se contredisent franchement, peuvent aisément se combiner et se compléter. C’est une boîte à outils… Les croyants fragiles dans leurs convictions, démunis face aux critiques, trouveront dans son œuvre les armes nécessaires pour riposter aux païens. Aussi Origène ne veut-il rien laisser sans explication. Si la réponse ne peut être textuelle, elle sera déplacée, avec un art consommé, sur le terrain de la casuistique.

La discussion, en tout état de cause, est sans fin, puisqu’elle ne peut convaincre que les convaincus – ou ceux « qui ne demandent qu'à être convaincus d'avoir tort », comme le dira l'un des personnages de la pièce de Nathalie Sarraute *Elle est là*.

Minucius Felix

Un chrétien de la fin du IIe siècle, Minucius Felix, dans l'*Octavius*, reprend à son compte les accusations d'anthropophagie, de meurtres d'enfants, de luxure, d'adoration d'une tête d'âne, de bestialité et autres incestes dont on accablait la communauté chrétienne. La complaisance avec laquelle il rapporte ces infamies invite à en mesurer la portée. Minucius Felix noircit la réputation des chrétiens rien que pour démontrer, par contrecoup, la bassesse des païens, l'imbécilité de leurs calomnies. Il souffle sur le feu, alors qu'au tournant des IIe et IIIe siècles la colère populaire contre les chrétiens n'est déjà plus qu'un tas de braises refroidies.

Cette « perle de la littérature apologétique », comme l'appelait Renan, commence sur la plage d'Ostie, la villégiature préférée des Romains. Trois lettrés, trois amis, Octavius, Minucius Felix et Caecilius, dissertent sur le christianisme et le paganisme.

Leur joute intellectuelle permet à chacun de porter ses arguments avec ardeur : « Ne faut-il pas déplorer de voir [...] des hommes d'une secte déplorable, illicite, désespérée, s'attaquer aux dieux ? » s'exclame le païen Caecilius, argumentant contre les chrétiens. « Avec des gens fort différents, rassemblés de la plus vive populace, et des femmes influençables en raison de la docilité de leur sexe crédule, ils constituent un groupe de conjurés impies, dans des réunions nocturnes, avec des jeûnes à dates fixes et des nourritures inhumaines, dont l'alliance est scellée non par un pacte sacré, mais par un acte impie : nation qui se cache et qui fuit la lumière, muette en public, bavarde dans les coins. Ils méprisent les temples ainsi que les tombeaux, ils crachent sur les dieux, se moquent des sacrifices... » Et, sommet de son dégoût, les chrétiens vénèrent un homme « puni pour un forfait du dernier des supplices sur le bois funeste d'une croix ».

Octavius réplique par une défense de la communauté chrétienne : « Puisque mon ami fait éclater son mécontentement, son indignation, sa douleur de voir des illettrés, des pauvres, des ignorants raisonner sur les choses célestes, qu'il sache que tous les hommes, sans distinction d'âge, de sexe, de dignité, ont été créés pourvus de raison et d'intelligence et aptes à s'en servir, et que la sagesse ne s'acquiert pas par hasard, mais se possède par nature. » Puis il se livre à une critique radicale de la conception de Dieu dans le paganisme : « Dieu, dis-tu, ignore l'activité des hommes ; établi dans le ciel, il ne peut ni les inspecter ni les connaître un à un. Tu fais erreur, ô homme, et tu te trompes. [...] Partout Dieu est non seulement près de nous, mais au-dedans de nous. »

Octavius ensuite ironise sur l'anthropomorphisme païen, la mythologie, et défend point par point les aspects litigieux du christianisme, exaltant le monothéisme chrétien, sa morale – sans que jamais soit prononcé le nom de Jésus-Christ.

À la fin, *happy end*, Caecilius est converti.

Au IIIe siècle, le temps est passé où les païens stigmatisaient les prétendues pratiques criminelles des chrétiens. Les rumeurs et racontars ne sont cités que pour mémoire. La composition sociale du christianisme a évolué. Les chrétiens ont pris du poids dans la société antique. Ils veulent acquérir des lettres de noblesse et cherchent à faire reconnaître leur légitimité tant sur le plan religieux qu'intellectuel. Les auteurs chrétiens qui vantent une religion méprisée ont à cœur de ne pas mépriser leur adversaire et abandonnent à leur tour les accusations récurrentes qu'ils portaient eux-mêmes contre les païens : sodomie, pédérastie, prostitution, démonologie, etc. Le débat doit être désormais de nature philosophique.

Discutant avec les païens, les chrétiens, issus eux-mêmes pour l'essentiel du paganisme, se revendiquent avant tout comme les porteurs d'une autre philosophie. Une philosophie bien plus ancienne qu'elle ne paraît, et tout aussi légitime que les philosophies plus traditionnelles. Une philosophie qui est la vraie philosophie, c'est-à-dire la seule valide – de même que le christianisme se veut « le véritable Israël ».

Les juifs ont été les précurseurs des chrétiens du côté de la foi, les grands penseurs de la philosophie grecque l'ont été du côté de l'esprit, comme le dit Athénagore dans sa *Supplique pour les chrétiens* : ce sont les devanciers des chrétiens sur le terrain philosophique.

Apologies

Les auteurs chrétiens vont consacrer beaucoup d'efforts à expliquer que, philosophiquement, religieusement, civilement, ils sont des citoyens comme les autres.

Durant le règne d'Hadrien (117-138), Quadratus et Aristide d'Athènes passent pour être, vers l'année 124 ou 125, les premiers apologistes chrétiens.

À vrai dire, le plaidoyer avait été largement développé bien avant par les évangiles, essentiellement celui de Luc et celui de Jean. Le procès de Jésus offrant, littérairement, aux évangélistes une surprenante tribune pour affirmer l'innocuité politique du christianisme encore naissant… Après eux, l'auteur du livre des Actes des Apôtres plaidera assidûment pour une collaboration active avec les autorités romaines. Mais l'essor du travail apologétique se situera un peu plus tard, autour des années 150 à 190, à Rome, à Athènes, à Antioche, à Carthage, dans une période moins paisible pour les chrétiens à l'intérieur de l'Empire.

Les nécessités du temps poussent les auteurs chrétiens à prendre les armes de l'esprit pour dire et redire qu'ils sont des sujets loyaux de Rome, pour le certifier par écrit.

Ainsi Justin s'adresse à Antonin le Pieux : « Quand vous entendez dire que nous attendons un royaume, vous supposez à la légère qu'il s'agit d'un royaume humain. Mais c'est du

Royaume de Dieu que nous parlons. Ce qui le prouve, c'est qu'à vos interrogations nous répondons que nous sommes chrétiens, quand nous savons bien que cet aveu nous vaudra la mort. Si nous attendions un royaume humain, nous nierions pour sauver notre vie ; nous nous cacherions, pour ne pas être frustrés dans notre espérance. Mais notre espérance n'est pas de ce temps présent ; aussi nous ne craignons pas nos bourreaux, et d'ailleurs, de toute façon, ne faut-il pas mourir ? Vous trouverez en nous les amis et les alliés les plus zélés de la paix, puisque, d'après notre doctrine, nul ne peut échapper à Dieu, le méchant, l'avare, le perfide, pas plus que l'honnête homme, mais chacun selon ses œuvres va au châtiment éternel » (Justin, *Grande Apologie*, 1, 11-12).

Selon lui, la coïncidence qui a voulu que le Christ apparaisse au temps d'Auguste, fondateur de l'Empire, démontre la parenté profonde et durable entre l'Église et Rome… Justin l'affirme : l'Église est, demeure et sera la meilleure alliée de l'Empire.

L'exécution de Justin par les Romains en 165 ne décourage pas Tertullien pour autant.

Il renchérit, allant jusqu'à jurer solennellement – mais symboliquement – devant l'empereur Septime Sévère : « Nous avons une raison plus importante encore de prier pour les empereurs et pour la stabilité de la puissance romaine sur tout l'Empire. Nous savons que la catastrophe imminente qui menace la terre entière et la clôture du temps, suspendant sur nous des calamités effrayantes, ne sont retardées que par un répit accordé à l'Empire romain. C'est pourquoi nous prions pour que cette épreuve soit différée et nous contribuons ainsi à la longue durée de l'Empire romain » (Tertullien, *Apologétique*, 30, 32).

Le christianisme, selon Tertullien, serait – non sans ironie – le dernier rempart contre l'arrivée de la Fin des temps.

L'*Épître à Diognète*

Le problème pour les chrétiens est de se fondre dans la masse, de passer inaperçus, tout en faisant reconnaître et accepter leur différence : c'est le sens de l'*Épître à Diognète.*

Cette lettre n'en est pas une, mais elle a été appelée ainsi depuis qu'elle a été publiée pour la première fois à la veille du XVIe siècle.

Inconnue jusque-là, elle a été découverte en 1436 dans un manuscrit qu'un marchand de poissons de Constantinople voulait utiliser comme papier d'emballage... Hasard extraordinaire, qui rappelle ce que fut souvent le sort des livres dont s'amusèrent bien des romanciers d'autrefois : « Dès que ta nouveauté sera passée et que tu ne seras plus jeune et neuf, jetées dans quelque sombre et sale coin, moisies et toutes couvertes de toiles d'araignées, tes feuilles seront la proie des vers ; ou bien envoyées chez l'épicier, et condamnées à subir les brocards du public, elles garniront le coffre ou envelopperont la chandelle[1]. » Mais le destin s'acharna sur le manuscrit de l'*Épître à Diognète*, puisque le précieux codex déposé à la bibliothèque de Strasbourg fut détruit en août 1870 par les Prussiens qui bombardaient la ville.

Le texte s'adresse à un païen lettré, Diognète, qui s'interroge sur la question de Dieu. L'auteur chrétien anonyme entreprend de le convaincre en soutenant l'idée que le christianisme est la seule religion à ne pas être une invention des hommes. C'est sa différence avec le polythéisme ou même avec le judaïsme, lequel, malgré son intuition du monothéisme, s'est noyé dans les superstitions et les rites.

Hypothèse très hardie à l'époque (toujours à la charnière du IIe et du IIIe siècle), car très provocante pour les schémas de pensée de l'Antiquité, obnubilée qu'elle était par l'ancienneté, la

1. M.G. Lewis, *Le Moine*, trad. fr. de Léon de Wailly, Paris, José Corti, 2005, p. 8.

continuité, les traditions. Au même moment, d'ailleurs, Tatien, prenant le contre-pied de l'ensemble des penseurs chrétiens de son temps, écrit vers 180 dans son *Discours aux Grecs* une charge très virulente contre la culture grecque, faisant au contraire l'éloge de la philosophie barbare qui, d'après lui, l'avait précédée.

La troisième race

L'*Épître à Diognète* est remarquable à un autre titre, celui de sa théorie politique. Avec perspicacité, l'auteur défend l'idée selon laquelle les chrétiens sont « une troisième race », un *tertium genus*. Il tient à prendre acte de la situation réelle du christianisme de son temps. Les chrétiens sont pareils à tous, mais différents. Ni grecs (c'est-à-dire païens) ni juifs, ils sont ni chair ni poisson : indéfinissables.

L'auteur de l'*Épître à Diognète* travaille à retourner en qualité ce qui apparaît comme un défaut majeur aux yeux des Romains : « Car les chrétiens ne se distinguent des autres hommes ni par le pays, ni par le langage, ni par les vêtements. Ils n'habitent pas de villes qui leur soient propres, ils ne se servent pas de quelque dialecte extraordinaire, leur genre de vie n'a rien de singulier. […] Ils se répartissent dans les cités grecques et barbares selon le lot échu à chacun ; ils se conforment aux usages locaux pour les vêtements, la nourriture et la manière de vivre, tout en manifestant les lois extraordinaires et vraiment paradoxales de leur république spirituelle. Ils résident chacun dans sa propre patrie, mais comme des étrangers domiciliés. Ils s'acquittent de tous leurs devoirs de citoyens et supportent toutes les charges comme des étrangers. Toute terre étrangère leur est une patrie et toute patrie une terre étrangère. »

Le moins que l'on puisse dire, c'est que, dans la mentalité romaine, il était terriblement suspect d'affirmer n'avoir d'autre patrie que le christianisme. Les chrétiens couraient clairement le danger d'être considérés comme des espions, des ennemis.

D'où l'obstination de l'*Épître à Diognète* à convaincre les autorités, à déplorer le sort réservé aux chrétiens : « Ils passent leur vie sur terre, mais ils sont citoyens du ciel. Ils obéissent aux lois établies, et leur manière de vivre est plus parfaite que les lois. Ils aiment tout le monde et tout le monde les persécute. On ne les connaît pas, mais on les condamne ; on les tue et c'est ainsi qu'ils trouvent la vie. Ils sont pauvres et font beaucoup de riches. Ils manquent de tout et ont tout en abondance. On les méprise, et dans ce mépris ils trouvent leur gloire. On les calomnie, et ils y trouvent leurs justifications. On les insulte, et ils bénissent. On les outrages, et ils honorent. Alors qu'ils font le bien, on les punit comme des malfaiteurs. Tandis qu'on les châtie, ils se réjouissent comme s'ils naissaient à la vie. Les juifs leur font la guerre comme à des étrangers, et les Grecs les persécutent ; ceux qui les détestent ne peuvent pas dire la cause de leur hostilité. »

La forteresse assiégée

À en croire l'auteur de l'*Épître à Diognète*, les chrétiens se trouvent entre le marteau et l'enclume. Foncièrement innocents, ils sont systématiquement les victimes d'un Mal injuste, comme l'étaient les chrétiens de l'Apocalypse de Jean. Comme l'était le Christ crucifié, Sauveur humilié pour sauver l'humanité du péché.

Mais la Justice finira par être rétablie car ils sont invulnérables.

Si le corps peut être anéanti, l'âme ne peut l'être.

« En un mot, ce que l'âme est dans le corps, les chrétiens le sont dans le monde. L'âme est répandue dans tous les membres du corps comme les chrétiens dans les cités du monde. L'âme habite dans le corps, et pourtant elle n'appartient pas au corps, comme les chrétiens habitent dans le monde, mais n'appartiennent pas au monde. [...] Les chrétiens sont comme détenus dans la prison du monde, mais c'est eux qui maintiennent le monde. Immortelle, l'âme habite une tente mortelle. [...] L'âme devient meilleure en se fortifiant par la faim et la soif et les chrétiens, persécutés, se multiplient de jour en jour toujours plus. Le poste que Dieu leur a fixé est si beau qu'il ne leur est pas permis de le déserter » (*Épître à Diognète*, V et VI).

L'âme est invisible dans le corps, comme les chrétiens le sont, déjà en puissance, présents partout dans l'Empire.

Plutôt que de dire qu'ils sont reclus « dans la prison du monde » (ce qui est le sens second), il serait beaucoup plus juste de traduire le mot grec *phroura* par « poste de garde », « forteresse », « garnison », d'autant plus que le texte file jusqu'au bout la métaphore en donnant aux soldats du Christ l'ordre de ne pas « déserter ».

L'auteur de l'*Épître à Diognète* est farouchement convaincu que l'armée invisible du christianisme, l'armée de l'ombre, résistera toujours et finira par gagner. C'est un corps franc en territoire ennemi. Aujourd'hui, dit-il, la grâce de Dieu rend les chrétiens invincibles dans leur forteresse assiégée.

Leur victoire n'est donc qu'une question d'endurance.

Animé des mêmes certitudes, Origène imaginait que les Barbares allaient se faire chrétiens à leur tour, que le christianisme supplanterait les cultes détruits, tandis que l'Empire serait gagné par la paix universelle... (*Contre Celse*, VIII, 68).

Peut-être l'*Épître à Diognète* et l'œuvre d'Origène ne sont-elles représentatives que d'elles-mêmes plutôt que d'un mouvement d'ensemble. Le fait est que ces intellectuels sont à l'avant-garde.

Ce qu'ils disent sera reçu plus tard, quand le christianisme victorieux emportera dans un même fleuve la gnose, le montanisme, l'attente de l'apocalypse, les théologies de toutes formes, de toutes couleurs, les hérésies comme les apologies, pour ne faire qu'une seule et même religion universelle qui submergera l'Empire.

6

L'ombre de Constantin

Constantin n'est pas un saint.

Il n'y a pas de saint Constantin dans l'Église apostolique, catholique et romaine. Il a certes été canonisé par les Églises orthodoxes d'Orient où l'on célèbre sa fête le 21 mai. L'Église d'Occident, elle, lui refuse toujours cette distinction. À l'heure où Rome béatifie des fidèles par centaines, il y a là comme une injustice vis-à-vis du premier empereur romain converti au christianisme. Quels que soient les arguments à charge et à décharge concernant l'homme et son action, le fait est que, si Constantin n'avait pas accompli ce geste décisif, l'histoire du christianisme, probablement, aurait été plus courte.

Augustes et Césars

Tout commence en 285, quand Dioclétien, conscient que l'étendue de son empire le rend désormais ingouvernable par un homme seul, nomme Maximien co-empereur pour le seconder, avec le titre de César, puis, rapidement, l'élève à la dignité d'Auguste, comme Dioclétien. Maximien obtient officiellement la charge de la défense de l'Occident, tandis que Dioclétien exerce son autorité sur l'Orient et ses richesses.

En 293, cette dyarchie se transforme en tétrarchie, un système politique associant quatre empereurs : deux Augustes (Dioclétien et Maximien ; Dioclétien conservant néanmoins le premier rang) et deux Césars (Galère et Constance Chlore [« le livide »]), empereurs d'un rang inférieur, subordonnés aux Augustes. Ce sont deux vice-empereurs pourrait-on dire. Deux hommes montés du rang, Galère avait été gardien de troupeau dans les Carpathes, Constance n'était qu'un obscur gentilhomme campagnard : c'est une nouvelle aristocratie qui se met en place, un peu comme l'aristocratie d'Empire à l'époque napoléonienne. Sous Dioclétien, les règles sont strictes : le choix des personnes est censé se faire au vu de leurs qualités et de leurs mérites. Surtout, il écarte toute idée de succession dynastique, excluant que l'on puisse désigner son fils comme César.

Ce système tétrarchique va parfaitement fonctionner jusqu'en 306, lorsque, après de nombreux succès militaires (contre les Francs, les Bretons, en Égypte, contre les Perses, etc.), Dioclétien se retire, contraignant Maximien, son *alter ego*, à l'imiter à regret. Les deux vice-empereurs, Galère et Constance Chlore, se retrouvent alors automatiquement promus Augustes. Ils appellent à leurs côtés, comme Césars, Maximin Daïa pour l'Orient et Sévère, un général peu connu, pour l'Occident.

Le décès subit de Constance Chlore, à York, le 25 juillet 306, va faire voler en éclats la règle inventée par Dioclétien.

Constantin, le fils de Constance Chlore, qui secondait son père sur les champs de bataille, est immédiatement proclamé empereur sur le front des troupes. Il demande alors à Galère d'entériner sa désignation, mais par prudence, ou avec une rare intelligence politique, il se fait simplement reconnaître comme César de Sévère – lequel, *de facto*, se trouve élevé à la dignité d'Auguste.

Pour éviter la guerre civile, Galère cède et Constantin reçoit le commandement des provinces que gouvernait Constance : la Gaule, la Bretagne et l'Espagne.

À Rome, la même année, le 28 octobre 306, Maxence, le fils de Maximien, peut-être jaloux de la promotion « dynastique » de Constantin, provoque un coup d'État en se faisant à son tour proclamer empereur par les prétoriens.

Coup d'État qui ruine l'habile mais fragile construction tétrarchique, rétablissant de fait la transmission du pouvoir par la succession héréditaire. Maxence comme Constantin deviennent empereurs parce que leurs pères l'étaient.

Dans un panégyrique de Constantin, prononcé en 310, tout est clairement exposé : « Entre tous ceux qui partagent ta grandeur, tu as le privilège, Constantin, d'être né empereur, et telle est la noblesse de tes origines que ta promotion à l'Empire n'a rien ajouté à ta dignité… Ce n'est pas l'accord accidentel des hommes ni le souffle subit de la faveur qui de toi ont fait un prince ; c'est par ta naissance que tu as mérité l'Empire[1]. »

En 306, Maxence entre très rapidement en guerre contre Sévère, qui tient l'Occident. Il le défait et se rend maître de l'Italie et de l'Afrique, dont le blé nourrit Rome. Maximien, qui n'a jamais accepté sa mise à la retraite d'office, profite alors des victoires de Maxence pour reprendre le pouvoir et son titre d'Auguste. Il fait aussitôt exécuter Sévère pour complaire à son fils, mais Maxence refuse de reconnaître l'autorité supérieure de Maximien, et le père et le fils se brouillent.

Pendant ce temps, Constantin, lui, se tient à l'écart des conflits politiques et familiaux et ne réagit pas non plus à la nomination d'un nouvel Auguste, Licinius. Licinius, appelé par Galère, est soutenu par Dioclétien (obligé de revenir aux affaires…) pour combattre Maxence, l'usurpateur, devenu ennemi numéro un de l'Empire.

En très peu de temps, il y a donc plusieurs empereurs qui revendiquent le titre d'Auguste.

Constantin, apparemment proche du vieux Maximien (dont il a épousé la fille, Fausta, après avoir répudié Minerva, sa première femme), le fait pourtant assassiner quand il comprend qu'il est temps pour lui de passer à l'action ; d'autant que Licinius affronte Maximin Daïa pour la suprématie en Orient.

La suite est tout aussi sanglante.

---

1. Cité par Yves Modéran, *L'Empire romain tardif*, Paris, Ellipses, 2003, p. 94.

Morts naturelles, meurtres, trahisons, reniements, renversements d'alliances, guet-apens, fourberies, empoisonnements… Ce ne sont pas, comme dans le célèbre roman d'Agatha Christie, les dix petits nègres qui vont disparaître un à un, mais sept « empereurs », battus sur le terrain, éliminés par ruse, vaincus par l'âge ou par la force, par le plus astucieux d'entre eux, le plus opiniâtre, Constantin, dont « la nature avait doté la personne et l'esprit de ses dons les plus précieux », estimait Gibbon dans *La Chute de l'Empire romain*.

Bataille des dieux

Dans le système tétrarchique instauré par Dioclétien, chaque empereur revendique la protection d'un dieu.

En 287, Dioclétien prend le titre de *Jovius* (descendant de Jupiter) et Maximien celui d'*Herculus* (descendant d'Hercule). Comme les deux hommes sont également couronnés de la gloire d'Auguste, ils s'estiment investis de pouvoirs divins. Tout ce qui les concerne revêt nécessairement un caractère sacré : l'empereur est *dominus noster*, « notre Seigneur ».

Lorsque, en 312, Constantin marche contre Maxence qui tient Rome pour livrer la bataille décisive, c'est aussi une bataille de dieux qui s'engage. Maxence dispose de forces militaires supérieures, mais surtout il dispose symboliquement de tous les dieux de Rome : Jupiter, Mars, Vénus… et il est lui-même descendant d'Hercule par son père Maximien, divinisé à sa mort. Certes, Maxence est un usurpateur, mais c'est en quelque sorte le fils d'un dieu allié à tous les dieux de l'Olympe.

Face à lui, Constantin ne fait pas le poids, ni en termes militaires ni en termes de sacralité impériale. Il n'a pour lui que la légitimité de son pouvoir de César et le soutien d'Apollon qui lui serait apparu, quelques mois auparavant, vers 310, à Grand, dans un sanctuaire gaulois des Vosges. Le dieu solaire, accompagné de la victoire, *Sol invictus* (« le soleil invaincu »), lui aurait présenté une couronne marquée de XXX (le chiffre « trente »), divin présage d'un règne exceptionnellement long (et, effectivement, Constantin régnera plus de trente ans).

Cependant, l'appui d'Apollon et de son père Constance Chlore, divinisé après sa mort, pèse peu dans la balance des soutiens célestes face aux légions divines de Maxence.

Signum crucis

Sur les bords du Tibre, au pont Milvius, à quelques kilomètres de Rome, va se situer un des épisodes les plus déterminants de l'histoire de l'Empire et de l'histoire du christianisme.

En -331, Alexandre le Grand, voyant un aigle planer dans le ciel avant la bataille de Gaugamèles, avait proclamé au front de ses troupes que c'était un signe de victoire envoyé par Zeus. Fort de cette certitude, il fondit sur les Perses et l'emporta contre une armée quatre fois plus nombreuse que la sienne. Alexandre le Grand se prétendait fils de Zeus, et après cette victoire plus personne ne pouvait en douter. Comme disent les Anglais : la preuve du pudding, c'est qu'on le mange…

De même, la veille de la bataille contre Maxence, Constantin aurait vu apparaître en songe les deux premières lettres du nom du Christ, le « chrisme » formé par les lettres grecques *Khi* et *Rho*, X et P, superposées et croisées, tandis qu'une voix lui affirmait : « Par ce signe tu vaincras ! » À l'aube du 28 octobre 312, Constantin fait tracer le chrisme sur les boucliers de tous ses soldats. Il décide de se placer sous la protection du dieu chrétien : un dieu que Maxence ignore, un dieu inconnu mais universel, un dieu qui vient de désigner Constantin pour être son héraut.

Constantin remporte la bataille du pont Milvius, et Maxence se noie dans les eaux du Tibre. « Aussi longtemps que la cavalerie résista, quelque espoir semblait subsister pour Maxence ; mais lorsque les cavaliers cédèrent, il fut mis en fuite avec les survivants et se lança à travers le pont qui enjambait le fleuve vers la ville ; les poutres n'ayant pas supporté le poids, mais s'étant brisées, même lui fut emporté au fil du fleuve avec le reste de la cohue » (Zosime, *Histoire nouvelle*, II, 15, 16).

Le dieu chrétien s'est montré plus fort que tous les dieux de Rome. Constantin l'adopte alors comme son dieu personnel.

Selon Eusèbe

Inspirée par *La Légende dorée* de Jacques de Voragine, cette histoire a été largement popularisée par le magnifique *Songe de Constantin* de Piero della Francesca, peint à fresque dans l'église San Francesco d'Arezzo. Mais l'événement nous est connu par deux récits « d'époque », l'un d'Eusèbe de Césarée, l'autre de Lactance. Plus tard, Rufin, dans son *Histoire ecclésiastique*, reprendra librement Eusèbe pour l'interpréter tout en le traduisant, mais sans autre intérêt que la curiosité littéraire.

Eusèbe de Césarée, contrairement à ce que pourraient laisser croire ses écrits, n'était pas un familier de l'empereur. Il était évêque en Palestine à des milliers de kilomètres de la cour impériale et, s'il rencontra Constantin, ce fut toujours lors d'audiences publiques, au milieu d'autres évêques.

C'est après la mort de Constantin qu'il a raconté la fameuse vision : « À l'empereur adressant ses prières et demandes suppliantes, apparut un signe admirable envoyé par Dieu. Si ce récit était fait par un autre que lui, les auditeurs n'y ajouteraient pas foi aisément. Mais puisque c'est l'Auguste vainqueur lui-même qui nous l'a rapporté, à nous qui écrivons cette histoire longtemps après, quand nous fûmes parvenus dans sa connaissance et son intimité, et qu'il a confirmé sa parole par un serment religieux, qui après cela hésiterait à accorder créance à ce récit, surtout quand l'époque qui a suivi a confirmé la vérité de sa parole ? Aux heures d'après-midi, le soleil penchant vers le couchant, il vit de ses yeux, affirme-t-il, le trophée de la croix formé de lumière dans le ciel, superposé au soleil, avec cette inscription : Par ce signe, tu vaincras ! [*In hoc signo vinces*] et, à cette vue, lui-même et tous les soldats qui le suivaient, faisant je ne sais quelle marche, furent frappés d'une vive stupéfaction » (*Vie de Constantin*).

Eusèbe situe la vision non pas à la veille de la bataille contre Maxence, mais bien avant, quand les légions de Constantin étaient en marche vers Rome, en Gaule ou dans le nord de l'Italie.

Pour Eusèbe, c'est dans un second temps, en rêve, que le Christ est venu personnellement interpréter le miracle et donner à Constantin des conseils pratiques sur la confection du signe à porter sur ses armes et ses étendards.

Selon Lactance

Au contraire d'Eusèbe, Lactance fait partie de la cour de Constantin. C'est un conseiller de l'empereur, peut-être même son ami ; il occupe en effet la charge de précepteur du fils aîné de Constantin, Crispus.

En outre, il écrit dès 315, soit très peu de temps après la campagne d'Italie : « La lutte s'engagea et les soldats de Maxence avaient l'avantage jusqu'au moment où, avec un courage renouvelé, Constantin, prêt à vaincre ou à mourir, amena ses troupes à proximité de Rome et s'installa aux abords du pont Milvius. On approchait du jour anniversaire de Maxence à l'Empire, le 6 des calendes de novembre, et les quinquennales touchaient à leur fin. Constantin fut averti dans son sommeil de faire inscrire sur les boucliers le signe céleste de Dieu et d'engager ainsi le combat. Il obéit et fait inscrire le Christ sur les boucliers par la lettre X mise de travers avec son sommet recourbé. »

Concordance

Les récits d'Eusèbe et de Lactance ne concordent pas, voire s'opposent. Ils se rejoignent néanmoins sur une conviction : le dieu des chrétiens, par son signe, a donné la victoire à Constantin.

Eusèbe et Lactance sont des chrétiens.

L'ombre de l'apôtre Paul pèse sur leurs récits, comme un modèle : Paul qui, avant sa vision, poursuivait les chrétiens, de même que Constantin les persécutait aux côtés de Dioclétien avant d'être retourné, converti par la grande lueur venue du ciel. Pour Eusèbe, il s'agit même d'une vision à la manière de celle du chemin de Damas dans les Actes des Apôtres. Une vision dont l'empereur n'est pas le seul bénéficiaire puisque ses soldats eux aussi voient le signe, de même que les compagnons de Paul furent témoins de l'apparition de Jésus : « vers midi, je vis, ô roi, venant du ciel et plus éclatante que le soleil, une lumière qui resplendit autour de moi et de ceux qui m'accompagnaient » (Ac 26,13). Ses compagnons sont « muets de stupeur » (Ac 9,7), comme les soldats de Constantin.

Ce n'est pas la vision qui est chrétienne, c'est son interprétation.

Quand Nazarius, un rhéteur païen originaire de Bordeaux, prononce le 1er mars 321, soit neuf ans après la bataille du pont Milvius, un panégyrique devant les fils de Constantin, il raconte une tout autre histoire.

Pour lui, selon une tradition très ancienne, peu de temps avant la victoire sur Maxence, l'armée de Constantin aurait été secondée par une autre armée, venue du ciel. Une troupe de soldats colossaux commandés par *Divus Constantius*, Constance Chlore, le père divinisé de Constantin, envoyé par Apollon, le dieu solaire, prêter main-forte à son fils : « Bien que les Êtres Célestes ne tombent point d'ordinaire sous les yeux des Hommes, parce que la Substance, simple et immatérielle, d'une Nature subtile échappe à notre vue grossière et aveugle, pourtant tes Auxiliaires consentirent à se laisser voir et entendre, et ils ne se dérobèrent aux regards des Mortels qu'après avoir dûment porté témoignage de tes mérites [ceux de Constantin].

« Mais quelle était, dit-on, leur beauté ! Quelle était la vigueur de leurs corps ! la grosseur de leurs membres ! la promptitude de leurs résolutions ! Il flambait je ne sais quel Feu redoutable sur leurs boucliers étincelants et leurs armes célestes brillaient d'une lumière terrifiante. Tels ils étaient venus pour attester qu'ils étaient à toi.

« Et voici les paroles et les propos qu'ils tenaient à qui les écoutait : "C'est Constantin que nous cherchons, c'est à Constantin que nous allons porter secours !"

« Oui, les Divinités ont aussi leur amour-propre et les Habitants du ciel sont, eux aussi, accessibles à la vanité. Ces Êtres descendus du ciel étaient fiers de combattre pour toi. À leur tête marchait, je crois, ton père, Constance, qui, abandonnant à un fils plus grand que lui les Triomphes Terrestres, élevé désormais au rang des Dieux, conduisait des Expéditions Divines... » (Nazarius, *Panégyrique de Constantin*, XIV).

Personne ne sait – et personne ne saura jamais ! – ce que Constantin a vu ou a cru voir, ni dans quel sanctuaire gaulois ou sur quel chemin de Damas a eu lieu cette vision.

Mais, au-delà de leurs divergences, Lactance et Eusèbe travaillent à l'unisson pour fusionner l'apparition chrétienne du chrisme avec la tradition païenne de l'apparition de l'Apollon solaire. Ils veulent donner à cette manifestation surnaturelle une réalité historique conforme à la place obtenue par le christianisme au moment où ils écrivent.

Le compromis de l'édit de Milan

Quelques mois après la victoire du pont Milvius, le 13 juin 313, Licinius – désormais seul co-empereur avec Constantin qui lui a donné sa sœur en mariage – promulgue à Nicomédie un *mandatum* connu depuis le XVIIe siècle sous le titre d'« édit de Milan », parce qu'il résulte de conversations qu'auraient eues Constantin et Licinius dans cette ville.

De la mort des persécuteurs, le court livre de Lactance, en donne une version légèrement différente de celle d'Eusèbe de Césarée, mais les deux textes se recoupent sur l'essentiel : « Étant heureusement réunis à Milan, moi Constantin Auguste et moi Licinius Auguste, ayant en vue tout ce qui intéresse l'unité et la sécurité publiques, nous pensons que, parmi les autres décisions profitables à la plupart des hommes, il faut en premier lieu placer celles qui concernent le respect dû à la divinité et ainsi donner aux chrétiens, comme à tous, la liberté de pouvoir suivre la religion que chacun voudrait, en sorte que ce qu'il y a de divin au céleste séjour puisse être bienveillant et propice à nous-mêmes et à tous ceux qui sont placés sous notre autorité » (*De la mort des persécuteurs*, 48). Le texte se poursuit par l'ordre de restituer aux chrétiens tous leurs biens, meubles et immeubles, et tout ce qui leur a été pris lors des persécutions.

Le compromis qui s'établit entre Licinius et Constantin ménage les convictions de l'un et de l'autre empereur.

L'édit fait état d'une « divinité », terme équivoque puisqu'il n'est pas précisé s'il s'agit du dieu suprême des païens ou du dieu des chrétiens ; et, si les chrétiens sont rétablis dans leurs possessions, c'est dans un souci de paix civile, avant tout un souci d'égalité avec les païens. Mais l'accord n'avait pas la même signification pour les deux signataires, souligne Pierre Maraval : « Aux yeux de Licinius, il s'agissait d'un maximum, de mesures de simple tolérance concernant une religion parmi d'autres ; pour Constantin, d'un minimum[1]. »

1. Pierre Maraval, *Le Christianisme de Constantin à la conquête arabe*, Paris, PUF, 1997, p. 6.

Tandis que Constantin gouverne l'Occident, où il met en œuvre une politique ouvertement favorable aux chrétiens, Licinius, qui gouverne l'Orient, prend, au contraire, des mesures de répression au nom de la moralité, les chrétiens tenant des réunions « mixtes » très choquantes pour les païens. Le fossé se creuse irrémédiablement entre les deux Augustes, jusqu'au jour où Constantin, se faisant le champion de la cause chrétienne, se décide à attaquer Licinius, défenseur de la religion traditionnelle.

Ce n'est pas encore une guerre de religion, mais une guerre au nom de la religion, qui va durer de 316 à 324, mobilisant le plus grand nombre de troupes jamais engagées dans une guerre civile, environ cent cinquante mille hommes de chaque côté.

Licinius perd bataille après bataille contre Constantin.

Vaincu, écrasé à Chrysopolis, il finit par abdiquer avant de disparaître de l'histoire, mis à mort en 324.

En cette même année, Constantin, fils de Constance Chlore et d'Hélène, né à Naissus (dans l'actuelle Serbie) en 280 ou en 288, co-empereur depuis 305, devient le maître absolu de l'Empire, l'unique souverain d'Orient et d'Occident.

En 330, il inaugure sur le site de Byzance, celui de l'Istanbul actuelle, la ville qui sera désormais la capitale de l'Empire : Constantinople.

Constantinople, la nouvelle Rome.

Contre les donatistes

Une fois seul empereur, comme ses prédécesseurs, Constantin se doit d'assurer l'unité de l'Empire. Ainsi l'empereur se retrouve-t-il amené à faire de la cohésion de l'Église son affaire, voire son souci personnel, l'unité de l'Église devenant garante de celle de l'Empire.

Dans un premier temps, en Afrique du Nord, en 313, Constantin est entraîné contre son gré dans le conflit entre les « confesseurs », les chrétiens qui avaient souffert des persécutions de Dioclétien en « confessant » leur foi sans la renier, et les *traditores*, ceux qui avaient remis les livres saints, qui avaient « trahi ».

L'évêque de Carthage, Donat, originaire de la Numidie du Sud, qui s'est opposé fermement à toute collaboration avec les autorités païennes, n'a de cesse de dénoncer les *traditores*, qui, après la fin de la persécution, ont repris comme avant des fonctions éminentes dans l'Église. Donat condamne les *traditores* comme apostats, indignes d'exercer le sacerdoce, professant que l'intégrité précède l'universalité comme preuve de catholicisme. Sa rigueur finit par provoquer le schisme « donatiste ».

Un schisme qui repose sur une question éthique : l'Église doit-elle être celle des martyrs, réunissant des hommes et des femmes irréprochables, des purs, des saints, ou celle de clercs et d'évêques collaborant si besoin est avec les autorités impériales pour que vive le christianisme ?

La querelle n'est pas directement théologique, c'est une querelle de pouvoir et de discipline. Si le conflit n'est pas du ressort de Constantin, l'empereur s'y voit impliqué à cause des donatistes eux-mêmes : ils demandent à bénéficier des mêmes faveurs impériales que les autres chrétiens.

Constantin tergiverse, protestant qu'on attend de lui « un jugement terrestre alors qu'il n'est en quête que du Jugement de Dieu » (*Lettre de Constantin au synode d'Arles*). Finalement, l'empereur prend parti pour l'ordre, pour les « catholiques », la Grande Église, l'Église des évêques, contre les donatistes. En 317, une loi ordonne la confiscation de leurs biens et la dissolution de leurs communautés. Mais, comme souvent dans les controverses religieuses, ce qui semble réglé par un édit ou un décret en réalité ne l'est pas, ou très superficiellement.

Restés extrêmement actifs en Afrique du Nord et spécialement en Numidie, régions vitales pour l'approvisionnement de Rome, les donatistes ne seront véritablement menacés qu'à partir de 404, presque un siècle plus tard, quand Augustin, l'évêque d'Hippone, appuyé par les évêques de Carthage, fera appel contre eux aux autorités de l'État. Le moins que l'on puisse dire, c'est que les années n'auront pas refroidi l'aversion des uns pour les autres – au point qu'Augustin, étrangement, ne prononce jamais le nom des donatistes dans le récit de sa vie que se veulent les *Confessions*, alors même qu'il est en pleine phase de combat contre le donatisme lorsqu'il écrit, comme s'il ne voulait avoir rien à voir avec eux, les effacer de sa mémoire.

Il faudra une loi de 412 prévoyant des amendes pour les laïcs, des peines d'exil pour les évêques ou les clercs et la transmission de leurs biens aux catholiques pour que la résistance des donatistes soit enfin amoindrie, mais ils demeureront encore très influents en Numidie jusqu'au VIe siècle.

À propos de Nicée

En Orient, avec la crise arienne, c'est à un conflit autrement ardu que l'empereur va se trouver confronté. Un conflit de pouvoir aussi, bien sûr, mais plus subtil puisque foncièrement théologique. Un conflit qui met en jeu la hiérarchie céleste, les rapports du Père et du Fils.

Le Fils est-il Dieu comme le Père ? Est-il un Dieu distinct du Père ? Est-il une création du Père, le premier créé d'entre les créatures ? Autrement dit : le christianisme est-il un monothéisme comme il le proclame, ou un dithéisme avec Dieu et le Christ, voire une résurgence du polythéisme si on y adjoint la troisième personne de la Trinité, le Saint-Esprit ?

Dans un de ses *Dialogues*, Origène déjà s'interrogeait :

« ORIGÈNE : Le Père est-il Dieu ?

HÉRACLITE : Assurément.

ORIGÈNE : Le Fils est-il distinct du Père ?

HÉRACLITE : Bien sûr. Comment pourrait-il être Fils s'il était aussi le Père ?

ORIGÈNE : Tout en étant distinct du Père le Fils est-il également Dieu ?

HÉRACLITE : Il est également Dieu.

ORIGÈNE : Et ces deux dieux forment-ils une unité ?

HÉRACLITE : Oui.

ORIGÈNE : Professons-nous l'existence de deux dieux ?

HÉRACLITE : Oui, mais la puissance est une[1]. »

Deux camps s'opposent. D'un côté le prêtre Arius qui, depuis 310, professe que seul le Père est éternel et que le Fils a été « engendré ». Arius, dont les adversaires ont laissé le portrait peu flatteur d'un ascète entouré de vierges : « C'était un homme de haute stature, écrivait Épiphane, d'aspect mortifié, composant son extérieur comme un serpent rusé, capable de s'emparer des cœurs sans malice par la fourberie de ses dehors[2]. » Arius reprend partiellement les théories de l'évêque d'Antioche Lucien (entre 260-270) et d'autres chrétiens de tendance judaïsante, qui voyaient le Christ comme un homme adopté par Dieu au point d'en partager la substance pour ne former qu'un avec lui.

Pour Lucien d'Antioche, comme pour Arius et ceux qui partagent cette théologie, il y a une « monarchie » divine dont le Père est le souverain solitaire et incontestable. Dieu est le seul Dieu de toute éternité, comme dans la prière *Shema Israël* : « Écoute, Israël, notre Dieu éternel, notre Dieu Un. » Le Père a créé le Fils pour qu'à son tour il soit créateur. « Premier-né de toute créature, car c'est en lui qu'ont été créées toutes choses dans les cieux et sur la terre » (Col 1,15-16), écrit Paul dans l'épître aux Colossiens. Le Fils n'est que l'instrument de la création choisi par le Père auquel il est subordonné. Dans la première épître aux Corinthiens, Paul affirme : « le chef du Christ, c'est Dieu[3] » (1 Co 11,3), ce qui suppose une hiérarchie divine, donc l'arianisme a existé avant Arius !

---

1. Cité par Richard E. Rubenstein, *Le Jour où Jésus devint Dieu*, Paris, La Découverte, 2001 ; rééd., 2004, p. 75.

2. Cité par Annick Martin, « Le fulgurant succès d'Arius », *in* Marie-Françoise Baslez (éd.), *Les Premiers Temps de l'Église*, Paris, Gallimard-*Le Monde de la Bible*, 2004, p. 693.

3. Nous suivons ici la Traduction œcuménique de la Bible, Paris, Éd. du Cerf, éd. révisée, 2004.

À l'opposé, l'évêque Alexandre d'Alexandrie défend la « co-éternité » du Père et du Fils et réfute l'idée d'une génération du Fils dans le temps. Le Père ne peut exister sans le Fils, le Fils sans le Père, il y a unicité dans l'inengendré, sans préséance ni hiérarchie.

Dans le livre des Proverbes, la Sagesse dit : « Yahvé m'a donné l'être, prémices de ses voies », ou, selon les traductions : « Yahvé m'a créée, prémices de son œuvre », voire « le Seigneur m'a acquise, principe de sa voie »... (Pr 8,22). Dans la tradition juive, la figure intermédiaire entre les hommes et Yahvé, c'est la Torah (la Loi), qui prend ici la forme de la Sagesse, comme l'attestent les grands Midrashim, le Targum, le Talmud.

Pour les chrétiens, cette figure intermédiaire entre les hommes et Dieu n'est pas la Sagesse, mais le Christ. Non pas le Jésus historique venu « au nom » du Père (Jn 5,43), mais la figure du Christ qui lui préexiste de toute éternité, le *Logos*. Dans le prologue de l'évangile selon Jean, on lit : « Au commencement était le Verbe [*Logos*], et le Verbe était auprès de Dieu, et le Verbe était Dieu. Il était au commencement auprès de Dieu. Tout fut par lui, et sans lui rien ne fut » (Jn 1,1-3).

Pour les juifs, la Torah a été créée par Yahvé et restera toujours une entité créée. Le prêtre Arius et l'évêque Alexandre s'affrontent pour déterminer s'il en va de même en ce qui concerne la figure du Christ, du *Logos*. C'est-à-dire si le Christ s'est mis à exister dans le temps (comme la Torah) ou si, au contraire, hors du temps mesuré de l'humanité, il préexistait inengendré, incréé.

Arius s'appuie sur la logique des textes du Nouveau Testament où, à plusieurs reprises, Jésus s'adresse au Père. Seul Dieu est éternel et incréé. Il a engendré le Christ qui s'est incarné en Jésus. Il y a donc engendrement du Fils par le Père. Et s'il y a engendrement, cela signifie, comme disait Arius, « qu'il fut un temps où il n'était pas » ; que le Fils a été créé et s'est mis à exister dans le temps, qu'il est donc dans une position secondaire par rapport au Père.

Le premier concile œcuménique

Le 20 mai 325, sous la présidence d'Ossius de Cordoue, un des rares représentants de l'Église d'Occident et l'éminence grise du concile, Constantin fait son entrée au milieu des évêques : « Au signal qui indiquait l'entrée de l'empereur, tout le monde se leva, et Constantin en personne passa par le couloir central comme un ange céleste du Seigneur. Sa robe resplendissante brillait comme la lumière, elle brillait de sa couleur pourpre et scintillait d'or et de pierres précieuses », s'émerveille Eusèbe de Césarée, avant de citer le discours inaugural que l'empereur prononça, prétend-il, d'une voix douce : « J'avais un ardent désir, mes très chers frères, de vous voir rassemblés. Aujourd'hui mon rêve est réalisé, aussi je remercie Dieu, le roi suprême qui, outre les innombrables bienfaits dont il m'a comblé, m'a accordé la grâce, plus grande de toutes, de vous réunir et d'être le témoin du concert de vos sentiments. Qu'aucun ennemi ne vienne donc désormais troubler cet heureux état de choses. Les divisions internes de l'Église me paraissent plus graves et plus dangereuses que les guerres et autres conflits, elles me font plus de peine que tout le reste » (*Vie de Constantin*).

Le premier concile œcuménique de l'histoire s'ouvrait sur cet appel à la concorde, à la paix dans l'Église.

Qu'on imagine deux cents à trois cents participants (la tradition affirmera qu'ils étaient trois cent dix-huit, sans doute pour s'accorder avec le nombre des serviteurs d'Abraham dans la Bible), prêtres, diacres, évêques, venus dans leur immense majorité des provinces d'Orient, alors que pour l'Occident, outre Ossius de Cordoue, seuls se sont déplacés un évêque d'Italie, un d'Espagne, un de Gaule, un d'Afrique, l'évêque de Rome n'étant représenté que par deux observateurs. Un déséquilibre des représentations qui témoigne déjà, sans le dire, de l'opposition entre l'Orient et l'Occident.

C'est surtout une assemblée d'hommes dont certains portent

encore dans leur chair les stigmates des persécutions passées que Constantin accueille comme des frères dans sa résidence d'été, aux environs de Constantinople.

Les discussions s'engagent dans la salle intérieure du palais qui servait de tribunal. Elles vont durer deux mois, jusqu'en juillet 325, soulevant d'âpres débats qui déborderont largement en ville, rapporte Grégoire de Nysse dans un de ses sermons : « Priez un homme de vous changer une pièce d'argent, il vous apprendra en quoi le Fils diffère du Père. Demandez à un autre le prix du pain, il vous répondra que le Fils est inférieur au Père. Informez-vous si le bain est prêt, on vous dira que le Fils a été créé de rien. » De ces discussions, de ces controverses, de ces disputes viendrait l'expression « querelles byzantines ».

Pour réfuter Arius, dont on ne connaît aujourd'hui les thèses que par les fragments cités par ses adversaires, trois lettres et les vestiges d'un poème, *Thalie*, les évêques s'emploient à rédiger une confession de foi, un « symbole » qui permettra à tous de s'entendre sur ce qui est appelé à devenir l'orthodoxie. Chacun des pères conciliaires propose son symbole, mais aucun ne parvient à faire l'unanimité. On finit par communier sur un mot inconnu du vocabulaire biblique, pour ne pas dire d'origine gnostique, le mot *homoousios*, si difficile à traduire.

Que veut dire *homoousios* ?

Signifie-t-il que le Fils est de la même « essence » que le Père, qu'il est de la même « substance », « d'une même réalité », d'un « être » ou d'un « type » commun ? Aucune traduction n'est pleinement acceptable. Toutes demeurent ambiguës. Par compromis, on finira par affirmer la « consubstantialité » du Père et du Fils, même si ce terme n'est pas nécessairement plus satisfaisant que les autres.

L'important est que la figure du Christ passe définitivement dans la sphère divine, à égalité avec Dieu.

Symbole

Pour en finir avec le concile, Constantin exige la signature par tous les participants d'un exposé de foi qui sera connu comme « symbole de Nicée » : « Nous croyons en un seul Dieu Père tout-puissant, créateur des choses visibles et invisibles, et en un seul Seigneur Jésus-Christ, le fils de Dieu, engendré unique du Père, c'est-à-dire de l'essence [*ousia*] du Père, Dieu de Dieu, lumière de lumière, Dieu véritable de Dieu véritable, engendré, non pas créé, consubstantiel [*homoousios*] au Père, par qui tout a été fait, les choses dans le ciel et celles sur la terre, lui qui pour nous les hommes et pour notre salut est descendu et s'est incarné, s'est fait homme, a souffert et est ressuscité le troisième jour, est monté dans les cieux, qui viendra juger les vivants et les morts, et en le Saint-Esprit[1]. »

Outre Arius, seuls Secundus, évêque de Ptolémaïs, et Théonas, évêque de Marmarique, repoussèrent ce texte présenté individuellement à tous les pères par Philoumenos, le ministre de Constantin, dont l'orthodoxie était aussi connue que la brutalité : « Ceux qui disent : "il fut un temps où il n'était pas" et "avant d'être engendré, il n'était pas", et qu'il a été tiré du néant, ou qu'il est d'une autre substance [*hupostasis*] ou essence [*ousia*], disant que le Fils de Dieu est changeant et variable, ceux-là, l'Église catholique et apostolique les anathématise » (*Vie de Constantin*).

Arius et les deux évêques libyens réfractaires furent immédiatement exilés.

Les chrétiens, qui avaient souffert sous la torture pour avoir refusé de sacrifier aux dieux païens, se trouvaient à nouveau sous la menace de condamnations (l'exil, voire pire). Et de la part d'un empereur chrétien, cette fois-ci.

---

1. Cité par P. Maraval, *Le Christianisme de Constantin à la conquête arabe*, *op. cit.*, p. 319.

Clarifications

Le cardinal Ratzinger, l'actuel Benoît XVI, paraît bien audacieux – ou bien optimiste – quand il juge que le concile de Nicée a permis de « clarifier complètement » la signification de la locution « Fils de Dieu » et de « la préserver des interprétations mythologiques et polythéistes aussi bien que politiques »[1].

Pour rester dans le domaine de la clarté, il est évident que, si les pères conciliaires réunis sous la houlette de Constantin veulent bien admettre que Jésus est « le messie – ce qui veut dire le Christ » (Jn 1,41), « le Fils du Dieu vivant » (Mt 16,16), il n'est pas pour eux le messie d'Israël, mais le Christ hors de l'écheveau religieux nationaliste et politique qui caractérise le concept dans le judaïsme : il se situe en dehors de l'Histoire et du Temps.

« Car le christ n'est pas un homme ou un être, il est une simple dénomination, laquelle remonte tout au plus au jour où elle fut caractérisée, formellement caractérisée dans le symbole de Nicée, et c'est tout », proclamera le poète Antonin Artaud[2].

L'histoire en témoigne, Nicée, loin de simplifier la question, n'a fait que fortifier les esprits dans l'idée d'un Christ qui est à la fois Jésus et Dieu, c'est-à-dire une figure mythologique bâtie sur un dithéisme que suppose à la lettre l'expression « fils de Dieu ». Plus tard, le Saint-Esprit viendra compléter la Trinité chrétienne, ce monothéisme singulier sous trois aspects, trois hypostases – spéculation qui inspirera plus tard à Hegel ses réflexions sur la dialectique.

Encore plus audacieux est le cardinal Ratzinger lorsqu'il déclare que le terme *homoousios*, « loin d'helléniser la foi, de la

---

1. Joseph Ratzinger, *Jésus de Nazareth*, Paris, Flammarion, coll. « Champs Essais », 2008, p. 383.

2. Antonin Artaud, « Cahiers préparatoires à la conférence du Vieux Colombier », in *Œuvres complètes*, 26 vol., Paris, Gallimard, 1956-1994, t. XXVI.

charger du poids d'une philosophie qui lui serait étrangère », marquerait « l'incomparable nouveauté » du dialogue de Jésus avec son Père.

Au-delà de l'apologétique, les positions du futur pape montrent combien il est encore difficile aujourd'hui pour un intellectuel catholique d'accepter l'irruption de la réflexion critique dans le domaine de la foi. Combien il est difficile d'expliquer rationnellement le symbole de Nicée et de le justifier, sinon par un argument d'autorité qui n'a de fondement ni dans l'histoire ni dans les textes.

Écoutons plutôt Flaubert, dans *Bouvard et Pécuchet* :

« Expliquez-moi la Trinité, dit Bouvard

– Avec plaisir. Prenons une comparaison : les trois côtés du triangle, ou plutôt notre âme, qui contient : être, connaître et vouloir ; ce qu'on appelle faculté chez l'homme est personne en Dieu. Voilà le mystère.

– Mais les trois côtés du triangle ne sont pas chacun le triangle ; ces trois facultés de l'âme ne font pas trois âmes et vos personnes de la Trinité sont trois Dieux.

– Blasphème !

– Alors il n'y a qu'une personne, un Dieu, une substance affectée de trois manières !

– Adorons sans comprendre, dit le curé. »

Dénouement

Si la résolution autoritaire du schisme donatiste n'avait été qu'un succès de façade, l'accord trouvé à Nicée le fut plus encore. En réalité l'équivoque triomphait et il y avait presque autant d'interprétations du texte final que d'évêques présents.

Il y avait, bien sûr, les « homoousiens », les partisans du symbole de Nicée, mais il y avait aussi ceux qui préféraient le terme *homoiousios*, les « homéousiens » qui, pour un *iota* de plus, professaient que le Fils n'est pas d'une essence identique à celle du

Père mais d'une essence « comparable », les « Homéens » qui militaient pour la suppression du mot *ousia*, non biblique, et affirmaient que le Fils est *homoios* au Père, c'est-à-dire « semblable » à lui, et ceux qui défendaient le contraire, les « anoméens » pour qui le Père et le Fils étaient d'essence « dissemblable » (*anomoiousios*), les « arianistes » cachés (comme Eusèbe de Nicomédie ou Théognis de Nicée), sans compter les factions rivales qui divisaient chaque camp…

Bref, tout le monde avait signé mais personne n'était d'accord sur le symbole, pas plus que sur la fixation de la date de Pâques au dimanche suivant le 14 Nissan, l'autre enjeu du concile. Les calendriers et les calculs différents entre l'Orient et l'Occident feront que cette date demeurera, elle aussi, jusqu'à nos jours, un sujet de discorde.

Tout restait sur le métier, et la crise arienne ne sera véritablement résolue sur le plan dogmatique que sous Théodose, au concile de Constantinople en 381, quoique l'arianisme agite encore aujourd'hui, à son insu, plus d'une conscience catholique.

Avant de disperser le concile, Constantin, plus ironique qu'aimable, invita les évêques à un grand banquet et leur offrit de nombreux cadeaux pour les remercier du travail accompli. « Cet événement fut tel qu'aucun mot ne pourrait le décrire, s'émerveille Eusèbe de Césarée. Des unités de la garde impériale et d'autres soldats entouraient le palais, leurs épées à la main ; les hommes de Dieu s'avancèrent sans crainte jusque dans les appartements privés de l'empereur où certains furent ses compagnons de table et d'autres s'allongèrent à ses côtés sur des divans. On avait l'impression de voir une image du Royaume de Dieu, comme si tout se déroulait dans un rêve et non pas dans la réalité » (*Vie de Constantin*).

Constantin pouvait se féliciter : s'il n'avait pas fixé l'orthodoxie, en tout cas il avait affirmé sa prééminence sur l'Église. Par son intermédiaire, Dieu veillait personnellement sur l'Empire romain comme sur son propre royaume.

Comme persifle Robin Lane-Fox, Constantin a eu « l'art et

la manière de tenir puis de corrompre une conférence internationale[1] ».

La conversion de l'Empire

Sous le poids de la lecture chrétienne de l'histoire, on parle toujours de la « conversion » de Constantin, comme on parle de la « conversion » de Paul. Sans doute s'agit-il, consciemment ou non, de relier ceux qui furent les deux principaux « apôtres des gentils ».

Mais le terme de « conversion » ne semble pas réellement approprié, pas plus pour l'un que pour l'autre. Selon les dictionnaires, la conversion est « le fait de passer d'une croyance considérée comme fausse à ce qu'on suppose être la vérité ». Pour Paul, qui n'abjure jamais son judaïsme même s'il le critique violemment, beaucoup de chercheurs préfèrent aujourd'hui utiliser le terme de « vocation » ; pour Constantin, peut-être faudrait-il pour décrire sa relation particulière au christianisme utiliser le terme d'« engagement ».

Constantin s'est « engagé » en faveur du christianisme. Il a choisi le chrisme comme symbole personnel. Il a proclamé qu'il se plaçait sous la protection de Dieu le Père. Sous l'influence d'Ossius de Cordoue, son homme de confiance, il a légiféré pour que l'Église s'épanouisse dans l'Empire jusqu'à en être la colonne vertébrale. Il a accordé aux évêques un droit de justice supérieur à celui des tribunaux ordinaires, leurs sentences étant exécutoires et sans appel.

De façon générale, Constantin s'est assuré le soutien des évêques, qui « recevaient personnellement et d'une manière courante des lettres, des honneurs, de riches cadeaux de l'empereur » (*Vie de Constantin*). Son engagement pour le christianisme lui apportait en dot l'organisation solide des communautés chré-

1. R. Lane-Fox, *Païens et chrétiens*, *op. cit.*, p. 677.

tiennes, leur système d'entraide et de secours, les moyens de communication du réseau d'évêchés. Un empereur avisé comme lui pouvait ainsi dédoubler l'administration impériale, très décentralisée, trop légère et parfois défaillante, et conforter à bon compte son pouvoir à travers tous ses territoires.

Hormis les exemptions d'impôts ou de charges civiques qui bénéficieront au clergé, suivront un nombre impressionnant de mesures au bénéfice du christianisme : le dimanche, « jour du Soleil » pour les païens, devient un jour férié pour les chrétiens (jour du Seigneur), l'Église peut désormais recevoir des dons ou des legs, les esclaves peuvent être affranchis dans les églises par une simple déclaration comme ils pouvaient l'être dans les temples païens. De son côté, l'État prend les orphelins en tutelle, défend les veuves, soutient les familles pauvres pour les empêcher de vendre leurs enfants ou de les prostituer, sans compter tout ce qui « moralise » la vie privée, le divorce, l'adultère, le rapt, le mariage des mineures, le concubinage, etc.

Alors que, du temps d'Auguste, les célibataires étaient lourdement taxés pour leur refus, ou leur impossibilité, de se marier et de se reproduire, Constantin inverse la législation. Il les exonère d'impôts, exaltant, au contraire, la virginité, la chasteté, l'abstinence.

Alors que le droit civil valorise la conception chrétienne des mœurs et de la vie privée, sur le terrain pénal le supplice de la crucifixion est désormais interdit, les chrétiens condamnés à mort ne sont plus livrés au cirque comme gladiateurs mais envoyés aux travaux forcés dans les mines, les criminels ne sont plus marqués au visage « qui a été formé à l'image de la beauté céleste » (selon la justification que reprendra le *Code Théodosien*, IX, 40, 2).

Avec Constantin, l'Église a été placée en dehors et au-dessus de la loi commune.

Un royal caprice

Constantin, gouvernant sous la bannière du Christ, a appuyé les chrétiens de tout son poids, mais la nature profonde de son engagement religieux ne peut donner lieu qu'à de vaines spéculations. C'est une question presque secondaire au regard des conséquences de ce choix.

Si l'on considère le faible nombre des chrétiens dans l'Empire au début du IVe siècle (les estimations évidemment très difficiles en la matière oscillent entre 3 % et 5 % de la population, 10 % pour les plus généreuses, dont la majorité dans la partie orientale du territoire, Égypte, Palestine, Syrie, Asie Mineure), l'engagement de Constantin envers le christianisme était, en tout cas, risqué.

De ce point de vue, il est clair que son adhésion au christianisme ne pouvait pas reposer uniquement sur l'opportunisme, mais nécessairement sur une conviction personnelle. Si personnelle que Constantin ne chercha aucunement à contraindre qui que ce soit à la partager.

À la cour ou dans les armées, il y a ceux qui se font chrétiens par flagornerie et souci de carrière, et il y a l'immense majorité du peuple qui continue à pratiquer les rites ancestraux. Il est frappant de constater que Constantin ne persécute pas les païens. Il n'interdit pas leurs cultes, même si les sacrifices sanglants lui répugnent, même s'il méprise leurs errements : « Que ceux qui se trompent jouissent de la paix, que chacun conserve ce que son âme veut avoir, que personne ne tourmente personne » (*Vie de Constantin*). C'est aux autres de le rejoindre.

Le caractère personnel de l'adhésion de Constantin au christianisme est fondamental pour comprendre le sens de ses actes, où le narcissisme, l'égotisme, voire la mégalomanie, ont vraisemblablement une part plus prépondérante que le désir d'offrir le salut éternel aux peuples qu'il domine. « La conversion de Constantin a été un caprice personnel », conclut Paul Veyne[1].

Même s'il a eu des visions, Constantin n'est pas un mystique. Même s'il préside le concile de Nicée, ce n'est pas un théologien. Même si le néoplatonisme et son idée d'un être suprême l'influencent, il n'est pas non plus un philosophe. Constantin n'est pas davantage un ascète ou un homme pieux que la dimension spirituelle du christianisme fascine.

Et, même si c'était fréquent dans le christianisme des premiers siècles, c'est sur son lit de mort qu'il sera baptisé (sacrement qu'il recevra – ironie de l'histoire – de la main d'un évêque arien, Eusèbe de Nicomédie)... L'historien byzantin Zosime racontera, au ve siècle, que Constantin avait tant de crimes sur la conscience qu'aucune expiation n'était possible et qu'il désespérait lorsqu'il rencontra un Égyptien venu d'Espagne qui lui assura que « la croyance des chrétiens détruisait tout péché et comportait cette promesse que les infidèles qui s'y convertissaient étaient lavés de tout crime » (Zosime, *Histoire nouvelle*, II, 29).

Il y a peut-être une raison plus politique.

Tant qu'il n'était pas baptisé, Constantin pouvait arguer, face à ceux qui lui reprochaient ses libéralités envers le christianisme, qu'il n'appartenait pas à l'Église, qu'il demeurait en tout état de cause l'empereur de *tous* ses sujets, des chrétiens comme des païens.

Un drôle de paroissien

Il est indéniable que nous sommes très marqués par le portrait de Constantin donné par Eusèbe. Son Constantin est confit en dévotion, il prie chaque jour, se mortifie, interroge sa conscience,

1. Paul Veyne, *Quand le monde est devenu chrétien*, Paris, Albin Michel, 2007, p. 121.

fait brûler des cierges, s'entoure d'évêques qui le guident dans les ténèbres. Or la personnalité de Constantin était, à l'évidence, bien plus complexe que l'image pieuse dorée à l'or fin et enrubannée de louanges par son hagiographe.

Pour lui, la vraie question n'était pas : être ou ne pas être chrétien – il n'y a pas de raison de douter qu'il le fût, « surtout quand, plus tard, les événements en ont porté la preuve », disait Eusèbe de Césarée –, mais comment l'être quand on est aussi le monarque absolu d'un immense empire, un juge religieux et un chef de guerre ?

Constantin est avant tout un empereur romain dont « le caractère inégal l'emportait à des excès sanglants[1] ».

Dans son pamphlet *Les Césars*, Julien, l'un de ses successeurs sur le trône, accusera Constantin de n'avoir vécu que pour les plaisirs, amassés pour lui-même et ses amis.

Oubliant la religion d'amour et la morale avec lesquelles il prétendait réformer le droit romain, Constantin jugea et fit mettre à mort son fils aîné Crispus, un bâtard, accusé par sa femme Fausta d'avoir voulu abuser d'elle. Quelque temps plus tard, soupçonnant Fausta de l'avoir berné pour laisser le champ libre aux fils qu'il avait eus avec elle (les futurs empereurs Constantin II, Constance II et Constant), Constantin fera ébouillanter vive son épouse dans un bain brûlant.

Toutefois, ce drame conjugal est à considérer avec prudence. Il n'apparaît que tardivement, sous la plume de Zosime. De fait, il n'y a aucune certitude quant au mobile de ces meurtres. Crispus, César de l'Occident, furieux de n'être pas élevé à la dignité d'Auguste, complotait-il contre son père depuis son quartier général de Trèves ? Constantin prenait-il ombrage des succès militaires, de la jeunesse et de la popularité de son fils ? Fausta, restée résolument païenne, était-elle devenue insupportable à l'empereur après lui avoir donné cinq enfants ? Impossible de se prononcer catégoriquement, pas plus que sur le rôle de la mère de

1. André Piganiol, *L'Empire chrétien*, Paris, PUF, 1972, p. 37.

Constantin, Hélène, dont les intrigues et les calculs n'ont jamais été éclaircis.

Reste que Constantin, tant sur les champs de bataille qu'à titre personnel, a ignoré insolemment le septième commandement : « Tu ne tueras point » (Ex 20,13). Loin des béatitudes de l'évangile selon Matthieu, ses crimes semblent plutôt l'illustration de la parabole des Mines dans l'évangile selon Luc : « Quant à mes ennemis, ceux qui n'ont pas voulu que je règne sur eux, amenez-les ici et égorgez-les en ma présence » (Lc 19,27).

Comme l'écrivait Voltaire, « il était fort triste d'être le beau-père, ou le beau-frère, ou l'allié, ou le frère, ou la femme, ou le domestique, ou le cheval de Constantin » (*Du christianisme*), tous tués de sa main ou sur son ordre, mais ce serait perdre de vue que le meurtre politique ou familial a été, si l'on peut dire, de tradition dans l'histoire des maisons impériales.

Et que tous les princes chrétiens feront perdurer cette tradition, avec une férocité souvent bien plus grande que celle de Constantin.

Le roi Soleil

Constantin conserve, si l'on peut dire, deux fers au feu. Il est à la fois, pour les chrétiens, *episkopos tôn ektos*, l'évêque de ceux qui sont à l'extérieur, et *pontifex maximus*, le grand pontife de la religion traditionnelle

Peut-être par prudence, pour ne pas heurter l'immense majorité de son peuple qui vénérait encore les dieux traditionnels, mais aussi sans doute par conviction, son attachement au dieu Soleil n'a jamais été effacé par sa reconnaissance du dieu chrétien.

Son monothéisme n'était pas un exclusivisme, comme le christianisme l'est devenu ensuite. Le dieu Soleil est demeuré dans le panthéon personnel de l'empereur.

Constantin est un pragmatique.

Il « fait transférer de Rome à Constantinople le *palladium*, une antique statue d'Athéna qui était censée rendre imprenable la ville où elle était déposée, à Ilion, une statue d'Apollon, le Dieu-Soleil, dont on retaille la tête pour en faire sa propre statue[1] »…

Si l'on considère les monnaies frappées au cours de son règne, les marques chrétiennes sont discrètes lorsqu'elles ne sont pas totalement absentes. Certes, on voit apparaître le monogramme constantinien dès 315, mais de façon presque invisible, sur le casque de l'empereur, comme signe de victoire, en alternance avec des étoiles solaires.

En épigraphie, le chrisme est exclusivement lié au nom de Constantin, comme son blason personnel. En revanche, l'imagerie solaire avec pour légende *Sol invicto comiti* (« le Soleil invaincu compagnon [de l'empereur] ») est largement présente à travers tout son monnayage. Dans certaines monnaies frappées en 320, Constantin est même couronné par le Soleil qui lui remet le globe de la puissance dans l'Empire romain.

D'ailleurs, comme le fait remarquer Yves Modéran, « son vocabulaire religieux resta très ambigu jusqu'à la fin des années 310 : ses lettres aux évêques parlent seulement, en 313-314, de la *Divinité*, du *Grand Dieu*, de la *sainte et céleste Puissance* ; de même l'inscription de l'arc qu'il fit ériger à Rome pour commémorer sa victoire sur Maxence en 315 rappelle seulement qu'il a vaincu *sous l'inspiration de la Divinité*[2] ».

En 337, Constantin sera enterré chrétiennement à Constantinople comme le « treizième apôtre » – *isapostolos*, « semblable aux apôtres » –, tandis que le peuple resté païen vénérera sa statue. Celle d'un Constantin-Apollon, un Constantin divinisé comme son père.

C'est en réalité après sa mort que va se développer sur les monnaies une imagerie typiquement chrétienne, à mesure que

1. P. Maraval, *Le Christianisme de Constantin à la conquête arabe*, *op. cit.*, p. 11.
2. Y. Modéran, *L'Empire romain tardif*, *op. cit.*, p. 103.

les symboles païens s'estomperont. Au droit de la pièce de consécration – c'est-à-dire la pièce qui l'élève au rang des dieux après sa mort, comme son père avant lui avait été divinisé –, on voit Constantin sur un quadrige emporté vers le ciel tel le Dieu-Soleil sur son char tandis que sort des nuages une main tendue, la main du dieu des chrétiens. Le dieu chrétien qui semble prendre le relais du dieu solaire…

Constantin, l'empereur très chrétien, a été aussi, avant l'heure, un roi Soleil.

Césaro-papisme

Proclamé par Eusèbe de Césarée – jamais à court de flatteries – « évêque des évêques », Constantin est non seulement empereur, César, mais aussi pape, un pape laïc qui exerce sa tutelle sur tous les chrétiens.

C'est exactement ce que l'on appellera au XIXe siècle le « césaro-papisme », conception du pouvoir qui s'est épanouie en Orient avec l'Empire byzantin jusqu'à la prise de Constantinople par les Turcs en 1453, mais aussi dans le Saint Empire romain germanique. Otton Ier, à la fin du Xe siècle, obligera le pape nouvellement élu à prêter serment devant l'empereur, et la « querelle des investitures » sera, au siècle suivant, l'occasion d'une lutte sans merci entre le pape et l'empereur, lutte qui s'achèvera par l'abandon du césaro-papisme, scellé par le concordat de Worms en 1122.

Dans son essai sur le césaro-papisme [1], Gilbert Dagron a parfaitement senti la singularité de la position de Constantin, qui fait « comme si », comme s'il était évêque alors qu'il ne l'est pas, comme si son palais était une église alors qu'il ne l'est pas, comme s'il était un apôtre qui reçoit une vision du Christ alors que le titre d'apôtre ne lui est attribué qu'après sa mort.

1. Gilbert Dagron, *Empereur et prêtre. Étude sur le césaro-papisme*, Paris, Gallimard, 1969.

Avec Constantin, l'empereur exerce le pouvoir au nom de Dieu. Dieu l'a élu comme son représentant sur la terre. Il est son régent, son « vicaire » selon Eusèbe de Césarée.

Avec la christianisation de l'Empire romain, le pouvoir ne vient plus des légions acclamant celui qu'elles choisissent comme empereur, le pouvoir impérial descend du ciel. C'est un droit divin, un pouvoir sacré, temporel et spirituel, séculier et religieux.

Le Royaume que Jésus annonçait est l'Empire romain, « converti » au christianisme. La double dimension du concept de « Royaume de Dieu », à la fois politique et religieuse, se trouve paradoxalement accomplie en la personne de l'empereur.

À l'occasion de ses trente ans de règne, Eusèbe de Césarée prononça un discours connu sous le titre « Louanges de Constantin » qui définit ainsi la place et les devoirs d'un souverain chrétien, comme on exposerait aujourd'hui un programme de gouvernement :

« L'un [le Christ] – sauveur de l'univers – prépare comme il convient pour son Père, le ciel tout entier, le monde et le Royaume d'en haut. L'autre [Constantin] – aimé de lui –, en amenant ses sujets au Logos monogène, et sauveur de ceux qui sont sur la terre, les rend appropriés à son Royaume.

« L'un [le Christ] – sauveur de l'univers – ouvre les portes célestes du Royaume du Père à ceux qui d'en bas passent là-bas. L'autre [Constantin], dans son zèle pour le Tout-Puissant, ayant purifié de toute souillure d'erreurs athées le royaume terrestre, convoque le chœur des saints et des hommes pieux à l'intérieur de demeures royales en veillant à assurer le salut commun de la flotte tout entière, de ceux dont il est le pilote. »

Selon la théorie politique d'Eusèbe, il y a une union inéluctable entre l'Empire et le christianisme, entre l'empereur et le Christ, entre Dieu et Constantin, choisi pour être son interprète sur la terre.

L'empereur règne mais il règne au nom de Dieu, et sa parole est une parole inspirée par la divinité.

L'unité de l'Empire et la gloire immortelle de l'Église se confondent avec l'unité de Dieu. De même qu'il y a « consubstantialité » entre le Père, le Fils et le Saint-Esprit, il y a « consubstantialité » entre l'Empire, le christianisme et l'Église.

La fusion du christianisme et de l'Empire marque la forme achevée de l'organisation humaine, de même que, selon certains, cet achèvement se trouverait réalisé aujourd'hui dans les démocraties régies par les lois du capital. C'est en quelque sorte l'invention de la théorie de la fin de l'histoire.

Un spectre

Régissant les corps et les âmes, par la fortune de ses armes, par la mise en place d'un nouvel ordre moral, par l'enracinement de l'Église dans l'Empire, Constantin a certainement pu se voir comme un homme providentiel, un de ces hommes persuadés d'être appelés à changer le sort de l'humanité : Lénine ou Trotski, dit Paul Veyne, ne penseront pas autrement.

Constantin n'affirmait-il pas : « Alors que, au long de toutes les années, de toutes les journées passées, des masses innombrables de peuples avaient été réduites en esclavage, Dieu les a libérées de ce fardeau par moi, son serviteur, et les mènera à l'éclat complet de la lumière éternelle. Voilà pourquoi, mes très chers frères, je crois, avec une très pure confiance en Dieu, être désormais particulièrement distingué par une décision spéciale de la Providence et par les bienfaits éclatants de notre Dieu éternel » (Gélase de Cyzique, *Histoire ecclésiastique*, II, 7, 38[1]).

Et pourtant…

Moins glorieux que César ou Auguste, moins dément que Néron ou Caligula, moins lettré que Marc Aurèle ou Claude, Constantin demeure négligé par l'histoire, sinon par les historiens.

1. Cité par P. Veyne, *Quand le monde est devenu chrétien*, *op. cit.*, p. 101.

Constantin a beau avoir laissé sa figure dans la pierre des bustes et des statues, dont celle, haute de trente mètres, qui ornait le Forum, la littérature et le théâtre se sont bien peu intéressés à lui, encore moins le cinéma, alors que son règne a été exceptionnellement long et mouvementé. Mais, plus étrange encore, l'histoire chrétienne ne concède à Constantin qu'une place en retrait, malgré la vision du pont Milvius, malgré le concile de Nicée, malgré la place inouïe faite à l'Église, malgré l'édification de monuments gigantesques consacrés au culte chrétien à travers l'Empire.

On dirait que Constantin est un témoin gênant – il en est ainsi au moins depuis le concile Vatican II.

Gênant parce que Constantin a assisté à l'essor officiel et politique du christianisme. Gênant parce qu'il l'a pensé, voulu, organisé. Gênant parce que c'est sa main et non celle de Dieu qui a donné au christianisme la place qu'il occupe désormais.

Même s'il est plus connu, l'empereur Constantin partage avec l'hérétique Marcion et le schismatique Arius la particularité d'être une des figures capitales du christianisme et de n'être qu'un fantôme dans l'imaginaire chrétien, semblable au spectre de Hamlet, « condamné pour un temps à errer de nuit, et de jour, à jeûner dans les flammes jusqu'à consumer et purger les honteux crimes dont [il s'est] rendu coupable sur terre ».

7
L'empire de la vérité

Constantin va être l'architecte en chef de l'Empire chrétien.

Sous son règne, les basiliques et les églises se substituent aux temples, aux statues des dieux ou des empereurs, à tout ce qui dessine l'imaginaire symbolique des cités romaines. Comme s'en réjouissait Eusèbe de Césarée, l'Église terrestre devient le symbole visible de l'édifice invisible de l'Église céleste.

Nicée avait énoncé le dogme, la construction constantinienne est « destinée à traduire architecturalement la confession de foi, comme une sorte de poème symphonique[1] ».

Mais cela ne suffisait pas encore.

L'esprit et la chair risquaient de manquer à la pierre. Constantin veut faire prendre corps à l'histoire chrétienne. Pour cela, il accomplit deux gestes essentiels : d'une part, il commande à Eusèbe de Césarée cinquante copies du Nouveau Testament – les grands codex dont survivent ceux qui sont aujourd'hui à Rome, à Londres, à Paris – et, d'autre part, il entreprend d'inscrire dans les paysages de Jérusalem, de Judée, de Galilée les traces de la vie du Christ.

1. Klaus Bieberstein, « Les lieux de mémoire de l'évangile », in *Les Premiers Temps de l'Église*, *op. cit.*, p. 674.

L'invention des lieux saints

Pourquoi Constantin charge-t-il spécialement sa mère, Hélène, de cette mission archéologique ?

Il est possible que ce soit une forme de voyage d'expiation, après l'assassinat de Crispus et de Fausta où le rôle criminel d'Hélène aurait été, sinon déterminant, trouble en tout cas… Mais peut-être n'était-ce qu'un simple pèlerinage, une retraite spirituelle après un deuil ? Ce voyage d'Hélène en Palestine va amener l'invention des lieux saints. L'expression est de Constantin lui-même. Dans une lettre à Eusèbe de Césarée, l'empereur demandait à l'évêque « de débarrasser les lieux saints de toute souillure de l'erreur ». C'est-à-dire d'en ôter les statues païennes, considérées comme des figures démoniaques.

Depuis l'époque de Jésus, depuis la destruction de la ville lors des deux guerres juives de 70 et 135, depuis sa reconstruction comme Ælia Capitolina, Jérusalem, transformée en ville romaine, avait beaucoup changé. Si des traditions situaient le Golgotha tantôt ici, tantôt là, tantôt ailleurs, si l'on supposait connaître le lieu de l'ensevelissement de Jésus, l'endroit sur le mont des Oliviers où il était monté au ciel, la « chambre haute » où Jésus et les apôtres se réunissaient, les lieux où il était apparu ressuscité, la grotte de la nativité à Bethléem, en réalité personne n'était capable de localiser ces lieux autrement que par ouï-dire.

Alors, qu'importe si c'est par une vision extatique que l'évêque Macaire – qui accompagnait Hélène – désigne l'emplacement du Golgotha, si les fouilles qu'il entreprend à proximité lui font miraculeusement découvrir le tombeau de Jésus, tandis que de son côté Hélène exhume la Vraie Croix (elle en trouva même deux supplémentaires !), les clous et une innombrable quantité de reliques ?

Bien plus tard, Georges Perec s'amusera de l'énumération interminable des reliques de la Passion conservées à travers le monde : « Les fragments de la Sainte Croix à Saint-Pierre de Rome, à Sainte-Sophie, à Worms, à Clairvaux, à la Chapelle-Lauzin, à l'hospice des Incurables de Baugé, à Saint-Thomas de Birmingham, etc. ; les Clous à l'Abbaye de Saint-Denis, à la cathédrale de Naples, à San Felice de Syracuse, aux Apostoli de Venise, à Saint-Sernin de Toulouse ; la Lance avec laquelle Longin perça le flanc du Seigneur à Saint-Paul-hors-les-Murs, à Saint-Jean-de-Latran, à Nuremberg et à la Sainte-Chapelle de Paris ; le Calice à Jérusalem ; les Trois Dés dont les soldats se servirent pour jouer la tunique du Christ à la cathédrale de Sofia ; l'Éponge imbibée de Vinaigre et de Fiel à Saint-Jean-de-Latran, à Sainte-Marie-du-Transtévère, à Sainte-Marie-Majeure, à Saint-Marc, à Saint-Sylvestre-in-Capite et à la Sainte-Chapelle de Paris ; les Épines de la Couronne à Saint-Taurin d'Évreux, Châteaumeillant, Orléans, Beaugency, Notre-Dame de Reims, Abbeville, Saint-Benoît-sur-Loire, Vézelay, Palerme, Colmar, Montauban, Vienne et Padoue ; le Vase à Saint-Laurent de Gênes, le Voile de Véronique (la *vera icon*) à San Silvestro de Rome ; le Saint Suaire à Rome, Jérusalem, Turin, Cadouin en Périgord, Carcassonne, Mayence, Parme, Prague, Bayonne, York, Paris, etc.[1]. »

Hélène accomplit parfaitement sa mission, elle « invente » les lieux saints au sens premier du terme : elle les découvre, elle les crée.

Puisant dans le trésor royal, elle fait aussitôt construire une basilique, celle du Saint-Sépulcre, puis une autre pour célébrer la Nativité à Bethléem, une troisième pour glorifier l'Ascension sur le mont des Oliviers, suscitant la vocation de nombreux donateurs pour bâtir des lieux de culte à Gethsémani, à Béthanie, à Sion, où était le prétoire de Pilate, la piscine probatique… Saint Jérôme, qui vivait à Bethléem depuis plusieurs années, prévenait que les lieux de prière étaient devenus si nombreux qu'une journée entière ne suffirait pas à les visiter tous.

1. Georges Perec, *La Vie mode d'emploi*, Paris, Hachette, 1978, p. 119.

Désormais, le cadre du récit chrétien est solidement planté, les pèlerins peuvent mettre leurs pas dans ceux de Jésus et de ses apôtres. Même si leur périple tient plus de la visite d'un décor de théâtre que de l'archéologie, leur bonheur sera d'habiter les chemins du Nouveau Testament, de toucher du doigt les pierres qui évoquent le passé, d'entrer en contact avec l'histoire.

Retour de pèlerinage

Un demi-siècle plus tard, entre les années 383 et 384, Égérie, une riche chrétienne, sera l'une des premières à tenir un précieux « journal de voyage » en Terre sainte.

Dans *La Liturgie de Jérusalem*, elle raconte par le menu, en plusieurs pages, les offices et les lieux où est célébrée la mémoire du Christ. « Durant l'octave de Pâques, chaque jour après le déjeuner, l'évêque avec tout le clergé et tous les néophytes, c'est-à-dire ceux qui ont été baptisés, tous les apotactites, hommes et femmes, et tous ceux du peuple qui le veulent, montent à l'Éléona. On dit des hymnes, on fait des prières, tant à l'église de l'Éléona, où se trouve la grotte dans laquelle Jésus enseignait ses disciples, qu'à l'Imbomon, l'endroit où le Seigneur est monté aux cieux » (39, 1).

Au retour de son pèlerinage, Égérie s'arrête d'abord à Tarse, la ville de saint Paul selon les Actes des Apôtres, puis elle traverse comme à l'aller la Cappadoce, la Galatie, la Bithynie et fait étape à Chalcédoine. « Le lendemain, traversant la mer », écrit cette voyageuse fortunée, « je suis arrivée à Constantinople en rendant grâces au Christ notre Dieu parce qu'il a daigné, à moi qui en étais si indigne et ne le méritais pas, accorder cette si grande grâce : non seulement le désir du voyage, mais aussi la possibilité de parcourir tous les lieux que je désirais voir et de retourner voir encore une fois Constantinople. Une fois arrivée là, dans toutes les églises, les sanctuaires des Apôtres et tous les *martyria*, qui y sont nombreux, je ne cessais de rendre grâces à

Jésus notre Dieu, qui avait daigné à ce point m'accorder sa miséricorde » (*Journal de voyage*, 23, 8-9).

En juin 384, Constantinople, capitale de l'Empire, est couverte de monuments à la gloire du christianisme.

Théodose règne depuis 379.

Théodose Ier

Aujourd'hui, en face de Sultanhamet, la Mosquée Bleue, l'obélisque de Théodose est l'un des rares vestiges de la grande période romaine, l'époque où Istanbul ne s'appelait pas Byzance mais encore Constantinople. Au cœur de l'hippodrome, presque aussi grand que le Circus Maximus de Rome, Théodose avait fait ériger cet immense obélisque, venu de Karnak et datant du pharaon Thoutmosis III qui régnait sur l'Égypte vers 3500 avant notre ère. Sur le socle sculpté en bas-relief, on peut voir Théodose assister à une course de chevaux, présider à l'érection de l'obélisque, recevoir les offrandes d'une armée vaincue.

Les dieux païens ont été soumis.

Théodose célèbre son empire dans la pierre.

Général d'origine espagnole, homme de guerre, Théodose ne quittera quasiment plus son palais jusqu'à sa mort en 395, consacrant toute son énergie à légiférer, à légiférer encore, à légiférer toujours.

Signe du destin : vers l'an 51, l'apôtre Paul adressait à Thessalonique une épître aujourd'hui considérée comme le texte chrétien le plus ancien (la première épître aux Thessaloniciens), et c'est dans cette même ville, trois siècles et demi plus tard, le 28 février 380, que Théodose prend un édit qui vise à faire du christianisme la religion universelle, « catholique », l'unique religion de l'Empire romain, d'Orient en Occident.

« Nous voulons que tous les peuples régis par le gouvernement de Notre Clémence pratiquent la religion transmise aux Romains par le divin apôtre Pierre, telle que se manifeste jusqu'à maintenant la religion qu'il a enseignée [...] à savoir que nous devons croire en une divinité unique, Père, Fils et Saint-Esprit, dans une égale majesté et une sainte Trinité. Nous ordonnons que ceux qui suivent cette loi soient rassemblés sous le nom de chrétiens catholiques ; quant aux autres, insensés et fous, nous jugeons qu'ils doivent supporter l'infamie attachée au dogme hérétique, que leurs assemblées ne reçoivent pas le nom d'Églises, que, frappés tout d'abord par la vengeance divine, ils le soient ensuite par le châtiment de notre action inspirée par la volonté céleste » (*Code Théodosien*, XVI, 1, 2).

Cet édit décrète que le véritable christianisme est celui qui est professé à Rome et à Alexandrie, le christianisme nicéen. S'il ne mentionne pas Constantinople, c'est seulement pour des raisons de politique intérieure, de relation entre l'Église et l'État (l'évêque de Constantinople est resté partisan d'Arius l'hérétique). En définissant ce qu'est la religion, l'empereur maudit ce qui est considéré comme l'hérésie, déclarant « fous et insensés » les chrétiens qui récusent l'ordre catholique du monde.

Cet édit, adressé apparemment « au peuple de Constantinople », est alors plus virtuel que réel. C'est un vœu pieux. En fait, c'est un programme religieux qui mettra cent cinquante ans à devenir réalité, changeant radicalement l'Empire et la société romaine.

La fin de l'Antiquité

En 391, un nouveau pas est franchi.

Théodose décrète l'interdiction du paganisme, doublée de l'interdiction générale des cultes et des sacrifices dans les temples. Une avancée que Constantin ne pouvait pas même concevoir, et encore moins les sujets de son empire.

D'abord édictée pour l'Occident, l'interdiction des cultes privés est élargie par Théodose à l'Orient et à tout l'Empire. En 392 puis en 395 des gouverneurs sont chargés d'aller s'assurer dans les provinces de l'exécution de ses ordres et de la fermeture des temples. Le Serapeum, le grand temple de Sérapis à Alexandrie, sera même mis à sac – et sa destruction interprétée, du point de vue païen, comme la catastrophe qui a provoqué une crue du Nil.

Le texte des édits d'interdiction des cultes est particulièrement intéressant, par ce qu'il révèle de l'existence quotidienne à la veille de la christianisation. Si la liberté de conscience n'est pas touchée, sont passibles d'amendes, de tortures, de peines de prison toutes les pratiques religieuses visibles, privées ou publiques. Toutes les manières ancestrales d'honorer les dieux deviennent hors la loi : l'inspection du foie ou le présage des viscères, la vénération des idoles, les offrandes d'encens, les guirlandes, les chandelles allumées devant les représentations des dieux lares, les banquets donnés auprès des tombes.

Peu à peu s'imposent le repos hebdomadaire du dimanche, le jour du Seigneur, les jours fériés chrétiens, le respect des fêtes, des célébrations chrétiennes, la morale chrétienne…

Le règne de Théodose programme la fin de l'Antiquité.

Païens et chrétiens

En même temps, il faut nuancer le tableau. La vie ordinaire n'est pas bouleversée de fond en comble. Le passage n'a pas été le passage de la nuit au jour qu'ont voulu peindre certains auteurs chrétiens, mais une évolution lente, complexe, diffuse. Comme le dit Peter Brown, « souvent nous oublions que la révolution religieuse liée à la conversion de Constantin ne représentait qu'une moitié de l'histoire de l'Empire du IVe siècle. L'autre moitié […] fut marquée par la formation d'une nouvelle classe gouvernante, déterminée à jouir des privilèges d'un monde remis en ordre après des générations d'incertitude politique et d'humiliation au nom de la *res romana*. […] Relativement à la formation de la nouvelle classe dirigeante de l'Empire postconstantinien, le IVe siècle ne fut absolument pas un siècle dominé par le "conflit entre paganisme et christianisme". Rien n'aurait été plus pénible pour un membre des classes aisées de l'Empire tardif que de s'entendre dire que "païen" et "chrétien" étaient des désignations d'importance primordiale pour leur style de vie, pour le choix de leurs amis et alliés. Les dissensions en matière de religion, même si elles font le délice des chercheurs modernes à l'esprit bien ordonné, auraient été synonymes de catastrophe. Ce qui prévalait à cette époque [...] c'était plutôt une ambiguïté recherchée et une fidélité sans faille aux "formes symboliques" communes qui parlaient à travers la voix puissante, mais religieusement neutre, de l'autorité de l'Empire et de la sécurité de son ordre social[1] ».

Ce sur quoi renchérit Paul Veyne : « En vertu de l'humaine médiocrité, le conflit "historique" entre païens et chrétiens n'est pas allé plus loin, dans la majorité des cas, qu'un conflit entre un parti de centre gauche et un parti de centre droit [...]. Le fait capital est que le "parti virtuel" qui est favorable à la religion, quelle que soit son intensité, est probablement toujours majoritaire ; cela seul semble pouvoir expliquer la place considérable qu'occupent les religions dans presque toutes les sociétés[2]. »

Sous Théodose, le parti chrétien devient, politiquement, économiquement, sociologiquement, le parti dominant. Et, de fait, religieusement totalitaire.

Tour d'écrou

Après lui, un édit du 7 décembre 416 prévoira l'exclusion des païens de l'armée, de la justice et de l'administration (*Code Théodosien*, XVI, 10, 21). Puis le service du palais sera interdit

1. Peter Brown, *L'Autorité et le Sacré*, Paris, Noesis, 1998, p. 103-104.
2. P. Veyne, *L'Empire gréco-romain*, *op. cit.*, p. 523-524.

aux ennemis de la religion catholique ; de même, les carrières officielles leur seront limitées de plus en plus.

Aux interdictions professionnelles qui renforceront la nécessité d'être chrétien, viendra s'ajouter, dans les décennies suivantes, le travail de terrain mené par les missionnaires.

Un travail accompli surtout hors des cités. Du fait des distances, des difficultés d'accès et de communication et du pouvoir de contrôle exercé par les grands propriétaires fonciers, la pénétration du christianisme dans les campagnes s'est avérée beaucoup plus difficile qu'on ne l'imagine. « La prédication », insiste Ramsay MacMullen, « s'adressait aux riches, c'est-à-dire aux propriétaires terriens de la région. Elle les invitait à jouer un rôle actif dans l'éradication de la religion de leurs devanciers. Ils devaient veiller à ce que tout temple fût démoli, les arbres sacrés abattus, et quiconque résistait devait être fouetté et battu. [...] S'il y avait encore des idoles ou des temples sur leurs terres, les maîtres étaient considérés comme des complices dans cette infraction à la loi divine et humaine[1]. »

La foi sera la loi.

Ainsi, dans un tableau des mœurs villageoises qui n'aurait étonné ni Jérôme Bosch ni Brueghel, entend-on le pauvre Césaire d'Arles s'époumoner lors d'un sermon contre ses ouailles, encore vers les années 500. Il leur reproche vertement de devenir des ivrognes quand arrive la fête des calendes de janvier, de se laisser aller à des jeux obscènes, à des chansons paillardes, de prendre des masques, de se déguiser en femme, en chèvre, en cerf, alors que l'homme a été fait à l'image de Dieu.

Tout le système de protection contre les démons ou le diable, tous les réseaux d'intercessions entre l'homme et la divinité que le polythéisme avait savamment mis au point se retrouveront désormais enterrés. Mais le paganisme survivra. Il survivra

1. Ramsay MacMullen, *Christianisme et paganisme du IVe au VIIIe siècle*, Paris, Les Belles Lettres, 2004, p. 99.

longtemps, toujours sans doute, jusqu'à aujourd'hui, enfoui sous le culte des saints et des martyrs, le goût des reliques, les dévotions et les superstitions.

La marche, pourtant, est irréversible.

En 529, l'empereur Justinien impose aux païens d'être baptisés et d'être instruits « dans la vraie foi des chrétiens ». S'ils persistent dans l'erreur, la mort civile les attend. Le Code Justinien prévoit qu'ils seront exclus des services de l'État, interdits d'enseignement, dépossédés de leurs biens et propriétés, laissés dans l'indigence, sans préjudice des châtiments qui pourraient leur être infligés pénalement – jusqu'à la peine de mort pour ceux qui, malgré leur baptême, reviendraient au paganisme, ou pour ceux qui se convertiraient au judaïsme.

Retour en arrière

Revenons en 337, à la mort de Constantin.

Les trois fils, Constantin II, Constant et Constance II (seul empereur de 353 à 361) se partagent l'Empire. Leur politique religieuse conforte l'œuvre de Constantin. Les faveurs continuent d'être accordées à l'Église : ainsi, en 346, les propriétés appartenant à l'Église se trouvent exemptées de l'impôt foncier.

Mais Constant et Constance II veulent aller plus loin. Ils prétendent éradiquer définitivement le paganisme. Les activités divinatoires deviennent passibles de la peine de mort ; une peine applicable aux gouverneurs de province qui se montreraient trop laxistes.

En pratique, la réalité a été moins sombre. Des exactions contre les païens ont pu se produire ici ou là, couvertes par les autorités, des temples spoliés de leurs trésors pour renflouer les caisses de l'État, mais le dispositif répressif semble être surtout resté théorique.

Outre que les empereurs ont conservé le titre païen de grand pontife, les païens étaient toujours majoritaires, y compris parmi les élites. Les édits antipaïens développaient, dirait-on aujourd'hui, une stratégie de communication. Leur précision et leur multiplication étaient une manière d'imposer la nouvelle idéologie, de l'inscrire dans les textes et dans les têtes.

Julien dit l'Apostat

L'empereur Constance, après avoir fait assassiner toute sa famille, avait condamné à l'exil son cousin Julien. Ce neveu de Constantin, apparemment plus porté sur la philosophie que sur l'exercice du pouvoir, n'était pas destiné à régner. Mais, en 360, à Lutèce, Julien est proclamé Auguste par son armée.

Il devient seul empereur en 361 à la mort de Constance II.

Alors qu'il a été élevé dans la religion chrétienne, Julien perçoit le christianisme comme un danger public et se retourne énergiquement contre lui. Il entreprend alors de restaurer la tradition des dieux protecteurs de Rome, abroge toutes les mesures discriminatoires contre les païens et restitue leurs biens aux temples. En même temps, il prive les églises de leurs privilèges, limite le nombre d'autorisations accordées aux évêques pour utiliser la poste impériale, réintroduit les schismatiques dans leurs droits, divisant pour mieux régner. Dans une lettre, il définit ce que doit être, désormais, l'enseignement dispensé dans l'Empire : « Aujourd'hui que les dieux eux-mêmes nous ont rendu la liberté, il me paraît absurde de ne pas enseigner aux hommes ce que l'on tient pour excellent [Homère, Hésiode, Démosthène, Hérodote, Thucydide, Isocrate, Lysias, Cicéron, Virgile, Salluste, etc.]. Si l'on considère comme sages ceux dont on se fait les interprètes, ou mieux le prophète attitré, il faut commencer par imiter leur piété envers les dieux. Mais si, au contraire, on se figure qu'ils se sont trompés, alors qu'on aille dans les églises des Galiléens [chrétiens] pour y commenter Matthieu et Luc. » Pour autant, Julien n'interdit pas la voie chrétienne de l'enseignement, laissant à ceux qui la suivent, des malades, des frénétiques selon lui, faire par eux-mêmes l'expérience de l'erreur : « car je pense qu'il faut éclairer les hommes qui déraisonnent mais non les punir » (Julien, *Lettres*, 61).

Condorcet semble s'être mis dans la peau de Julien lorsqu'il écrit : « Le mépris des sciences humaines était un des premiers caractères du christianisme. Il avait à se venger des outrages de la philosophie ; il craignait cet esprit d'examen et de doute, cette confiance en sa propre raison, fléau de toutes les croyances religieuses. La lumière des sciences naturelles lui était même odieuse et suspecte ; car elles sont très dangereuses pour le succès des miracles ; il n'y a point de religion qui ne force ses sectateurs à dévorer quelques absurdités physiques. Ainsi le triomphe du christianisme fut le signal de l'entière décadence, et des sciences, et de la philosophie[1]. »

Julien fait feu de tout bois afin de saper l'autorité de l'Église.

Il légifère, il agit, il écrit même un *Contre les Galiléens* à charge contre les chrétiens et un *Hymne au Roi Soleil* néoplatonicien. Son rêve n'est pas tant de restaurer le paganisme que de le rénover. Il aurait voulu en faire une religion, créer une Église païenne – ce que le paganisme n'a jamais été ! –, en lui donnant comme modèle les structures d'entraide et l'organisation hiérarchique qui avaient fait jusque-là le succès du christianisme.

Julien règne dix-huit mois et meurt au combat dans la guerre contre les Perses en juin 363. Sa tentative de restauration aura fait long feu.

Était-ce, comme on le lit très souvent, un dernier sursaut ?

Le paganisme était-il complètement à l'agonie ?

Ne peut-on imaginer que Julien aurait pu ruiner l'influence du christianisme s'il avait eu le temps de régner ?

Aurait-il pu briser son hégémonie, faire voler en éclats l'organisation de l'Église qui semblait indestructible, comme a volé en éclats l'URSS qui, elle aussi, paraissait indestructible ?

---

1. Condorcet, cité par L. Rougier, *Le Conflit du christianisme primitif et de la civilisation antique*, *op. cit.*, p. 155.

Malgré les habitudes de pensée, il n'est pas plus facile de trancher dans un sens que dans l'autre.

L'histoire, elle, a tranché.

Après la mort de Julien, Jovien lui succède et disparaît très rapidement, tandis qu'une autre dynastie prend le pouvoir. Valentinien devient empereur, puis son frère Valens, son fils Gratien, son autre fils Valentinien II, qui remettent le christianisme au cœur des rouages de l'Empire.

Les autres, les hérétiques

Tant qu'ils ne se comportent pas trop ostensiblement, les païens ne sont pas les cibles essentielles des autorités impériales. Étant donné qu'ils sont encore en grand nombre, l'Empire, sauf par la force, ne saurait devenir en quelques années un empire chrétien. Quant au judaïsme, qualifié de « secte malfaisante » au Ve siècle, il ne sera jamais interdit.

Le système législatif romain veut avant tout éviter le désordre. Certes, il privilégie le christianisme, mais, mis à part l'antijudaïsme traditionnel, il tient surtout à prévenir les conflits entre les deux communautés. D'où l'interdiction des mariages mixtes considérés comme adultères, la possession d'esclaves chrétiens pour les juifs ou la circoncision d'esclaves païens ; d'où également la protection des juifs convertis au christianisme et les mesures prises à l'encontre des chrétiens qui, à l'inverse, voudraient se convertir (jusqu'à la peine de mort prévue en 409). Malgré cela, malgré une marginalisation sociale de plus en plus grande, malgré un sort qui deviendra parfois très précaire, les juifs conservent leur statut traditionnel de *religio licita*.

Les autres adeptes du monothéisme seront beaucoup plus maltraités.

Le principal ennemi d'un chrétien n'est ni juif ni païen. C'est un autre chrétien. Un chrétien qui ne pense pas le christianisme comme le courant dominant. L'ennemi de l'intérieur, « l'hérétique ».

Comme le décrétait l'édit de 380, ceux qui ne sont pas catholiques sont « insensés et fous ». Ils ne méritent donc aucune miséricorde, pas même chrétienne.

Il est symptomatique de voir que, très rapidement après son accession au trône, Théodose a décidé de purger la crise arienne. En dépit du concile de Nicée, le feu couve encore depuis 325 et l'arianisme demeure un ferment de division entre les évêques, entre les communautés, entre les baptisés (puisqu'il existe un baptême arien).

Pour en finir, en mai 381, Théodose convoque le concile de Constantinople.

Ce concile œcuménique, le deuxième du genre, doit confirmer le dogme de la consubstantialité du Père et du Fils auquel s'adjoint le Saint-Esprit dont il n'avait pas été question à Nicée.

Promulgué le 30 juillet 381, un édit impérial va forcer la décision solennelle des évêques dont les chefs, les métropolites, sont nommément désignés pour appliquer la loi : « Il conviendra d'admettre à recevoir dans les églises catholiques ceux qui sont en communion et association avec ces évêques respectables. Quant à tous ceux qui sont en désaccord avec la communion de foi des évêques dont il vient d'être fait mention explicite, qu'ils soient expulsés des églises en tant qu'hérétiques déclarés ; que désormais, il leur soit absolument interdit de recevoir le pontificat et les ressources des églises, de manière que le sacerdoce de la vraie foi de Nicée puisse rester pur, et que, après cette expression de notre commandement, il n'y ait plus de place pour la ruse maligne » (*Code Théodosien*, XVI, 1, 4).

La tolérance n'est pas le fort de cette loi très catholique.

Il y a pourtant des exceptions : le droit de réunion des ariens n'est pas complètement aboli avant 388, en raison des influences qui s'exercent jusque dans la famille impériale, et la loi n'est pas appliquée aux Goths établis dans l'Empire, qui sont ariens.

Priscillien martyr

Si Théodose rompt avec la tolérance, c'est que l'orthodoxie chrétienne doit être le ciment de l'unité de l'Empire, la société entière doit être christianisée sous peine de s'effondrer. La chasse aux hérétiques est lancée comme s'il s'agissait de traquer les ennemis de l'État : « Que toutes les hérésies interdites par les lois tant divines qu'impériales cessent pour toujours » (*Code Théodosien*, août 379, XVI, 5, 5).

Sont visés les ariens et leurs avatars, les « eunomiens », les « photiniens », les « mélitiens », les « nestoriens », les manichéens, les disciples de Mani, qui n'ont plus le droit d'hériter ni de léguer leurs biens.

Les mots visant les dissidents, les déviants, les hérétiques sont, comme toujours, particulièrement délicats : « souillure », « crime », « venin », « sacrilège », « horreurs des sectes, abominables à cause des noms monstrueux de leurs auteurs », « infamie », « folie » : bref, qu'ils « cessent d'usurper le nom, étranger à leurs fourberies manifestes, de la vraie religion » (*Code Théodosien*, 10 janvier 381, XVI, 5, 6). Assemblées de fidèles, réunions liturgiques, constructions d'églises, ordinations, baptêmes, tout cela leur est interdit.

En 364, l'évêque Hilaire de Poitiers avait prêché : « C'est un beau nom que celui de paix, et l'idée de l'unité est belle aussi. Qui pourrait douter que la paix, celle du Christ, se trouve ailleurs que dans l'unité de l'Église et des évangiles ? Cette paix qu'après sa glorieuse Passion le Seigneur a donnée à ses apôtres, qu'il leur a commandé de maintenir parmi eux, cette paix que nous, nous devons nous efforcer de posséder et d'établir parmi nous. Hélas, les ministres de l'Antéchrist qui approche ne l'ont pas permis, eux qui se glorifient d'une paix qui n'est que l'union dans l'impiété, eux qui se conduisent comme les ministres de l'Antéchrist, mais non comme des prêtres du Seigneur » (*Contre Auxence*, 1).

L'évêque d'Avila, Priscillien, qui prônait un christianisme

ascétique et rigoriste, un christianisme rénové pour échapper à la collusion avec le pouvoir et revenir à ses racines spirituelles, est convaincu d'hérésie. Accusé de magie noire et de pratiques immorales, il est condamné à mort avec quatre de ses disciples, dont une femme.

Priscillien est décapité à Trèves en 386.

Il aura ainsi le redoutable honneur d'être la première victime chrétienne du christianisme, le premier martyr d'une nouvelle espèce : le martyr chrétien exécuté par d'autres chrétiens.

L'affaire de Thessalonique

Le contrecoup de la christianisation de l'Empire est le pouvoir grandissant de l'Église.

Un événement illustre particulièrement le rapport de force qui se joue entre l'empereur et les évêques.

L'histoire se produit, à nouveau, à Thessalonique, en 390. Le commandant des troupes romaines stationnant dans la ville, un général germain, a ordonné l'arrestation d'un cocher de cirque qui avait fait des avances à son échanson, au prétexte d'une loi très récente réprimant l'homosexualité. Or ce cocher était très populaire et son incarcération a déclenché des mouvements dans la ville, la foule s'attroupant pour faire libérer le conducteur de char à la veille de courses importantes. Dans les émeutes, le gouverneur militaire est tué.

Apprenant la nouvelle, Théodose exige des représailles. Même si les récits des historiens Paulin, Rufin et Sozomène sont tentés de faire la part belle aux scènes de tragédie, tantôt d'exécution d'otages tantôt de folie meurtrière des troupes germaines, sept mille habitants auraient été rassemblés dans l'hippodrome puis massacrés en quelques heures. L'évêque de Milan, Ambroise, dénonce ce carnage et exige le repentir de l'empereur qui a outragé la morale chrétienne.

Ambroise contre Théodose

Ambroise de Milan (339-397) fut d'abord haut fonctionnaire romain, gouverneur de Ligurie, avant d'être élu évêque de Milan. Cet évêché était une place stratégique, puisque c'était à Milan, et non à Rome, que se trouvait la capitale de l'Empire romain d'Occident.

Chrétien fanatique, antisémite notoire, Ambroise s'était déjà illustré quelques mois plus tôt dans une sorte de combat singulier avec l'empereur. Des chrétiens de Mésopotamie avaient brûlé la synagogue de Callinicon sur l'Euphrate, et Théodose avait ordonné qu'elle fût reconstruite à leurs frais. Ambroise apprit cet épisode survenu pourtant loin de son diocèse. Dans un de ses sermons, dénonçant la synagogue comme « un lieu d'impiété » (*Lettres*, X, 40), il menaça Théodose de ne plus célébrer de messe tant que l'ordre impérial ne serait pas rapporté.

L'empereur céda.

Cette fois, après le massacre de Thessalonique, nouvel affrontement. Il oppose, d'un côté, Théodose, chef de guerre, homme d'État, réformateur autoritaire, qui ruse avec le représentant le plus brillant de cette Église à laquelle il appartient et dont il a besoin pour renforcer l'Empire, et, de l'autre, Ambroise, champion exalté du christianisme, une figure capitale du combat contre les ariens et l'arianisme, un opiniâtre retors « qui avait en lui quelque chose de proprement féminin dans la violence calculée de son activité politique[1] ».

Ambroise écrit à Théodose : « Il a été commis dans Thessalonique un attentat sans exemple dans l'histoire. Je n'ai pu le détourner, mais d'avance j'ai dit combien il était horrible, et vous-même en aviez jugé ainsi, en faisant de tardifs efforts pour révoquer vos premiers ordres. » Selon certains, Théodose aurait vainement tenté d'arrêter le massacre ou, en tout cas, fait pro-

1. Peter Brown, *La Vie de saint Augustin*, Paris, Éd. du Seuil, 2001, p. 102.

clamer qu'il aurait tenté de le faire. Ambroise ne veut rien entendre, impitoyable dans les mots comme dans la sanction : « Après avoir imité David, imitez-le dans sa pénitence. Vous ne pourrez plus être admis au Temple, il vous est interdit de vous présenter pour les oblations. » La leçon de morale vient ensuite : « Ce sont des conseils, des prières, des exhortations, des avertissements que j'énonce, car c'est une douleur pour moi de te voir, toi qui donnais l'exemple d'une piété sans égale, qui tenais le premier rang pour la clémence, qui ne supportais pas les châtiments frappant des coupables, admettre sans douleur le meurtre de tant d'innocents. Quel qu'ait été ton bonheur dans les combats, quelles que soient aussi les louanges que tu mérites en d'autres circonstances, c'est pourtant la piété qui a toujours caractérisé tes actes par excellence. Le démon t'a envié ce qui était ton plus grand mérite… Triomphe de lui, tant que tu as encore le moyen de triompher. Ne va pas ajouter à ton péché un autre péché, en adoptant un fâcheux comportement qui a été nuisible à beaucoup d'autres » (*Lettres*, LI, 11-12).

Quel sermon !

Le pouvoir temporel doit être soumis au pouvoir spirituel, l'empereur à l'évêque. Mais la réprimande est secrète. C'est un secret d'État que seuls Ambroise et Théodose partagent. « J'écris de ma main ce que tu dois être seul à lire », précisait Ambroise. Drôle de secret quand on songe à ce que Théodose va être contraint d'exécuter publiquement pour obtenir le pardon de son évêque.

Ambroise était sans aucun doute doué pour la mise en scène. N'avait-il pas fort opportunément découvert, *urbi et orbi*, les ossements des deux saints martyrs qu'il avait fait ensevelir en grande pompe sous l'autel de la nouvelle basilique de Milan ?

À Noël 390, il se surpasse.

À sa demande, l'empereur Théodose, après s'être fait prier plusieurs semaines, doit s'allonger sur le sol glacé devant la foule milanaise, demander publiquement l'absolution à Ambroise en récitant un psaume pénitentiel : « Mon âme est collée à la poussière ; vivifie-moi selon ta parole » (Ps 119,25).

L'évêque triomphe.

C'est Milan soumettant Constantinople repentie.

L'argument essentiel pour accréditer cette vision des événements est que Théodose, gravement malade au début de son règne, avait cru sa dernière heure arrivée et avait donc demandé à recevoir le sacrement du baptême pour avoir toutes ses chances d'accéder aux félicités de la vie éternelle.

Or il survécut.

Mais, contrairement à Constantin qui avait attendu l'instant ultime pour être absous de tous ses crimes, Théodose, baptisé, se retrouvait sous la coupe de l'Église. D'où le pouvoir exorbitant de l'évêque, auquel est dévolu le rôle de surveiller la conduite du prince, comme le veut l'étymologie du mot « évêque ».

Ambroise, prenant acte que César est devenu chrétien, en tire pour conséquence que l'Église doit superviser non seulement l'Empire – « Rendons à César ce qui est à César » (Mc 12,17) –, mais le cœur de l'Empire, c'est-à-dire le cœur de l'empereur. « Le pouvoir est en effet porté au vice, et les rois, errant comme du bétail, se souillaient dans les plaisirs ; ils ignoraient Dieu. La croix du Seigneur les a retenus et détournés du péché d'impiété », déclare l'évêque de Milan devant la dépouille mortelle de Théodose sans risque d'être démenti (*Sur la mort de Théodose*, 48).

Le récit de la reddition sans condition de Théodose est tout de même suffisamment scabreux pour qu'on ne soit pas obligé de croire à tous les détails qui font le miel de bien des historiens : la date du jour de Noël, la pénitence solennelle, l'humiliation publique, les cendres, les gémissements, les larmes.

Par crainte du ciel, l'empereur se serait prosterné et mortifié devant Ambroise ?

La repentance semble trop belle pour être vraie !

Édifiante pour tout dire.

Plus sérieusement, ce qu'on peut lire ici, c'est la mise en scène par Ambroise de la délimitation des domaines respectifs de l'Église et de l'État, solidaires dans la conduite des hommes et des âmes mais selon un ordre nouveau. La hiérarchie des pouvoirs a changé. Pour toujours César est entré dans l'Église, il n'est plus au-dessus d'elle. Ambroise annonce ce que l'on nommera à partir de Bernard de Clairvaux, au XIIe siècle, « la théorie des deux glaives » : c'est le pape qui détient les « deux glaives » ; il confie à l'empereur son glaive temporel, au nom de son « glaive » divin.

Renversant le césaro-papisme, la porte est ouverte à la théocratie.

L'alternative monachiste

Cette évolution ne va pas sans susciter des résistances internes. Dès la fin du IIIe siècle, le « monachisme », le phénomène monastique, apparaît en réaction à l'institutionnalisation de l'Église. Une attitude de retrait ascétique telle qu'on a pu la voir dans le judaïsme à travers l'exemple de Qumrân ou dans le christianisme primitif avec les communautés baptistes, les gnostiques ou le montanisme.

Le phénomène prend une dimension plus large, et souvent collective. Il apparaît en Égypte, puis gagne rapidement la Palestine, la Syrie, la Perse, l'Asie Mineure, mais aussi l'Italie, l'Afrique du Nord, l'Espagne, et enfin, au Ve siècle, la Grande-Bretagne et l'Irlande.

Être « parfait » suppose de partager ses biens, de pratiquer le jeûne et la méditation, de vivre dans la chasteté, de mendier et d'être un vagabond s'il le faut, bref de se retirer du monde.

Paradoxalement, cette mise à l'écart, qui était le propre des ermites ou des anachorètes, s'organise à partir du IVe siècle.

Les monastères se multiplient et se peuplent de moines qui choisissent la réclusion volontaire plutôt que la vie dans une société christianisée : à leurs yeux, l'Église trahit le message de

Jésus en collaborant avec le pouvoir. De fait, ils protestent contre la confusion des intérêts de l'Église et de l'État, contre sa dérive autoritaire, contre la prétention impériale d'être seule en contact avec Dieu.

« Nostalgie de l'époque héroïque », écrit Marcel Simon, « c'est comme un succédané du martyre, désormais impossible, que se présente le monachisme. Il se propose d'atteindre par d'autres voies à cet idéal de perfection chrétienne que consacrait naguère le martyre. Ce n'est pas coïncidence fortuite si les premières manifestations de la vie monastique sont à peu près contemporaines de la dernière persécution, dont elle prend en quelque sorte la relève[1]. »

La vie retirée au sein de l'Empire devient une nouvelle forme de sacrifice de soi, un nouveau modèle de perfectionnisme religieux, « alors que la vie d'évêque devenait de plus en plus tendue, prise entre les corvées administratives et les comptes à rendre à Dieu. [...] La majorité des chrétiens, demeurés loin de la perfection, avaient plus que jamais besoin d'intercesseurs et de dispensateurs de bénédiction et de pardon[2] ».

Avant de partir en expédition militaire, l'empereur Théodose lui-même va consulter Jean de Lycopolis, connu pour avoir passé quarante-huit ans en prières, comme on interroge un oracle.

Moines anticléricaux

Les « saints » sont des combattants sans armes, ils devancent l'épreuve du Jugement dernier, comme des athlètes spirituels. Ils attirent, recrutent les pauvres et marginaux qui trouvent auprès d'eux emploi et nourriture. Tout en se tenant nettement à l'écart de la société, les moines se situent, tout aussi farouchement, à

1. Marcel Simon, *La Civilisation de l'Antiquité et le Christianisme*, Paris, Arthaud, 1972, p. 401.
2. R. Lane-Fox, *Païens et chrétiens*, *op. cit.*, p. 625.

l'écart de l'Église, de ses structures, de ses hiérarchies. Ce sont des hommes libres doués de la liberté de parole, qui exercent un magistère moral.

Deux figures éminentes du monachisme ont refusé d'être ordonnées prêtres, comme les moines refuseront de l'être pendant longtemps : Antoine, le « père du mouvement » – le saint Antoine dans le désert des images pieuses, qui mourra plus que centenaire en 356 –, et Pachôme, fondateur du cénobitisme (« la vie en commun »), dont les monastères abriteront sept mille hommes en Égypte.

À partir du milieu du IVe siècle, Eustathe de Sébaste et ses disciples, en Asie Mineure, font preuve d'un véritable radicalisme évangélique : ils ont des assemblées à part, n'admettent pas de recevoir l'eucharistie des mains d'un prêtre marié, célèbrent leurs propres fêtes. Les moines refuseront même de servir dans les structures de l'Église, y compris ses hôpitaux et ses services d'entraide et d'assistance.

Que l'attente de la Fin des temps ou la conversion de l'échec de cette espérance soit sous-jacente aux comportements de pureté et de purification que suppose le monachisme n'est pas douteux. Mais ce qui fédère symboliquement le monachisme à travers différents groupes et différentes régions, c'est avant tout une résistance à l'Église « officielle ».

Il est frappant de constater combien l'essor du mouvement coïncide précisément avec la christianisation de l'Empire à partir de Constantin.

Le monachisme se pose comme un contre-pouvoir.

C'est une force d'opposition latente, une dissidence interne, tellement le Dieu des chrétiens est devenu alors le roi des rois, un empereur céleste que seuls le Prince et ses courtisans peuvent approcher.

Les hommes en noir

Pour combattre les moines, on les diffame, des insultes raillent leur comportement, leurs pratiques particulières, leur promiscuité. L'empereur antichrétien Julien exprimera longuement le dégoût qu'ils lui inspiraient : « On voit ainsi des hommes qui sortent des villes pour habiter les déserts, comme si l'homme n'était pas, par sa nature, un être social et civilisé pour vivre avec ses pareils. En proie aux mauvais démons auxquels ils sont livrés, ils se trouvent livrés, par eux, à la misanthropie » (Julien, *Lettres*, 89, b, I). Quant à l'aristocrate chrétien Rutilius Namatianus, il s'indigne tout autant : « Comment peut-on se rendre volontairement malheureux par peur de le devenir ? Quelle rage sortie de cerveaux détraqués ! Parce qu'on craint les maux, comment en arriver à ne pas accepter les biens ? Ou bien faut-il supposer que leur sombre cœur est tout gonflé de fiel noir, d'un excès de bile [...] blessé d'un chagrin cruel qui leur fait prendre en horreur le genre humain ? » (*Sur son retour.*)

Les moines constituent les paratonnerres du nouveau système, cibles faciles des critiques qui étaient adressées auparavant aux chrétiens dans leur ensemble, d'autant qu'ils sont démunis et sans aucun statut légal. Saint Benoît lui-même s'en prendra d'ailleurs aux moines dits « gyrovagues », les moines errants qui ne vivent que de la charité.

Le rhéteur païen Libanius réclame à Théodose (qui, lui aussi, se défend d'eux) la protection impériale contre « ces hommes habillés de noir, qui mangent plus que des éléphants et qui, à force de boire, lassent la main des esclaves qui leur versent le vin parmi les chants ; ces gens qui cachent leurs désordres sous une pâleur qu'ils se procurent grâce à certains artifices. Oui, ce sont ces gens-là, ô empereur, qui, au mépris de la loi toujours en vigueur, courent sus aux temples. Ils portent du bois pour y mettre le feu, des pierres et du fer pour les saccager... » (*Discours*, 30, 88).

Athanase, l'évêque d'Alexandrie, va, quant à lui, écrire juste après la mort de l'ermite une *Vie d'Antoine* : le solitaire reclus dans le désert en ressortira habillé de neuf, remis dans le rang, soumis aux évêques, respectueux des clercs, de même que l'auteur du livre des Actes avait réussi à donner de l'apôtre Paul une image très conformiste, aux antipodes du personnage indomptable dont la virulence traverse les épîtres.

Dès les années 350, le monachisme pratiqué par les disciples d'Eustathe de Sébaste sera condamné par un concile. Les moines seront repris en main par Basile, évêque de Césarée en Cappadoce, lui-même ancien disciple d'Eustathe de Sébaste. Il établira alors une règle monastique avec un double objectif : protéger la vie monacale et soumettre les communautés à la hiérarchie ecclésiastique.

Deux siècles plus tard, dans les années 530, le monachisme sera définitivement intégré à l'Église par une règle plus sévère encore, la règle de saint Benoît, définissant le cadre très strict de la vie en commun et la liturgie autorisée.

Les moines sont désormais isolés derrière les murs de leurs monastères, encadrés, disciplinés, enrégimentés sous les ordres d'un évêque tout-puissant. Ces hommes libres qui s'étaient dressés contre le mariage incestueux du Christ et de l'Empire feront alors preuve d'un zèle souvent redoutable. De rebelles, ils se transforment en miliciens de la puissance ecclésiastique à l'intérieur d'un État lui-même aux ordres de l'Église.

Le sac de Rome

Au début du Ve siècle, tout semblait aller pour le mieux dans le meilleur empire chrétien possible.

Mais en 410 l'inimaginable se produit : le 24 août, Rome est prise par les Goths d'Alaric, pillée et mise à sac pendant trois jours.

L'événement est une péripétie militaire dont la portée doit

toutefois être minorée. Les « Barbares » qui prennent la ville sont aussi des chrétiens. Ce sont des ariens, qui respectent le droit d'asile dans les bâtiments religieux et ne les incendient pas.

Alaric n'est pas une brute sans foi ni loi mais un général formé par Rome, qui pille la ville pendant trois jours – durée presque symbolique – pour obtenir place et fortune qu'on lui refuse.

Mais si sur le plan militaire le sac de Rome n'est pas un événement décisif, sur le plan symbolique l'impact est énorme. Une telle catastrophe ne s'était pas produite depuis huit siècles, depuis ce jour de l'an 390 avant notre ère où les armées gauloises avaient pris le Capitole.

L'Empire est de nouveau frappé en plein cœur.

À juste titre, Maurice Sachot compare cet événement avec celui du 11 septembre 2001 aux États-Unis, quand « les deux tours jumelles du World Trade Center s'écroulent après avoir été percutées par deux avions détournés par des terroristes. La destruction est vécue par les Étatsuniens comme le fut pour les Anciens le sac de Rome en 410. Le colosse n'était pas aussi invincible qu'il le croyait[1] ».

Pour la première fois, les victimes ne sont pas seulement des pauvres et des habitants des campagnes, mais également la noblesse, l'aristocratie, les riches marchands, les intellectuels.

Pour les païens, les dieux ont abandonné Rome. L'éternité qui la protégeait ne la protège plus. Le Dieu chrétien est impuissant. Le christianisme est la cause de cette débâcle.

Pour les chrétiens, la leçon est brutale : ce n'est pas parce que l'Empire est devenu chrétien que l'histoire est parvenue à son terme.

Plus que dans la partie orientale de l'Empire, où trois jours de deuil seulement (en réponse aux trois jours de pillage) sont

1. Maurice Sachot, *Quand le christianisme a changé le monde*, Paris, Odile Jacob, 2007, p. 13.

décrétés par Théodose II, petit-fils de Théodose Ier, c'est surtout en Occident que le désastre a été ressenti. Des lettrés, attachés personnellement ou culturellement à la tradition romaine, y voient l'effondrement d'un monde, le commencement, qui sait, de la Fin des temps.

Saint Jérôme, retiré depuis une vingtaine d'années à Bethléem, en Terre sainte, tremble d'épouvante : « J'en ai été consterné, bouleversé, stupéfait. Jour et nuit, je ne pensais plus à autre chose, je me croyais captif avec eux, ces saints. [...] Mais quand la glorieuse lumière du monde s'est éteinte, quand fut prise la capitale de notre empire, quand dans cette seule ville c'est l'univers tout entier et la civilisation qui ont péri, alors je me suis tu, je me suis humilié, je ne pouvais plus prononcer un seul mot et ma douleur en est devenue plus vive » (Jérôme, *Préface au Commentaire d'Ézéchiel*).

Comment expliquer l'inexplicable ?

Ce n'était plus la colère des dieux qui s'était exprimée, mais, *mutatis mutandis*, la colère de Dieu – qui restera longtemps une clef utile en toute occasion. Or, si c'est Dieu qui s'est exprimé, il n'a pu le faire que par bonté. Donc le sac de Rome ne doit pas être interprété comme une défaite, mais comme une victoire ! Une victoire du christianisme, une correction salutaire à l'égard des chrétiens qui ne sont pas assez ardents à convertir les impies, pas assez purs, trop tièdes dans leur foi.

Écoutons encore saint Jérôme : « Horreur, l'univers s'écroule, mais en nous les péchés ne s'écroulent pas. Une ville illustre, la capitale de l'Empire romain a été détruite par un seul incendie. Partout ses fils sont en exil. On a vu tomber en cendres et en poussière des églises consacrées. Et cependant nous nous adonnons à l'avarice. Nous vivons comme si nous devions mourir demain, mais nous bâtissons comme si nous devions vivre éternellement dans ce monde. L'or brille sur nos murs, l'or couvre nos lambris ; il rutile sur nos chapiteaux. Mais, nu, affamé devant nos portes, le Christ meurt dans son pauvre ! » (Jérôme, *Lettres*, 128, à Pacatula.)

Et saint Augustin de s'exclamer lui aussi devant « l'universel ravage » : « Les choses, donc, étant ainsi, bons et méchants étant pareillement affligés, faut-il en conclure qu'il n'y a pas lieu de les distinguer puisqu'ils ont été arrangés de la même façon ? Mais, si l'épreuve est identique, il y a quand même une différence entre ceux qui la subissent. Fussent-ils soumis à un traitement semblable, vertu et vice ne reviennent pas au même. Exposés à un feu tout pareil, l'or rutile et la paille fume ; sous le même appareil, la paille est hachée et le grain dégagé ; l'huile et la pulpe ne se confondent pas davantage sous la même pression. Et c'est ainsi qu'une seule et même puissance fondant sur eux, les bons sortent de là éprouvés, épurés, clarifiés, les méchants, condamnés, démolis, réduits à rien. Ce qui explique que, dans une épreuve identique, les méchants maudissent Dieu et le blasphèment, alors que les bons le prient et chantent ses louanges. Tant il est vrai que, l'important, c'est moins ce qu'on endure que la façon dont on l'endure. En effet, pareillement remués, la vase empeste de façon écœurante, et le parfum embaume délicatement » (*Cité de Dieu*, I, 8).

Qu'en termes choisis ces choses-là sont dites.

La Cité de Dieu

Beaucoup de chrétiens aisés ont pu quitter Rome et l'Italie pour se réfugier qui en Orient, qui en Afrique du Nord. Là-bas, dans ses sermons, Augustin utilise déjà la métaphore des olives et du pressoir pour faire valoir la part bénéfique de la tragédie. Surtout, il entame une réflexion de grande envergure qu'il va écrire de 413 à 422 : *La Cité de Dieu*.

Dans ce traité sur les rapports entre la religion et la politique, Augustin remet en cause toute la culture romaine, la place du citoyen dans l'Empire et ses liens directs avec la religion. « Malgré le nombre et l'importance de tant de nations vivantes à travers le monde entier, avec des croyances et des mœurs différentes, se distinguant par la variété encore plus grande de leurs langues, de leurs armements, de leurs habillements, écrit-il, il n'existe toutefois que deux formes de sociétés humaines, celles que nous avons appelées à juste titre, d'après les Écritures, les "deux cités" » (*Cité de Dieu*, XIV, 1). L'Empire aurait dû garantir la paix, l'ordre et la sécurité du monde, devenir un espace rassurant. Or, il ne l'est pas. Il ne le sera jamais.

Alors à quoi bon un royaume chrétien ?

Augustin veut absolument échapper à la critique radicale du christianisme déclenchée par l'événement. Contrairement à ce que professent les païens, ce n'est pas parce que l'Empire est devenu chrétien que les Barbares peuvent mettre Rome à sac. Il n'y a pas de lien entre la Foi et l'Histoire. Augustin désolidarise le couple Église/État pour penser l'ordre du monde, sa diversité, sa multiplicité, son universalité, sur d'autres bases et distinguer clairement le rôle de Dieu des contingences militaires et politiques. Dieu se tient à distance du monde. Il n'interviendra dans l'Histoire qu'au jour du Jugement, quand le Christ Jésus reviendra en gloire pour juger les vivants et les morts. Où ? Quand ? Comment ? Nul ne le sait et nul ne peut le savoir. Marc, Matthieu, Luc les évangélistes le faisaient proclamer à Jésus : « Veillez donc, car vous ne savez ni le jour ni l'heure » (Mt 25,13). Le dessein de Dieu est impénétrable, nul ne le connaît, « ni les anges des cieux, ni le Fils, personne » (Mt 24,36).

En attendant la Parousie, le retour du Christ, dans ce temps intermédiaire où vivent les hommes, Augustin postule qu'il y a deux royaumes : la « *civitas Dei* », la Cité de Dieu, et la « *civitas terrena* », la Cité terrestre. « Deux amours ont bâti deux cités. L'amour de soi jusqu'au mépris de Dieu, la cité terrestre. L'amour de Dieu jusqu'au mépris de soi, la cité céleste. L'une se glorifie en elle-même, l'autre dans le Seigneur. L'une quête sa gloire parmi les hommes ; Dieu, témoin de la conscience, est la plus grande gloire de l'autre. L'une s'est assujetti les princes et les nations, et la passion du pouvoir l'emporte chez elle ; dans l'autre tous se font serviteurs du prochain dans l'amour et, comme les chefs veillent au bien de leurs subordonnés, ceux-ci leur obéissent. La première admire sa propre force en la personne de son chef ; l'autre dit à son Dieu : je t'aimerai, Seigneur, toi qui es ma force » (*Cité de Dieu*, XIV, 28).

Les deux cités sont enchevêtrées l'une dans l'autre.

L'autre monde

La Cité de Dieu est « une ville pourvue de fondations dont Dieu est l'architecte et le constructeur » (He 11,10). Elle n'est pas sur terre, elle « descend[ra] du ciel », comme dit l'Apocalypse au chapitre 21. La Cité de Dieu est invisible, c'est la communauté des saints. Par opposition, la Cité terrestre est la cité du Diable, gouvernée par les désirs et les passions, l'appât du lucre et la tyrannie.

Ainsi la Cité de Dieu accueillera-t-elle en son sein ceux qui le méritent, ceux qui sont dignes de l'amour de Dieu, qu'ils appartiennent à l'Église ou qu'ils n'y appartiennent pas.

En effet, l'Église ne garantit pas le salut.

Quant à l'Empire romain, il n'est en rien la panacée. C'est un pouvoir qui en vaut un autre, ni pire ni meilleur. C'est un cadre de vie dont les hommes ont foncièrement besoin pour limiter le mal qui ne demande qu'à s'exprimer en eux.

La vision extrêmement pessimiste de la nature humaine qu'a Augustin repose sur la conviction que l'homme est essentiellement faible, soumis à ses passions et tributaire du péché transmis depuis qu'Adam et Ève ont été chassés du paradis. Par le péché originel, toute l'humanité pèche de manière virtuelle. Aussi le baptême ne donne-t-il pas l'assurance de parvenir à la rédemption, puisque le péché, selon Augustin, se transmet et se répète perpétuellement.

Alors comment obtenir le salut éternel ?

Dieu ne relèvera qu'un nombre limité d'élus pour repeupler les cieux, comme les anges déchus qu'il a sauvés pour leur épargner l'enfer. Mais Dieu choisit et rejette qui il veut. Il choisit librement qui est prédestiné à être sauvé. C'est un acte de grâce qu'il exerce, arbitrairement, mais sans iniquité puisque de toute façon l'homme vit dans la faute et le péché. La soumission à l'Église et plus largement aux lois de la Cité terrestre aide la volonté à résister à la tentation, car la grâce n'est pas toute-puissante. On s'y soumet *fide implicita*, par « foi implicite », qui ne nécessite pas de connaissance particulière, par opposition à la foi explicite.

La prédestination, ensuite, fait pencher la balance d'un côté ou de l'autre.

Un contresens durable

La Cité de Dieu est un immense ouvrage de théologie politique qui veut donner un fondement rationnel à la révélation, démontrer que le Bien prime sur la vérité, la foi sur l'intelligence – capable, par là même, de transcender des événements factuels comme le sac de Rome, par exemple.

Son succès ne s'est jamais démenti.

Aucune œuvre d'Augustin n'a été autant recopiée, et ce dès le ve siècle, ce qui explique le nombre impressionnant de manuscrits qui nous sont parvenus depuis le Moyen Âge. En 1467, ce sera le premier livre imprimé en Italie.

En 1934, Henri-Xavier Arquillière forge la notion d'« augustinisme politique », qu'il définit comme « une tendance à absorber le droit naturel dans la justice surnaturelle, le droit de l'État dans celui de l'Église [1] ». Ce détournement (ou ce retournement) de la pensée d'Augustin sera le grand contresens du Moyen Âge.

1. Henri-Xavier Arquillière, *L'Augustinisme politique. Essai sur la formation des théories politiques au Moyen Âge*, Paris, Vrin, 1934 ; 2e éd. revue et augmentée, 2006.

En méconnaissant la perspective eschatologique qui unit les deux cités, les autorités ecclésiastiques voudront confondre la cité céleste avec l'Église et la cité terrestre avec l'État.

Pour les commentateurs médiévaux d'Augustin, l'Église est sur la terre à l'image de la cité céleste, et son rôle est de faire régner la justice… « Que sont les royaumes, sinon des bandes de brigands ? » observait Augustin avec réalisme (*Cité de Dieu*, IV, 4).

Si l'État est foncièrement immoral, seul le Christ, donc l'Église, possède cette véritable justice. Par conséquent, il y a suprématie de l'autorité morale, l'*auctoritas*, sur la puissance physique, la *potestas*, au nom de la supériorité du pouvoir spirituel sur le temporel.

De cette perversion de la pensée augustinienne découlera la conception d'une primauté de l'Église sur tout le monde chrétien, y compris les empereurs et les rois.

Une idée qu'Augustin qui, justement, voulait découpler l'État de l'Église aurait beaucoup de peine à reconnaître comme sienne, mais qui sera le flambeau de l'Église triomphante pendant des siècles.

8

En attendant Jésus

Du Xe au XVIe siècle a circulé clandestinement le manuscrit d'un pamphlet intitulé *Les Trois Imposteurs*, dénonçant les trois hommes qui avaient trompé le monde : un berger, un guérisseur, un chamelier. Moïse, Jésus, Mahomet…

Laissons Moïse et Mahomet à d'autres.

On peut être convaincu que Jésus, le Jésus de l'histoire, croyait sincèrement à sa prédication quand, reprenant les mots de Jean le Baptiste, il prophétisait : « Le temps est accompli et le Royaume de Dieu est tout proche : repentez-vous et croyez à l'Évangile » (Mc 1,15).

Toute l'espérance de Jésus est là. Le reste n'est que gloses et commentaires.

Alors, qui aurait-il voulu tromper ?

Ses contemporains ? L'immense majorité des juifs de Judée et de Galilée ignorait son existence, seule une poignée de fidèles croyaient en lui sans réserve.

Alors, aurait-il voulu nous tromper, nous, vingt et un siècles plus tard ?

« L'idéal », disait avec une fausse naïveté Albert Schweitzer, qui fut un grand exégète au début du XXe siècle, « serait que Jésus eût prêché la vérité religieuse sous une forme intemporelle et directement accessible à toutes les générations successives de l'humanité. Mais il ne l'a pas fait, et il y a sans doute une raison à cela[1]. »

---

1. Albert Schweitzer, *Ma vie et ma pensée*, Paris, Albin Michel, 1960, p. 65.

Jésus ne pensait pas que le monde continuerait au-delà de sa génération. Son horizon ne dépassait pas une vie humaine, la sienne. « Il faut donc admettre, ajoutait Schweitzer, que la religion d'amour de Jésus est apparue lors d'une attente imminente de la fin du monde », en raison même de cette imminence.

Jésus n'a trompé que lui-même – « c'était le caractère même du Christ, écrivait Thomas De Quincey, sublime dans l'excès des talents dont il faisait preuve dans le domaine de la spéculation mais, comme la grande création shakespearienne du Prince Hamlet, dénué des qualités correspondantes lorsqu'il s'agissait de passer aux actes et de répondre aux urgences criantes de la vie [1] ».

S'il y a tromperie, elle est venue après, bien après, et le prophète galiléen ne peut qu'en être disculpé. Ce qui s'est mis en place en son nom, l'Église, le christianisme, n'est pas seulement différent de ce qu'il pouvait espérer, prédire, réclamer au ciel, mais tout à fait autre.

Si radicalement autre que seul le fil ténu de son nom relie encore Jésus, quand il s'appelait encore Yeshu (étymologiquement : « Dieu sauve, a sauvé, sauvera »), prétendant messie d'Israël, et Jésus-Christ, Christ universel, catholique et romain, seigneur de l'Occident.

Viens !

La dernière page du Nouveau Testament, la dernière ligne de l'Apocalypse de Jean, porte la voix des premiers chrétiens. On les entend appeler leur Seigneur à revenir : « Viens ! », « Viens ! », « Viens, Seigneur Jésus ! » (Ap 22,17-20). De siècle en siècle, faiblissant parfois ou explosant plus fort que jamais, cet appel retentira en vain.

---

1. Thomas De Quincey, *Judas Iscariote*, trad. fr. d'Éric Dayre, Toulouse, Éd. Ombres, 2001, p. 18.

Alors faisons un rêve…

Supposons un instant qu'enfin Jésus revienne sur terre.

Il n'est pas besoin de faire preuve de beaucoup d'imagination pour comprendre qu'il serait stupéfait.

Mais il l'aurait été tout autant s'il était réapparu au Ve ou au VIe siècle, lorsque le christianisme est devenu la religion officielle et unique de l'État romain, tandis que le judaïsme, vaguement toléré, étroitement borné, soigneusement isolé, n'avait plus aucun espoir d'être un jour la religion de l'humanité tout entière.

Premièrement : sans doute, vers 450-500, Jésus serait-il abasourdi de voir que le monde existe toujours, que la Fin des temps qu'il a annoncée sans relâche ne s'est pas produite, que le Royaume de Dieu ne s'est pas établi avec puissance.

Deuxièmement : il serait tout aussi attristé de constater que la restauration du royaume d'Israël n'a pas eu lieu et que Rome, plus que jamais, domine la Palestine.

Troisièmement : quant à Jérusalem, il n'y reconnaîtrait rien, tant la ville a été transformée par les Romains, qui sont allés jusqu'à créer un parcours de pèlerinage « touristique » sur les lieux où il a été torturé et exécuté, désormais baptisés « lieux saints ».

Quatrièmement : même s'il pouvait être honoré de l'attention portée à sa personne, lui qui n'avait vécu que dans le judaïsme et pour le judaïsme, il enragerait vraisemblablement de voir les chrétiens se réclamer de lui, se proclamer « véritable Israël », tout en stigmatisant les juifs comme fils du Diable (Jn 8,44).

Cinquièmement : son étonnement serait aussi grand à la lecture des évangiles, où ses actes et ses paroles sont rapportés par des témoins qu'il n'a jamais rencontrés, qui ne l'ont jamais vu, jamais connu.

Sixièmement : il ne comprendrait pas non plus pourquoi apparaissent sur sa bouche des phrases qu'il n'a jamais prononcées, comme ses dialogues avec Pilate ou, au sommet, l'ineffable formule « mon royaume n'est pas de ce monde » (Jn 18,36).

Septièmement : ne parlant ni le grec ni le latin, Jésus aurait par ailleurs beaucoup de mal à lire ces textes qui lui sont consacrés – comme à dialoguer avec les chrétiens qui le vénèrent.

Huitièmement : il n'accepterait certainement pas que son livre, la Bible hébraïque, soit relégué à l'arrière-plan, périmé comme un « Ancien Testament ».

Neuvièmement : plus incroyable serait d'apprendre que, pour les fidèles du christianisme, il n'est pas un prophète comme ses collègues prophètes de l'Antiquité, mais un dieu, le Fils de Dieu, voire Dieu lui-même, *homoousios*, « de même substance » que son « Père ».

Dixièmement : qu'il ait pu ressusciter avant le Jugement dernier, revenir seul d'entre les morts, lui paraîtrait de toute façon une hypothèse abracadabrante.

Onzièmement : alors qu'il n'avait aucun lieu où poser sa tête, comment pourrait-il songer à s'abriter dans les basiliques ou les églises, qui désormais attirent tous les regards, étalent leurs ors et leurs marbres et ornent leurs murs de son effigie (peut-être penserait-il qu'il s'agit de sa caricature), l'exposant « glorieux », mais supplicié sur le bois de malheur ?

Douzièmement : alors qu'il n'avait cessé de vitupérer les riches et les puissants, le pouvoir des autorités, qu'elles soient romaines ou juives, comment accepterait-il que, si le royaume des cieux est toujours promis dans l'au-delà à ceux qui n'ont rien ici-bas, les riches et les puissants se dispensent de passer par le chas de l'aiguille et continuent à jouir des plaisirs de la vie sans vergogne ?

Treizièmement : crucifié par les Romains sous le chef d'accusation « roi des juifs », ne s'insurgerait-il pas de voir son disciple Pierre [Shimon] trôner chez les ennemis des juifs, à côté de Paul, nouveaux Romulus et Remus de la légende romaine du christianisme ?

Quatorzièmement : et ce Paul, qui se disait le dernier des apôtres, comment Jésus admettrait-il que, se réclamant de son enseignement, il ait pu proclamer que « la force du péché, c'est la Loi » (1 Co 15,56), que, par elle, abonde la faute et qu'elle s'avère incapable d'apporter la perfection aux hommes ?

Quinzièmement : ne serait-il pas horriblement choqué de voir que l'instrument de son supplice par les Romains, la croix, est devenue sur la bannière chrétienne le symbole même de la mainmise de Rome ?

Seizièmement : comme nous, ne se poserait-il pas la question, toujours la même et lancinante question, qui ne vaut que parce qu'elle est question, éternelle, sempiternelle, qui se dérobe dès qu'on s'approche trop près du feu de la réponse : pourquoi ? comment ?

Ou, en d'autres termes, comment expliquer le succès du christianisme ?

L'hypothèse de l'échec

Le paradoxe est violent : nous ne pouvons parler du succès du christianisme que dans la mesure où il a réussi !

À Antioche, les juifs nazôréens sont devenus chrétiens, puis les chrétiens partout ailleurs sont devenus catholiques et romains, au terme d'une transmutation aussi surprenante que celle de Grégoire Samsa dans *La Métamorphose* de Franz Kafka. Pourtant, contrairement à l'image que donne volontiers l'apologétique chrétienne, le christianisme ne s'est pas imposé dans l'Empire de manière irrésistible, mais de façon assez lente comparée à l'implantation fulgurante du manichéisme en Perse ou encore aux conquêtes de l'islam.

Presque quatre siècles lui auront été nécessaires pour devenir religion d'État.

Alors explorons une autre hypothèse d'histoire-fiction…

Supposons que le christianisme n'ait pas réussi à l'emporter sur le marché religieux de l'Antiquité.

À partir des mêmes sources et d'une documentation moins

riche, nous réunirions aujourd'hui tous les arguments pour expliquer l'échec du christianisme : croyance en un Dieu qui s'incarne en esclave, histoire d'un homme qui souffre et meurt sans rien avoir accompli de ce qu'il avait promis ou prophétisé, attirance pour le martyre jusqu'au suicide, adoration morbide d'un crucifié, croyance absurde en la résurrection des corps, etc.

À ces vices de fond, il faudrait ajouter des problèmes structurels : la division des communautés chrétiennes, l'incohérence des textes et des interprétations, les conflits d'autorité et les rivalités de personnes, les dissensions permanentes entre les théologiens, les règlements de comptes entre évêques, les schismes, anathèmes, excommunications. Cent points encore pourraient faire apparaître le christianisme comme une chlamyde trouée de croyances qui, en vain, n'avait cessé d'être rafistolée.

Mais le christianisme a réussi.

Et, à la lumière de son triomphe, la crucifixion infamante, la résurrection impensable, le goût du sang, les promesses non tenues, les controverses, les dénonciations, les batailles intestines, tous ces éléments négatifs, tous ces points apparemment insurmontables sont devenus des atouts. L'Église, pratiquant avant la lettre l'aïkido, a même su, plus que toute autre organisation, retourner à son profit la force de ses adversaires : l'Empire romain, les juifs, les hérétiques… L'Église a vampirisé ce qui était utile à sa cause dans ces mouvements qu'elle a pu ensuite abandonner comme des peaux mortes.

Le christianisme a su s'installer comme un coucou dans le nid de l'Empire romain. Quand des empereurs comme Maximin Daïa au début du IVe siècle ou Julien à la fin du même siècle ont voulu l'en déloger, c'était déjà trop tard. Trop tard parce que, dirait-on en termes contemporains, le christianisme, venu de la base, ne pouvait être stoppé, même en décapitant quelques-uns de ses chefs.

Quoique minoritaire, le mouvement était profond, solidement implanté dans toutes les strates de la société, d'abord présent dans les villes, puis plus laborieusement dans les campagnes. L'apport des intellectuels, des lettrés et de l'aristocratie lui a, si l'on veut, conféré ses lettres de noblesse. Il l'a surtout rendu visible. De ce point de vue, l'adhésion de Constantin a été une sorte de bouquet final au grand feu d'artifice de la christianisation de l'Empire.

À tout et à tous

Les juifs comme les païens n'ont développé qu'une faible opposition face à la montée du christianisme. Les juifs, parce qu'en réalité seules les rivalités à l'intérieur du judaïsme les mobilisaient. Les païens, vraisemblablement parce que, lassés des cultes anciens et de la multiplicité des dieux, ils ont fini par trouver là un principe suprême au sommet de la pyramide du surnaturel.

Le christianisme offrait une clef d'explication du monde plus simple si ce n'est plus rationnelle, avec en prime une exigence spirituelle et morale élevée, qui avait pris le meilleur de la sagesse juive et de la philosophie grecque. Et la promesse pour tous, les pécheurs comme les plus méritants, d'une vie éternelle.

Il était – et il est toujours – compliqué de devenir juif, à cause de la circoncision, des interdits alimentaires, du respect du shabbat et des études réclamés à l'impétrant.

D'emblée, le christianisme s'est posé comme une religion facile d'accès. Elle est ouverte à tous, sans distinction de sexe, de classe, ni de race. « Juifs ou Grecs, esclaves ou hommes libres, nous avons tous été abreuvés d'un seul Esprit », écrivait Paul dans la première épître aux Corinthiens (1 Co 12,13), tandis qu'il déclarait, dans l'épître aux Romains, se devoir « aux barbares, aux savants comme aux ignorants » (Rm 1,14).

C'est un changement difficile aujourd'hui à réaliser, une véritable révolution culturelle et intellectuelle. Chez les païens comme chez les juifs, la division entre hommes et femmes était la règle, les uns et les autres étant nettement séparés, autant que le vulgaire de l'aristocratie ; sans compter les esclaves et les domestiques qui ne comptaient pas plus que le bétail ou les meubles. Au contraire, hommes, femmes, enfants, esclaves, maîtres, tous avaient une place chez les chrétiens – jusqu'à ce que l'inversion de l'ordre social de la société païenne devienne un thème de la phraséologie chrétienne. Peter Brown cite le cas d'une réunion chrétienne où, soudain, se présente un « homme honorable ». L'évêque ne réagit pas à cette arrivée, il ne quitte pas son siège ; seul un diacre prie des jeunes gens de céder leur place à cet arrivant pour leur enseigner le respect de l'honorabilité. Mais si ce sont des pauvres qui arrivent, l'ordre est formel : « Toi évêque, fais-leur place de tout cœur, même si tu dois t'asseoir par terre » (*Didascalia apostolorum*, XII, 2, 57[1]).

Les misérables

Très tôt – on en trouve la trace dans les épîtres de Paul comme dans les Actes des Apôtres –, le christianisme a mis en place des systèmes d'aide aux plus démunis, aux veuves, aux orphelins, un type de solidarité et d'assurance dont on peut voir des équivalents fonctionner aujourd'hui dans l'islam à travers les œuvres sociales du Hezbollah ou du Hamas.

Le geste de l'aumône (hérité du judaïsme) présente un double avantage : d'une part il secourt le nécessiteux, l'abandonné, le misérable ; d'autre part il crée des obligés – sans compter qu'il grandit le donneur, qui n'a rien à attendre en retour et qui exprime donc sa bonté au nom du seul amour de Dieu. En plus, la philanthropie active des chrétiens les lavait de l'accusation de misanthropie passive qu'on leur avait amplement reprochée par le passé.

1. *In* Peter Brown, *L'Essor du christianisme occidental*, Paris, Éd. du Seuil, 1997, p. 41.

Au XIXe siècle, avec les mêmes motivations, les bourgeois chrétiens pratiqueront « la donne », faisant aligner les pauvres devant chez eux pour leur verser un bol de soupe, au vu et au su de tous. Cette idée de la « charité chrétienne » sera portée jusqu'à l'indécence dans les sociétés contemporaines, où le *charity business* deviendra même une activité lucrative non seulement en termes financiers, mais plus encore en termes de « communication » et d'« image ».

L'empereur Julien dit l'Apostat, qui tenta de rétablir les cultes anciens, avait parfaitement compris la puissance de telles actions. Il leur attribuait une bonne part du développement du christianisme qui, selon lui, gangrenait l'Empire. Aussi Julien recommandait-il aux siens d'imiter la charité des juifs et des chrétiens : « Il serait honteux, quand les juifs n'ont pas de mendiants, quand les impies Galiléens [les chrétiens] en plus des leurs nourrissent les nôtres, qu'on voie les nôtres manquer des secours que nous leur devons », écrit-il, ordonnant de « créer des maisons de vierges et des hospices ouverts même aux non-païens ».

Best-seller

Ces réseaux de solidarité se sont doublés d'un autre type de réseaux, les réseaux de communication. Le christianisme n'était pas lié à un peuple ou à un pays, il existait de façon diffuse partout dans l'Empire. Et sur cet immense territoire la correspondance était un moyen unique de relier entre elles les communautés.

Contrairement à une idée fausse, l'oral ne primait pas dans la communication entre les groupes : on écrivait beaucoup dans l'Antiquité. Pour preuve le nombre de lettres et de documents épigraphiques, sans compter les lois et règlements, qui sont parvenus jusqu'à nous, alors que les écrits qui ont été conservés ne représentent certainement qu'une part infime de ce qui circulait. Surtout, à partir du moment où de nombreuses personnes fortunées ont adhéré au christianisme, les écrivains chrétiens comme

Origène, Grégoire de Nazianze, Augustin et tant d'autres, ont pu disposer d'un nombre important de scribes, de copistes, de calligraphes, pour publier leurs œuvres et les diffuser largement.

Si Paul Veyne peut parler du christianisme comme d'un « *best-seller* qui vous prend aux tripes [1] », c'est parce qu'un livre commun a permis sa circulation aux quatre coins de l'Empire. L'outil majeur du christianisme pour la communication de ses idées a été l'utilisation du *codex* (du livre tel que nous le connaissons) : un objet compact et facile à transporter ou à lire par morceaux, comparé aux antiques rouleaux qu'utilisaient aussi bien les juifs que l'administration romaine.

Le rôle de l'écriture a donc été capital dans le succès du christianisme. Il aura un prolongement inattendu dans l'iconographie. C'est à travers la représentation des évangélistes, le stylet ou le calame à la main, prêts à écrire ou en train d'écrire, que, pour la première fois dans la tradition antique, seront représentés, non plus des lettrés, mais des « auteurs », créant, pour ainsi dire, leur œuvre devant nous.

L'Esprit saint supplantera désormais la muse des poètes et des philosophes.

Contrairement aux autres prophètes dont les paroles et les actes se sont perdus, Jésus a été « écrit ».

Son inscription dans les textes a enraciné son inscription dans l'histoire.

À travers les récits évangéliques, le christianisme s'est appuyé sur la vie d'un homme qui avait parlé et agi sur cette terre, sur un destin exemplaire situé dans le temps et dans l'espace, historiquement et géographiquement. Ce qui était, sur le plan intellectuel, en rupture totale avec les conceptions mythologiques, comme avec les canons littéraires qui voulaient que la biographie d'individus ordinaires (comme l'étaient Jésus et ses disciples) fût traitée exclusivement sur le mode de la comédie.

La résurrection elle-même est apparue comme un événement

1. P. Veyne, *L'Empire gréco-romain*, *op. cit.*, p. 440.

« historique » que l'on pouvait dater (au troisième jour) et localiser (à l'emplacement du « tombeau vide »). Il est évident que cette datation et cette localisation n'existent que dans une lecture croyante de l'histoire. La résurrection n'est évidemment pas un événement historique, c'est un postulat théologique. Mais c'est surtout un événement littéraire dans la mesure où chaque évangile, d'une certaine manière, ressuscite Jésus, puisque le corps du texte devient son corps et que la lecture le fait vivre à nouveau…

Le dieu chrétien

D'un point de vue philosophique et religieux, le concept monothéiste existait dans le paganisme. Le polythéisme n'ignorait pas l'idée d'un principe fondateur supérieur aux autres. Le dieu des dieux déléguait sa puissance à ses subordonnés mais demeurait l'énergie fondamentale et unique.

C'était ce qu'on a appelé l'« hénothéisme ».

Pour Celse, par exemple, il y a un dieu immuable. Un dieu qu'il était absurde d'imaginer s'incarnant, c'est-à-dire se transformant et renonçant de fait à sa pureté éternelle et intangible, immatérielle. Et plus absurde encore de le voir mourir sur la croix et ressusciter.

Au fond, le philosophe Celse était plus monothéiste que son adversaire le chrétien Origène, qui adorait le Seigneur Jésus et Dieu, sans parler plus tard du Saint-Esprit. Il y avait un « monisme » chez les penseurs de l'Antiquité, la conviction que l'ensemble des dieux était réductible à l'unité. Ce monothéisme païen sera d'ailleurs une solide passerelle vers le christianisme. Même s'il faudra tout l'art de la rhétorique et de la scolastique pour asseoir l'idée que le Père, le Fils et le Saint-Esprit ne font qu'un, sans paraître vénérer trois dieux.

La force du christianisme a été, avant tout, la force de sa certitude qu'à travers son Dieu gigantesque incarné en Jésus-Christ il était la seule voie capable de conduire les pécheurs au salut. Les dieux païens ne se préoccupaient pas du salut des humains, même si occasionnellement ils se mêlaient de leurs affaires. La piété rituelle et codée du paganisme était « moins pathétique et vertueuse » que celle du christianisme. Le paganisme n'offrait pas « l'amour d'un Dieu aimant », cette caractéristique unique du dieu chrétien. « On n'avait pas de rapports sentimentaux avec ces puissants étrangers qui vivaient d'abord pour eux-mêmes. » Le dieu chrétien commandait à toute chose, mais surtout il se comportait comme aucun autre dieu ne l'avait fait avant lui : il s'intéressait individuellement à chaque individu. Comme le dit encore Paul Veyne : avec « ce Dieu redoutable mais aimant [...] on peut converser intimement », car il lit dans les cœurs et les reins[1].

La Bible des illettrés

Comme le judaïsme, le christianisme primitif est une religion sans images. « L'aversion contre les temples, les autels, les statues dont ils ne peuvent tolérer la vue », déclarait le philosophe païen Celse au IIe siècle, « est le signe mystérieux dont les chrétiens ont convenu pour se reconnaître » (Origène, *Contre Celse*).

Les premiers Pères de l'Église, tels Clément d'Alexandrie ou Tertullien, se montreront ouvertement hostiles à toute forme d'art, condamnant les peintres et les sculpteurs, « fabricants d'idoles », au même titre que les prostituées ou les tenanciers de lupanar. Leur rigorisme est dans le droit fil des interdits bibliques du Lévitique ou du Deutéronome : « Tu ne te feras aucune image sculptée de rien qui ressemble à ce qui est dans les cieux là-haut, ou sur la terre ici-bas, ou dans les eaux au-dessous de la terre » (Dt 5,8). Pour les premiers chrétiens, toute représentation sculptée est blasphématoire, les statues sont des démons.

1. *Ibid.*

Sans craindre d'énoncer deux propositions inconciliables, les Pères de l'Église accusent à la fois l'action malfaisante des images sculptées ou peintes et leur absence de vie, leur incapacité à réagir quand on les provoque. Athanase d'Alexandrie se moque : « Ils voient clair et ils adorent des idoles qui n'y voient pas ; ils entendent, et ils adressent leurs prières à des êtres qui n'entendent pas ; doués naturellement d'âme et de raison, ces hommes appellent dieux des êtres absolument immobiles et même inanimés ; et, chose admirable, ceux qu'ils tiennent sous bonne garde et en leur pouvoir, ils les servent comme des maîtres » (*Discours contre les païens*, 13).

Augustin aura ce raccourci : « Les dieux ont une âme et un corps : l'âme c'est le démon, le corps c'est la statue. »

En rompant avec ses dernières attaches juives, le christianisme va transgresser l'interdit de la représentation et reprendre à son compte la grande tradition picturale et statuaire grecque. Il va forger avec son iconographie l'outil le plus performant pour atteindre les milieux populaires.

Marcel Simon avait raison de souligner que l'art est entré dans le christianisme « par la petite porte[1] », mais une fois qu'il y est entré son développement a été irrésistible. Peut-être de façon très sommaire dès le IIe siècle, à travers la figuration des personnages de la légende chrétienne, mais largement à partir de la fin du IVe siècle.

Avec un art qui confinera au génie pendant la Renaissance, l'Église va imposer et déployer un imaginaire extraordinaire.

Au fil du temps, l'art chrétien finira par donner autant de preuves visuelles de l'historicité des textes.

Selon une célèbre formule, l'iconographie chrétienne sera « la Bible des illettrés ».

Et l'un des facteurs les plus déterminants de son succès.

Les visages des empereurs, des généraux, des poètes, des philosophes, des savants étaient aussi connus pour les hommes

1. M. Simon, *La Civilisation de l'Antiquité et le Christianisme*, *op. cit.*, p. 364.

et les femmes de l'Antiquité que nous sont connus aujourd'hui les visages des hommes politiques, des champions sportifs ou des vedettes de cinéma. Sur une place publique ou dans un temple, il suffisait d'observer leur buste en marbre ou en pierre pour les reconnaître avec certitude, tant le talent des sculpteurs avait porté haut le réalisme et maîtrisé la ressemblance. Sans parler du monnayage, où les orfèvres dessinaient les portraits des empereurs sans nécessairement idéaliser leurs traits.

Jésus était proclamé Seigneur, mais nul ne pouvait dire à quoi il ressemblait, s'il était fort ou faible, grand ou petit. Il n'existait aucun portait de lui, rien, pas la moindre indication dessinée ou écrite sur sa physionomie et son apparence. Si bien que certains assureront qu'il était le plus beau des hommes, et d'autres qu'il était le plus disgracié.

Les chrétiens se trouvaient en déficit d'images.

La figure fondamentale du christianisme est une figure absente. C'est le tombeau vide que vingt siècles de piété n'ont toujours pas réussi à combler. Ce manque du corps, c'est le terrible manque d'histoire, l'insupportable manque d'images, et derrière ces deux manques, plus dramatique encore, c'est l'incarnation qui manque. L'absence, l'absence de vestiges, l'absence d'images comme l'absence de faits bruts, ne va jamais cesser de travailler le christianisme. Il faudra donc impérativement combler ce manque pour parvenir à incarner une figure qui n'existe qu'à travers les échos d'une histoire indirecte.

Depuis Véronique – dont le nom signifie « la véritable image » (*vera icon*) – qui décalque par simple contact le portrait de Jésus sur un linge (selon *La Légende dorée*) jusqu'aux cartes postales holographiques où des Jésus de carnaval ouvrent et ferment les yeux à volonté, en passant par le Mandylon (voile soi-disant « historique ») ou par le suaire de Turin (peint au XIVe siècle, en France, à Lirey près de Troyes, « révélé » par la photographie à la fin du XIXe et authentifié régulièrement à l'aide d'élucubrations qui n'ont de scientifique que le nom), les chrétiens ne vont cesser d'inventer le « vrai visage » de Jésus, comme la preuve définitive à apposer sur la carte d'identité chrétienne.

L'enjeu est vertigineux.

Derrière ce visage, c'est le visage de Dieu lui-même que le croyant voudrait apercevoir. Ce que le monothéisme juif et, plus tard, le monothéisme musulman refuseront toujours, obstinément.

Les trois temps de l'image

On peut distinguer trois grandes orientations dans l'iconographie chrétienne. Une orientation de foi : ce sont des images pieuses devant lesquelles on prie et l'on se recueille (comme les icônes) ; une orientation pédagogique : ce sont des images qui illustrent les saintes Écritures (même si la plupart des motifs sont tirés du *Protévangile* de Jacques, un apocryphe très romancé datant du IIe siècle, et de *La Légende dorée* écrite au XIIIe siècle par Jacques de Voragine) ; une orientation idéologique, où les images interprètent visuellement les textes et en fournissent une lecture acceptable pour les doctrines de l'Église.

Les toutes premières représentations chrétiennes ne prétendent pas à une quelconque « ressemblance ». Il s'agit de « signifier » et non pas de reconnaître. Ce sera le premier mouvement de l'iconographie chrétienne : offrir des images idéalisées, des images à adorer – voie que poursuivra toute la peinture byzantine.

Une des plus anciennes images du Christ, sur le sarcophage de Junius Bassius mort en 359, montre un Jésus glabre, un jeune homme portant l'habit de philosophe. On retrouvera ensuite de semblables représentations dans la peinture primitive, où Jésus est figuré comme le « bon Pasteur », comme Adonis, voire comme le nouvel Apollon (l'auréole solaire dont il héritera avec ses saints vient de lui), un être céleste que l'on ne peut regarder en face.

Le paganisme s'est laissé absorber par le christianisme. Il a été avalé. Le culte des saints, des anges et des martyrs a remplacé celui des dieux, des héros et des patrons de confrérie. Ceux qui brûlaient l'encens au pied des statues des empereurs le brûleront désormais au pied des statues de Jésus, de Marie, des apôtres. Les dieux – Mars, Mercure, Jupiter, Vénus, Saturne… – descendront de leurs stèles, et leurs noms deviendront ceux des jours (mardi, mercredi, jeudi, vendredi, samedi…), le solstice d'hiver, *dies natalis solis invicti* (« le jour de la naissance du soleil invaincu »), marquera le jour de la naissance de Jésus, tandis que celui du solstice d'été sera dévolu à Jean le Baptiste.

La canonisation chrétienne remplace l'apothéose romaine.

Représenter Jésus

Le second mouvement sera de figurer les épisodes évangéliques, d'en donner l'illustration. Dès lors surgit la question : comment, d'un point de vue réaliste, quasi documentaire, représenter Jésus-Christ, figure humaine et divine à la fois ?

À mesure que le christianisme lui-même mûrit, le Christ prend de l'âge. Jésus devient cet homme barbu aux allures de prophète, au regard sombre, qui ne sourit jamais, si bien qu'on est tenté de citer cette maxime de La Rochefoucauld : « La gravité est un mystère du corps pour masquer les défauts de l'esprit. » Chacun doit pouvoir reconnaître Jésus chassant les marchands du Temple, présidant la dernière Cène, pardonnant à la femme adultère, et cent autres situations – jusqu'à celle qui dominera de très loin tout le spectacle chrétien : la crucifixion.

L'évangéliste Jean sera le principal inspirateur des peintres et des sculpteurs. Outre le coup de lance au côté de Jésus que cet évangile est le seul à indiquer, Jean avait l'énorme avantage sur les synoptiques (Marc, Matthieu, Luc) de placer Marie, mère de Jésus, et le disciple qu'il aimait au pied de la croix. Que cela ne soit attesté nulle part ailleurs et paraisse très improbable d'un point de vue historique est un obstacle aisément surmonté, une difficulté ignorée. L'image est trop belle, trop symbolique. Autour de la croix, elle réunit en un seul mouvement Jésus, sa mère (la Vierge) et son disciple par excellence (figure de l'Évangile), c'est-à-dire, en transparence, le Christ, l'Église, les chrétiens.

Tant que la production d'images restait dans le registre de l'adoration, c'était un Christ en gloire qui était peint et sculpté ou qui, en mosaïque, ornait le dôme des basiliques. Habillé d'or, il étendait ses bras sur la croix dans un geste de souveraineté et de protection plus que de souffrance ou d'agonie.

Puis, quand la peinture et la sculpture ont investi le terrain du réalisme, autour de 1300, tout spécialement après la Grande Peste, le crucifié a été dénudé, fouetté, griffé, martyrisé, percé au côté, souffrant jusqu'à l'agonie, transformé en chair sanglante, en cadavre pendu au bois.

L'historien d'art Leo Steinberg a admirablement analysé l'ensemble des problèmes posés par la représentation de Jésus dans l'art occidental et, particulièrement, dans la représentation de la Passion[1].

Le point central est que, historiquement parlant, chacun savait que les crucifiés étaient exécutés nus. Vers l'an 160, Méliton de Sardes s'en lamentait dans son *Homélie sur la Pâque* : « Le Maître a été changé dans son aspect, le corps étant mis à nu, et il n'a même pas été jugé digne d'un vêtement pour qu'il ne soit pas vu. C'est pourquoi les luminaires se détournèrent et avec eux le jour s'obscurcit pour cacher celui qui était dénudé sur le bois, pour obscurcir non le corps du Seigneur mais les yeux des hommes. »

On ne pouvait donc décemment représenter le Seigneur tel qu'il était sur la croix. D'abord pour une question de pudeur, mais plus hypocritement parce que l'évangile selon Luc rap-

1. Leo Steinberg, *La Sexualité du Christ dans l'art de la Renaissance et son Refoulement*, Paris, Gallimard, 1999.

pelait, ce qui était l'évidence pour un nouveau-né, que Jésus avait été circoncis au huitième jour (Lc 2,21).

Or le montrer aurait clairement désigné Jésus comme juif. L'invention du *perizonium*, pagne ceignant les reins du Christ, se produira tout autant pour couvrir les parties génitales de Jésus que pour cacher son appartenance à la race de David.

Et ce sera le troisième objectif de l'iconographie chrétienne, l'objectif idéologique.

De même que les chrétiens ont accaparé les Écritures juives pour en faire l'« Ancien Testament », ils ont, image par image, expulsé Jésus et les siens du judaïsme.

Il est impossible de dénombrer les toiles, les fresques, les bas-reliefs, les gravures, les illustrations qui caricaturent les juifs : nez crochus, oreilles disproportionnées, ongles longs (et sales), dents cariées, jusque dans les délires cinématographiques de Mel Gibson, ultime avatar de ce courant antisémite de l'Église, réfugié dans la lecture littérale et foncièrement anachronique du texte des évangiles.

Un Jésus blond

Fresque après fresque, toile après toile, le Jésus de l'iconographie chrétienne est devenu un Occidental blanc, de plus en plus blond, de moins en moins sémite ; ses apôtres ont subi le même traitement (Judas excepté, qui est toujours resté très juif !), pendant que Marie se transformait en madone au teint de porcelaine.

La peinture chrétienne a inventé un Jésus sans Jésus.

Un Jésus dépouillé de son origine, de sa culture, de son histoire et, d'une certaine façon, de ses attributs humains.

Le Jésus que nous voyons dans les églises et dans tous les musées du monde est un homme au corps d'enfant ou d'adolescent impubère, sans système pileux, langé dans le tulle sous lequel on doit deviner son sexe pour écarter le risque de voir renaître l'hérésie docète qui professait que Jésus n'était pas un homme, que ce n'était qu'une image, qu'une apparence humaine qui avait été crucifiée.

D'un autre côté, Pilate, très curieusement, a suivi un chemin inverse. Le glabre préfet romain n'est pas sanglé dans une cuirasse impeccable ou drapé dans une toge immaculée, il s'est souvent transformé en potentat juif sous le pinceau de grands artistes comme le Tintoret, le Corrège, Rembrandt, Dürer, Hans Memling ou d'autres encore, tels Tadeusz Kuntz, Mattia Preti, Matthias Stomer, sur le chemin de croix de l'école de Padoue visible au Vatican ou le magnifique panneau du grand autel exposé à Vienne dans l'église des Écossais.

Pilate n'est plus la brute romaine foncièrement hostile aux juifs décrite par Philon d'Alexandrie et Flavius Josèphe, « d'une nature inflexible, implacable jusqu'à l'obstination ». C'est un grand prêtre enturbanné qui juge un meurtrier inconnu et s'en lave les mains selon le rituel du Deutéronome : « Alors tous les anciens de la ville la plus proche de l'homme tué se laveront les mains dans le cours d'eau, sur la génisse abattue. Ils prononceront ces paroles : nos mains n'ont pas versé ce sang et nos yeux n'ont rien vu » (Dt 21,6-7).

Les peintres travaillaient à la commande et ce qu'ils peignaient était, bien entendu, décidé par ceux qui les payaient : les communautés ecclésiastiques, les papes, les cardinaux, les évêques, les abbés, les nobles, les nantis, qui, à travers ces images, tenaient un discours public comme aujourd'hui le pouvoir s'adresse au peuple *via* la télévision.

C'est pourquoi le terme « Bible des illettrés » appliqué à l'iconographie chrétienne est partiellement faux. Certainement, ceux qui regardaient les fresques, les peintures, les sculptures n'avaient pas ou peu connaissance des textes de référence, mais, s'ils ne savaient pas lire, ils savaient voir et comprenaient parfaitement les leçons de l'image.

Contre les juifs

Une fois la rupture engagée entre juifs et chrétiens (disons après la seconde guerre juive en 135), le judaïsme s'est replié sur lui-même, sur sa dimension ethnique et nationale. Il a laissé les chrétiens basculer définitivement du côté des païens. Malgré leur victoire, les chrétiens gardaient un goût d'inachevé. Les chrétiens auraient pu ignorer les juifs, les abandonner à leur sort, à leurs croyances, à leur lecture de la Torah. Les juifs, vaincus, anéantis, constituant une société à part dans l'Empire, sans pouvoir militaire, sans pouvoir politique, de plus en plus ostracisés par les lois des empereurs chrétiens, marqués au fer, demeuraient pourtant des frères ennemis, des ennemis irréductibles.

Telle l'écharde dans la chair de l'apôtre Paul (2 Co 12,7), la question juive ne cesse d'être ressassée. C'est un point de fixation, un tourment qui grandit sous la plume des procureurs chrétiens plaidant sans relâche contre les juifs, comme si leur existence même, leur résistance au christianisme menaçait la chrétienté. Un acharnement d'autant plus singulier que cette haine, à mesure que le christianisme s'éloignait de Palestine, puis des communautés de la diaspora, s'exerçait de moins en moins contre des juifs réels mais se construisait sur un adversaire irréel, un ennemi virtuel, un « juif imaginaire ».

Dès Tertullien, au IIe siècle, les traités *Contre les juifs* se multiplient. Viendront après lui Grégoire de Nysse, Cyrille d'Alexandrie, Théodoret de Cyr et, le plus terriblement célèbre d'entre tous, Jean Chrysostome qui, en 386-387, publie ses *Homélies contre les juifs* : des admonestations écrites en direction des chrétiens qui, à sa grande fureur, continuent de fréquenter indifféremment la synagogue et l'église. L'histoire n'en retiendra que la virulence des accusations portées contre les juifs.

Un peuple déicide

Pour Chrysostome, « saint Jean Bouche d'or » comme le surnomme gracieusement la tradition orthodoxe (traduisant littéralement son surnom), les juifs sont, entre cent épithètes aussi délicates, des chiens, des ivrognes, des hyènes, des prostitués, des assassins... Ainsi, dans sa cinquième Homélie : « Vous avez tué le Christ, vous avez jeté les mains sur le Seigneur, vous avez répandu son précieux sang. Après cela, il ne vous reste aucun espoir de vous corriger, de vous accorder le pardon, de vous excuser. [...] En tuant le Christ vous avez commis un crime plus important et plus grave qu'en immolant vos enfants et vous avez violé toute loi. »

Chrysostome reprend là l'accusation portée pour la première fois par Méliton de Sardes dans son *Homélie sur la Pâque*, composée dans les années 160-170 :

« Écoutez, vous toutes les familles des Nations, et voyez : un meurtre inouï a été commis au milieu de Jérusalem. Dans la ville de la Loi, dans la ville des Hébreux, dans la ville des Prophètes, dans la ville que vous appelez "juste". Et qui a été tué ? Et qui est le meurtrier ? J'ai honte de le dire et cependant je suis contraint de parler. Si le meurtre avait eu lieu de nuit, s'il avait été immolé dans un endroit désert, dans le silence, il serait facile de garder le silence. Mais maintenant, c'est au milieu de la rue, au milieu de la ville – oui, au milieu de la ville –, tous ont regardé, que le meurtre injuste du Juste a été perpétré, et ainsi il est élevé sur le bois et une inscription a été ajoutée, "celui qui fut tué". Qui est-il ? Il est dur de le dire, mais ne pas le dire est plus effrayant encore. Écoutez en tremblant, devant celui à cause de qui la terre trembla. Celui qui suspendit la terre est suspendu au bois. Celui qui a cloué les cieux est cloué au bois. Celui qui a tout fixé est fixé sur le bois, celui qui est le maître est outragé et celui qui est Dieu est mis à mort, celui qui est roi d'Israël est écarté par une main israélite. »

O Theos pephoneutaï, « Dieu a été mis à mort » : la malédiction du déicide poursuivra longtemps le peuple juif. L'énormité de l'accusation, le sophisme du raisonnement, l'absurdité de la démonstration (si Jésus a été tué, les juifs ont tué Dieu, et Dieu est mort…) n'ont jamais fait obstacle à son succès, comme si c'était, à force, une évidence.

Évidence abjecte et monstrueuse qui aurait bien plutôt dû faire des Romains le soi-disant peuple déicide, puisque les évangiles ne peuvent pas dissimuler que ce sont bien les Romains qui ont exécuté Jésus… Mais les juifs ne sont pas devenus chrétiens, et les Romains, que les textes ont cherché très vite à rassurer, se sont convertis.

Et c'est ainsi que l'on a réécrit l'histoire.

Des siècles après, en 1543, dans son livre *Sur les juifs et leurs mensonges*, Luther décuple la haine. Pour lui, les juifs sont « un peuple de débauche », ce ne sont pas des gens de Dieu, « leurs fanfaronnades sur leur lignage, la circoncision et leurs lois doivent être considérées comme de la cochonnerie ». Mais surtout, parmi toutes les mesures qu'il préconise contre eux, il réclame que leurs synagogues, « putains incorrigibles et souillures du Diable », soient brûlées, que soient brûlés aussi leurs écoles, leurs livres de prières, que les juifs « venimeux et véreux » soient persécutés sans pitié ni bonté, avant de conclure par ce repentir terrible : « Nous sommes fautifs de ne pas tous les tuer. »

Le philosophe allemand Karl Jaspers y voyait par avance l'ensemble du programme nazi. D'ailleurs Hitler décréta un « jour de Luther », et en 1938, le 10 novembre (date anniversaire de Luther), les synagogues brûlèrent.

Mais le feu avait été allumé bien auparavant, par les Pères de l'Église.

Et il n'est pas éteint.

« Par-delà les saints rhéteurs du IVe siècle, saintement appliqués à traîner leurs adversaires dans la boue, je vois se profiler dans les siècles à venir », écrivait Jules Isaac après guerre,

« l'innombrable légion des théologiens, des prédicateurs chrétiens, des enseignants, des écrivains, empressés à broder sur ces thèmes [...] et consciencieusement appliqués eux aussi – en toute bonne conscience – à faire pénétrer dans les esprits réceptifs ces notions pernicieuses, meurtrières et fausses ; tout prêts également à admettre avec Chrysostome que si le juif haïssable a eu en partage l'exil, la dispersion, la servitude, la misère et la honte, ce n'est que justice (justice de Dieu) : il a été payé de ses forfaits. Figures de rhétorique, plaidez-vous aujourd'hui – après seize cents ans écoulés – pour vous garder bonne conscience ; soit, mais "il faut comprendre" où mènent les figures de rhétorique proférées par une "bouche d'or", et reprises en chœur à travers les siècles par des myriades de disciples ; les figures de rhétorique ont pris consistance, vitale, virulente, elles seront incrustées dans des millions d'âmes. Qui donc oserait croire que l'âme chrétienne en soit aujourd'hui délivrée ? Qui peut dire si l'on arrivera jamais à l'en délivrer[1] ? »

L'insoutenable paradoxe

L'antijudaïsme théologique s'est mué en antisémitisme racial.

C'est dire que, pendant des siècles, malgré la séparation des communautés, malgré l'abîme confessionnel qui les sépare, malgré la place marginale qu'occupent les juifs dans l'Occident chrétien, la question de la relation au judaïsme n'a pas été réglée.

C'est qu'un paradoxe taraude les chrétiens : Jésus est le messie, précisément le messie d'Israël, mais un messie que les juifs récusent et ne reconnaissent pas.

Alors, tantôt avec colère, tantôt avec désespoir, les chrétiens

1. Jules Isaac, *Genèse de l'antisémitisme chrétien*, Paris, Calmann-Lévy, 1956, p. 162.

doivent confesser leur appartenance à une religion dont l'inspirateur, sinon le fondateur, n'est pas de la même religion qu'eux. Pour les chrétiens, c'est une position insoutenable, un écartèlement, une douleur chargée de ressentiment. Les juifs, qui demeurent sourds et aveugles à la révélation chrétienne, sont comme la Synagogue aux yeux bandés sculptée au fronton de l'un des portails de la cathédrale de Strasbourg, en vis-à-vis de celle de l'Église : elle seule détient la lumière.

L'urgence sera donc d'exfiltrer Jésus, de le faire sortir du judaïsme, de l'erreur, au nom de la transcendance, d'en faire un chrétien, le premier des chrétiens.

Mais, si les textes des Pères de l'Église et des apologistes forment l'infanterie chrétienne dans cette bataille, les images en seront la cavalerie dont la charge victorieuse emportera la victoire. Ne serait-ce que parce que son image sera non seulement reproduite mais démultipliée sans fin. Jésus sera culturellement, intellectuellement, plastiquement chrétien, c'est-à-dire à la fois la victime et l'accusateur des juifs.

Et il est aisé de comprendre pourquoi il a fallu longtemps pour que des chercheurs juifs israéliens comme Joseph Klausner dans les années trente, puis derrière lui David Flusser, Shalom Ben Shorim, ou aujourd'hui Geza Vermes, Moshe David Herr, Dany Schwartz ou Guy Stroumsa brisent le tabou qui pesait sur le Nouveau Testament, étudiant les écrits chrétiens comme des témoignages précieux sur le judaïsme des deux premiers siècles, à un moment où la littérature juive était pratiquement muette.

Et, si l'on peut dire qu'aujourd'hui le Christ (la figure théologique) demeure la propriété des chrétiens, Jésus (le Jésus historique, avec sa famille et ses disciples) a été rendu par la recherche au judaïsme, inaugurant de très prometteuses perspectives.

L'écrivain Amos Oz raconte ainsi ce que lui avait confié Joseph Klausner (1874-1958), son oncle : « Quand tu seras grand, mon cher enfant, tu liras le Nouveau Testament au nez et à la barbe de tes maîtres et tu t'apercevras que cet homme était de notre chair et de nos os, que c'était une sorte de "juste", de "thaumaturge", un rêveur dépourvu de toute compréhension politique, qui trouverait parfaitement sa place au panthéon des grands hommes d'Israël, près de Baruch Spinoza, qui mériterait également qu'on lève l'anathème dont il fut frappé[1]. »

Les racines chrétiennes de l'Occident

Jusqu'au VIe siècle, le christianisme a été bien plus oriental qu'occidental. Ses territoires d'élection ont été l'Asie Mineure, l'Égypte, la Syrie, mais aussi l'Afrique du Nord. De ces pays sont issus quelques-uns des plus célèbres Pères de l'Église : Augustin venait de Thagaste en Algérie et fut évêque d'Hippone (aujourd'hui Annaba), Origène venait d'Alexandrie en Égypte, Eusèbe de Palestine, Tertullien de Carthage en Tunisie, etc.

En un siècle, entre 632 (mort de Mahomet) et 732 (victoire de Charles Martel à Poitiers qui arrête la conquête arabe), ce sont l'Orient byzantin, la Syrie, l'Égypte, le Maghreb qui tombent. Un à un, tous les territoires les plus christianisés sont soumis par la conquête islamique. Les peuples qui étaient chrétiens sous la domination romaine deviennent presque aussitôt musulmans sous la domination arabe.

La foi ne dépendrait-elle donc, au fond, que de celui qui exerce le pouvoir militaire et politique ? Comme Marx et Engels le notaient dans le *Manifeste du parti communiste* : « Est-il besoin d'une grande perspicacité pour comprendre que les idées, les conceptions et les actions des hommes, en un mot leur conscience, changent avec tout changement survenu dans leurs conditions de vie, leurs relations sociales, leur existence sociale[2] ? »

---

1. Amos Oz, *Une histoire d'amour et de ténèbres*, trad. fr. de Sylvie Cohen, Paris, Gallimard, 2004.

2. Karl Marx, *Manifeste du parti communiste*, trad. fr. de Francis Brière, Paris, 10/18, 1962.

Ce changement stupéfiant de l'ordre du monde raviva le sentiment apocalyptique de la Fin des temps qui avait habité des auteurs comme Grégoire le Grand, Grégoire de Tours ou Jean d'Éphèse. Les chrétiens avaient longtemps cru que l'Empire romain était le dernier empire avant l'avènement du Royaume de Dieu, tel qu'ils en lisaient la prédiction dans le livre de Daniel : « Voici, venant sur les nuées du ciel, comme un Fils d'homme. Il s'avança jusqu'à l'Ancien et fut conduit en sa présence. À lui fut conféré empire, honneur et royaume, et tous peuples, nations et langues le servirent. Son empire est un empire éternel qui ne passera point, et son royaume ne sera point détruit » (Dn 7,13-14).

L'Empire arabe, qui unifiait désormais un immense territoire, allant du Maroc et de l'Andalousie à l'Asie centrale et au Penjab, démentait cette prédiction, bouleversait tous les calculs et repoussait une fois de plus le terme de la Fin des temps.

Cependant, malgré cette crise sans précédent, une partie du christianisme oriental résistera à la poussée musulmane. Il restera sur des positions qui l'éloigneront puis le sépareront du christianisme occidental.

Le schisme aura lieu en 1054, mais la véritable rupture se produira finalement avec le sac de Constantinople lors de la quatrième croisade, en 1204. Il y aura désormais deux Églises rivales dont le canon, les rites et les pratiques ne concorderont pas.

Et, dans ce repli consécutif à la conquête arabe du VIIe siècle et à la séparation de l'Empire d'Occident et de l'Empire d'Orient, les Occidentaux emporteront avec eux les figures des Pères de l'Église, qui seront vite européanisés, comme des sages grecs ou des aristocrates romains. La peinture a été un puissant agent de déjudaïsation de la geste chrétienne. Elle a été aussi un outil fondamental de la « désorientalisation » du christianisme. Comme si l'Église voulait tirer un trait sur ses racines orientales, sur son passé.

Pour tous – même si c'est une proclamation sans ancienneté

historique –, le christianisme sera considéré depuis toujours comme la religion de l'Occident.

Le mot « religion » lui-même (pour lequel l'étymologie chrétienne, « le lien », « ce qui relie l'homme au divin », a supplanté l'usage latin, « le scrupule », « le respect scrupuleux des cultes », qui définissait l'orthopraxie romaine et encadrait sévèrement les pratiques) a donc été investi d'un sens chrétien qu'il n'avait pas avant. « C'est ainsi que les sociétés polythéistes impliquent une pluralité de relations qui compromettent notre sens de la classification. Les rites et les croyances, la politique, l'économie s'y trouvent confondus dans un seul ensemble complexe et touffu, inextricable. Parler de religion dans le domaine de l'Antiquité reviendrait à projeter sur celle-ci un concept inopportun. [...] L'histoire des religions ne commencerait-elle qu'à partir du moment où des religions apparaissent, sous le regard du christianisme, puis de l'islam, comme des objets distincts, bien séparés les uns des autres, suggérant la possibilité d'un choix, d'une hérésie[1] ? »

Sans même s'attarder sur le fait que le monde occidental, d'Europe en Amérique, se vit dans la référence originelle à l'avant ou à l'après J.-C., nous sommes dans le christianisme, dans ses mots, dans ses fêtes, dans sa morale, dans son sens du péché, dans son système de pensée. Que nous y croyions ou pas, peu importe : nous nous définissons par rapport à lui. Le temps dans lequel nous vivons est devenu « chrétien ». Nous appartenons à une civilisation qui, de manière laïque, a fait de « Jésus-Christ » un point tournant de l'Histoire, le sésame de notre rapport au Temps.

---

1. Philippe Borgeaud, *Aux origines de l'histoire des religions*, Paris, Éd. du Seuil, 2004, p. 205.

L'Église victorieuse

Maintenant, au dernier acte de cette histoire, on peut et on doit additionner l'ensemble des éléments qui structurent le succès du christianisme : un monothéisme facile d'accès, une grande capacité d'adaptation et d'identification, un récit commun très simple attaché à une doctrine très sophistiquée, un spectre théologique allant des croyances populaires de masse aux élaborations les plus philosophiques pour les élites, une perspective de rétribution et de vie après la mort, une réponse à l'incertitude du présent et à l'angoisse de l'au-delà, une institution-refuge, une structure ecclésiale permettant d'écarter ou d'intégrer tous ses opposants, une religion ouverte à tous et à toutes, l'appartenance à une même communauté, fût-elle imaginaire, des formes d'entraide et de charité, un système de compensation des inégalités sociales, une dispersion des églises à travers les régions, un livre de référence à la fois unique et multiple (le Nouveau Testament), des figures d'intercesseurs, des modèles exemplaires (les récits de martyre), et une utilisation de plus en plus inventive des images.

Mais encore ?

Tout cela n'aurait été rien, d'un poids très insuffisant du moins, sans les faveurs impériales, sans le soutien résolu dont, soudain, a bénéficié le christianisme après quasiment trois siècles d'hostilité ou d'indifférence. Dès lors, on voit comment l'État romain, très décentralisé et administrativement faible, a pu générer en son sein un organe étranger, le christianisme, jusqu'au jour où ce corps étranger est devenu partie prenante de l'État lui-même.

Variante du judaïsme, hérésie de la religion d'Israël après la réforme pharisienne consécutive à la destruction du Temple de Jérusalem, le christianisme apparaît d'abord, du point de vue romain, comme une superstition.

Accédant au statut de religion tolérée, il parvient en 313 à celui de religion licite. Soixante-dix ans plus tard, le christianisme devient religion du pouvoir avant d'être religion officielle, religion obligatoire, religion exclusive, « vraie religion », religion de la vérité.

Rien n'est plus vertueux, comme on sait, rien n'est plus exigeant, au point de pénétrer toutes les sphères de la vie privée et de la vie publique, rien n'est plus impitoyable non plus, rien n'est plus terrible que la certitude d'incarner la vérité.

Et, quand les chrétiens obtiennent enfin la liberté religieuse qu'ils n'ont cessé de revendiquer pour eux, ils se retournent férocement contre ceux, chrétiens hérétiques, juifs ou païens, qui ne partagent pas leur conception de la vérité.

Pour un théologien, le succès du christianisme sera donc le triomphe de la vérité face à l'erreur ; pour un croyant, celui de la foi devant l'ignorance ; pour un athée, celui de la superstition sur la raison. Et pour un entomologiste, celui d'une mante religieuse qui a dévoré ce qui l'a fécondée.

La religion d'amour

Le christianisme a réussi à propager l'idée qu'il était une religion d'amour. Un amour tourné vers les pauvres et les déshérités, un amour payé du sang des martyrs. Une double prétention que son histoire n'a pas vraiment confirmée. « Ce qui est certain, c'est qu'il n'y a aucune vérité historique dans le mythe romantique ultérieur faisant des chrétiens une minorité perpétuellement traquée, littéralement chassée sous terre par une persécution sans trêve. Et guère plus dans le mythe moderne qui voit dans les progrès du christianisme l'ascension d'une religion de démunis[1]. »

Il faut incontestablement distinguer l'Église dans son action pastorale ou individuelle (où des hommes et des femmes admi-

1. P. Brown, *L'Essor du christianisme occidental*, *op. cit.*, p. 39.

rables se sont donnés corps et âme à la cause de Jésus en se vouant à ceux que la société rejetait) et son activité institutionnelle, où elle a été, de tout temps, en tous lieux, l'alliée de toutes les monarchies, de toutes les tyrannies, de toutes les dictatures. L'Église a béni pêle-mêle les Croisades, l'esclavagisme, les pogroms du Moyen Âge, l'Inquisition, la conquête de l'Amérique du Sud, le génocide des Indiens d'Amérique du Nord, toutes les guerres impérialistes, la colonisation, sans parler de la dernière guerre mondiale où sa lâcheté si ce n'est sa connivence avec les régimes fascistes et nazis demeure une tache « que toute l'eau de la mer ne saurait effacer », pour paraphraser Lautréamont…

En 1982, dans *L'Affaire Jésus*, Henri Guillemin avait eu cette phrase encore plus cinglante venant d'un chrétien convaincu : « L'histoire nous apprend sinistrement que l'Église suscita moins de martyrs que de bourreaux. » Plus de vingt ans après, à propos de la guerre d'Espagne, l'historien Julian Casanova lui fait écho : « L'Église défend la mémoire des vainqueurs contre celle des vaincus. D'un côté, on célèbre la gloire de certains au Vatican. De l'autre, des milliers de descendants de républicains en sont encore à localiser leurs morts dans les fosses communes. Depuis tout ce temps, jamais la hiérarchie catholique n'a condamné le putsch militaire. Jamais elle n'a demandé pardon pour avoir soutenu et béni la violence franquiste pendant et après la guerre. Jamais elle n'a eu un seul mot en faveur des centaines de milliers de républicains tués, incarcérés, réprimés ou forcés à l'exil par la faute de Franco. Elle préfère béatifier les siens en se posant en victime. Ce qui lui permet d'occulter son rôle de bourreau[1]. »

1. Julian Casanova, cité par le journal *Libération*, 27 octobre 2007.

Le Royaume et l'Église

Alors comment entendre la célèbre phrase d'Alfred Loisy : « Jésus annonçait le Royaume et c'est l'Église qui est venue » ?

L'Église en tant qu'institution, en tant qu'organisation, en tant que monument, échappait entièrement à l'univers mental de Jésus. Il n'y a pas la moindre probabilité que Jésus ait prononcé la fameuse phrase : « Tu es Pierre et sur cette pierre je bâtirai mon église » (Mt 16,18).

Les raisons en sont multiples.

Passons sur le fait que le calembour sur « pierre » ne fonctionne qu'en grec (et en français) ! Pour l'essentiel, il est évident que, si quelqu'un devait succéder à Jésus, il ne pouvait s'agir que de son frère Jacques – les épîtres de Paul, les Actes des Apôtres et Flavius Josèphe donnent d'ailleurs clairement à penser que c'est bien lui le chef de la communauté après la crucifixion. Ensuite, il est tout aussi évident que, si Pierre avait été intronisé aussi solennellement, cette élection aurait été entérinée par tous les évangélistes et non par le seul Matthieu.

Théologiquement, il est clair que l'Église doit affirmer sa continuité parfaite avec Jésus. Elle doit se présenter comme une institution qui attend le Royaume, comme Jésus l'attendait. Ce ne peut être qu'une pétition de principe.

Tous les anachronismes, toutes les invraisemblances, toutes les rétroprojections des évangiles qui utilisent le personnage Jésus pour justifier le déchirement avec le judaïsme, pour légitimer des changements de cap du mouvement chrétien primitif, ne peuvent démentir cette certitude : quel qu'ait été son rôle exact, quelle qu'ait été la perception qu'il en avait, Jésus n'a agi et parlé que dans les limites de la terre d'Israël ; qu'en direction du peuple élu dont on peut croire qu'il souhaitait réformer les pratiques et rétablir la pureté vis-à-vis de Yahvé, son Dieu.

Le royaume qu'invoquait Jésus dans ses prières, c'était le

Royaume d'Israël : « Nous espérions, nous, que c'était lui qui allait délivrer Israël » (Lc 24,21), disent les disciples.

Le royaume, selon Jésus, est « de ce monde ». C'est un royaume historiquement et géographiquement inscrit dans le temps avec une fin comme horizon, au jour du Jugement. Le royaume, selon les chrétiens, n'est « pas de ce monde ». Il est situé hors du temps et de l'espace. C'est un royaume spirituel, un royaume intérieur. C'est le royaume des cieux où seront transportés les fidèles après leur mort, le paradis.

À partir du moment où Jésus n'est plus le messie d'Israël mais le Christ, où la Bible hébraïque devient l'Ancien Testament, où les pagano-chrétiens sont majoritaires et s'implantent partout dans l'Empire, où Rome supplante Jérusalem, où l'Église, finalement, s'associe à l'État au lieu de s'opposer à lui, ce virage était inéluctable.

Et, selon que l'on se placera du point de vue du judaïsme ou du point de vue du christianisme, l'on comprendra de façon antagoniste la phrase d'Alfred Loisy. Une phrase tranchante qui, dans son contexte ou hors de tout contexte, touche un point vital et demeure, comme le coup de lance dans l'évangile selon Jean, imparable.

Chronologie

Env. -1000	Royaume d'Israël fondé par David
Env. -930	Séparation du royaume du Sud (Juda) et du royaume du Nord (Israël)
- 720	Invasion par les Assyriens du royaume d'Israël
- 587	Prise de Jérusalem et de Juda par les Babyloniens
- 166	Soulèvement des Maccabées
- 63	Prise de Jérusalem par Pompée
- 4	Mort d'Hérode le Grand, roi des juifs, et division de son royaume
0	Point théorique du début de l'ère chrétienne
6	La Judée et la Samarie deviennent provinces romaines sous administration directe. Soulèvement de Judas le Galiléen
14	Tibère empereur jusqu'en 37
Vers 30	Crucifixion de Jésus
37	Caligula empereur
41 ou 49	Décret de Claude expulsant les juifs de Rome
50-51	Première épître de Paul aux Thessaloniciens
54	Néron empereur
55	Première épître de Paul aux Corinthiens
62	Lapidation de Jacques, frère de Jésus
Vers 65	Mort de Pierre et de Paul
66-70	Première révolte juive contre les Romains Évangile selon Marc
70	Destruction du Temple de Jérusalem
73	Chute de Massada
80-90	Actes des Apôtres
Vers 90-100	Évangile selon Jean – Apocalypse de Jean de Patmos
117	Hadrien empereur jusqu'en 138

132-135	Seconde révolte juive, sous la conduite de Simon Bar Kochba
135	Jérusalem devient Ælia Capitolina et est interdite aux juifs
Vers 140	Réunion des épîtres de Paul par Marcion
161	Marc Aurèle empereur jusqu'en 180
202	Édit impérial contre le prosélytisme juif et chrétien
249	Dèce empereur jusqu'en 251
253	Gallien empereur jusqu'en 268
284	Dioclétien empereur jusqu'en 305
305	Galère empereur jusqu'en 311
306	Constantin empereur jusqu'en 337
312	Bataille du pont Milvius
	L'empereur Constantin favorise le christianisme
313	Édit de Milan
325	Concile de Nicée
337	Constance II empereur jusqu'en 361
361	Julien empereur jusqu'en 363
364	Valens empereur jusqu'en 378
379	Théodose Ier empereur jusqu'en 395
380	Le christianisme religion officielle de l'Empire
391-392	Lois de Théodose contre le paganisme
408	Théodose II empereur jusqu'en 450
410	Sac de Rome
527	Début du règne de Justinien

Abréviations des références bibliques

Ac	Actes des Apôtres
Ap	Apocalypse
1 Co	1re épître aux Corinthiens
2 Co	2e épître aux Corinthiens
Col	Épître aux Colossiens
Dn	Daniel
Dt	Deutéronome
Ex	Exode
Ez	Ézéchiel
Ga	Épître aux Galates
He	Épître aux Hébreux
Is	Isaïe
Jg	Juges
Jn	Évangile selon Jean
Jr	Jérémie
Lc	Évangile selon Luc
2 M	2e livre des Maccabées
Mc	Évangile selon Marc
Mt	Évangile selon Matthieu
1 P	1re épître de Pierre
2 P	2e épître de Pierre
Pr	Proverbes
Ps	Psaumes
Rm	Épître aux Romains
1 Th	1re épître aux Thessaloniciens
1 Tm	1re épître à Timothée

Bibliographie

Textes anciens cités

ATHANASE D'ALEXANDRIE, *Contre les païens*, trad. fr. et prés. de Pierre Thomas Camelot, Paris, Éd. du Cerf, coll. « Sources chrétiennes », 1983.

ATHÉNAGORE, *Supplique au sujet des chrétiens*, trad. fr. de Gustave Bardy, Paris, Éd. du Cerf, coll. « Sources chrétiennes », 1943.

AUGUSTIN, *La Cité de Dieu*, intr. et trad. fr. de Lucien Jerphagnon, Paris, Gallimard, coll. « Bibliothèque de la Pléiade », 2000.

—, *Confessions*, trad. fr. d'Arnauld d'Andilly, Paris, Gallimard, 1993.

Écrits apocryphes chrétiens, t. I, éd. dir. et prés. par François Bovon et Pierre Geoltrain, Paris, Gallimard, coll. « Bibliothèque de la Pléiade », 1998.

ÉGÉRIE, *Journal de voyage*, intr. et trad. fr. de Pierre Maraval, Paris, Éd. du Cerf, coll. « Sources chrétiennes », 1982.

Épître à Diognète, trad. fr. d'Henri-Irénée Marrou, Paris, Éd. du Cerf, coll. « Sources chrétiennes », 2005.

Épître de Barnabé, intr. et trad. fr. de Pierre Prigent, Paris, Éd. du Cerf, coll. « Sources chrétiennes », 1971.

EUSÈBE DE CÉSARÉE, *Histoire ecclésiastique*, I-IV, trad. fr. de Gustave Bardy, Paris, Éd. du Cerf, coll. « Sources chrétiennes », 1952.

FAUSTIN et MARCELIN, *Supplique aux empereurs*, trad. fr. d'Aline Canellis, Paris, Éd. du Cerf, coll. « Sources chrétiennes », 2006.

FLAVIUS JOSÈPHE, *La Guerre des juifs*, trad. fr. de Pierre Savinel, prés. par Pierre Vidal-Naquet, Paris, Éd. de Minuit, 1977.

HERMAS, *Le Pasteur*, trad. fr. et notes de Robert Joly, Paris, Éd. du Cerf, coll. « Sources chrétiennes », 1986.

Homélies clémentines, trad. fr. d'André Siouville, prés. par Christian Jeambet, Paris, Verdier, 1991.

IRÉNÉE DE LYON, *Contre les hérésies*, trad. fr. d'Adelin Rousseau, Paris, Éd. du Cerf, coll. « Sources chrétiennes », 1984.

JUSTIN, *Œuvres complètes : Dialogue avec Tryphon, Apologies*, trad. fr. de G. Archambault et L. Pautigny, prés. par Jean-Daniel Dubois, Paris, Migne, 1994.

MÉLITON DE SARDES, *Sur la Pâque*, intr. et préf. par Othmar Perler, Paris, Éd. du Cerf, coll. « Sources chrétiennes », 1966.

MINUCIUS FELIX, *Octavius*, trad. fr. de Jean Beaujeu, Paris, Les Belles Lettres, 2003.

ORIGÈNE, *Contre Celse*, I-III, trad. fr. de Marcel Borret, Paris, Éd. du Cerf, coll. « Sources chrétiennes », 1968-1969.

PLINE LE JEUNE, *Lettres*, trad. fr. d'Yves Hucher, Paris, 10/18, 1966.

SUÉTONE, *Vie des douze Césars*, trad. fr. d'Henri Ailloud, Paris, Gallimard, coll. « Folio classique », 1975.

TACITE, *Annales*, trad. fr. d'Henri Bornecque d'après Burnouf, Paris, Garnier-Flammarion, 1965.

TERTULLIEN, *Contre Marcion*, I-IV, trad. fr. de René Braun, Paris, Éd. du Cerf, coll. « Sources chrétiennes », 1990-2001.

—, *Apologétique*, trad. fr. de Jean-Pierre Waltzing, prés. par Pierre-Emmanuel Dauzat, Paris, Les Belles Lettres, 2002.

Anthologies, recueils

À la naissance de la Parole chrétienne. Tradition et écriture au IIe siècle, *Cahiers Évangiles*, suppl. n° 77, Paris, Éd. du Cerf, 1991.

BÉATRICK, Pierre, *Introduction aux Pères de l'Église*, Paris, Médiaspaul, 1987.

Code Théodosien, Livre XVI, trad. fr. de Jean Rougé, intr. de Roland Delmaire coll. François Richard, Paris, Éd. du Cerf, coll. « Sources chrétiennes », 2005.

COUSIN, Hugues, LÉMONON, Jean-Pierre, et MASSONET, Jean, *Le Monde où vivait Jésus*, Paris, Éd. du Cerf, 1998.

Les Évêques apostoliques : Clément de Rome, Ignace d'Antioche, Polycarpe de Smyrne, prés. et trad. fr. de A.G. Hammam, Paris, Migne, 2000.

GRELOT, Pierre, *L'Espérance juive à l'heure de Jésus*, Paris, Desclée, 1996.

Les Martyrs, recueil de pièces authentiques, prés. et trad. fr. de Dom H. Leclercq, 1920.

MESLIN, Michel, et PALANQUE, Jean-Rémy, *Le Christianisme antique. Anthologie de textes anciens*, Paris, Armand Colin, 1967.

NATAF, Georges, *Les Sources païennes de l'antisémitisme*, suivi de *L'Antijudaïsme d'un Père de l'Église : Jean Chrysostome*, par Patrick Sultan, Paris, Berg international, 2001.

OSIER, Jean-Pierre, *L'Évangile du ghetto*, Paris, Berg international, 1984.

Les Pères apostoliques, écrits de la primitive Église, prés. et trad. fr. de France Queré, Paris, Éd. du Seuil, 1980.

Rome face à Jérusalem. Regard des auteurs grecs et latins, textes réunis et prés. par Jean Comby et Jean-Pierre Lémonon, Paris, Éd. du Cerf, 1992.

*

AGAMBEN, Giorgio, *Le Temps qui reste. Sur l'épître aux Romains*, Paris, Rivages, 2000.

AMPHOUX, Christian-Bernard, *La Parole qui devint Évangile*, Paris, Éd. du Seuil, 1993.

AMSLER, Frédéric, *L'Évangile inconnu*, Genève, Labor et Fides, 2001.

ARAGIONE, Gabriella, JUNOD, Éric, et NORELLI, Enrico, *Le Canon du Nouveau Testament*, Genève, Labor et Fides, 2005.

AUERBACH, Erich, *Figura. La Loi juive et la promesse chrétienne*, trad. fr. de Diane Meur, prés. par Marc de Launay, Paris, Macula, 2003.

Aux origines du christianisme, prés. par Pierre Geoltrain, Paris, Gallimard-*Le Monde de la Bible*, « Folio Histoire », 2000.

BAUCKHAM, Richard, *La Théologie de l'apocalypse*, trad. fr. d'Alain-Marie de Lassus, Paris, Éd. du Cerf, 2006.

BELTING, Hans, *La Vraie Image*, trad. fr. de Jean Torr, Paris, Gallimard, « Le Temps des images », 2007.

BERNHEIM, Pierre-Antoine, *Jacques, frère de Jésus*, Paris, Noesis, 1996 ; rééd., Albin Michel, 2003.

La Bible et sa Culture, dir. Michel Quesnel et Philippe Gruson, Paris, Desclée de Brouwer, 2000.

BLANCHARD, Yves-Marie, *Aux sources du Canon. Le témoignage d'Irénée*, Paris, Éd. du Cerf, 1993.

BLANCHETIÈRE, François, *Enquête sur les racines juives du mouvement chrétien*, Paris, Éd. du Cerf, 2001.

BLANCHETIÈRE, François, et HERR, Moshe David (éd.), *Aux origines juives du christianisme*, Cahiers du Centre français de Jérusalem-Peeters, 1993.

BOISMARD, Marie-Émile, *À l'aube du christianisme. La naissance des dogmes*, Paris, Éd. du Cerf, 1998.

BORGEAUD, Philippe, *Aux origines de l'histoire des religions*, Paris, Éd. du Seuil, « La Librairie du XXIe siècle », 2004.

BOVON, François, *Révélations et Écritures*, Genève, Labor et Fides, 1993.

BOWERSOCK, Glen, *Rome et le Martyr*, trad. fr. de Pierre-Emmanuel Dauzat, Paris, Flammarion, 1995.

—, *Le Mentir vrai*, trad. fr. de Pierre-Emmanuel Dauzat, Paris, Bayard, 2008.

BOYARIN, Daniel, *Mourir pour Dieu*, trad. fr. de Jean-François Sené, Paris, Bayard, 2004.

BRANDON, S.G.F., *Jésus et les zélotes*, trad. fr. de Georges et Béatrice Formentelli, Paris, Flammarion, 1975.

BROWN, Peter, *Vie de saint Augustin*, trad. fr. de Jeanne Henri Marrou, Paris, Éd. du Seuil, 1971 et 2001.

—, *Genèse de l'Antiquité tardive*, trad. fr. d'Aline Rousselle, Paris, Gallimard, 1978.

—, *La Toge et la Mitre*, trad. fr. de Christine Monnatte, Paris, Thames et Hudson, 1995.

—, *Le Renoncement à la chair*, trad. fr. de Pierre-Emmanuel Dauzat, Paris, Gallimard, coll. « Bibliothèque des histoires », 1995.

—, *L'Essor du christianisme occidental*, trad. fr. de Paul Chemla, Paris, Éd. du Seuil, 1997.

—, *Pouvoir et persuasion dans l'Antiquité tardive*, trad. fr. de Pierre Chuvin, Paris, Éd. du Seuil, 1998.

—, *L'Autorité et le Sacré*, trad. fr. de Thierry Loisel, Paris, Noesis, 1998.

BROWN, Raymond, *L'Église héritée des apôtres*, Paris, Éd. du Cerf, 1996.

BROWN, Raymond, et MEIER, John P., *Antioche et Rome*, Paris, Éd. du Cerf, 1988.

CAMPENHAUSEN, Hans von, *Les Pères grecs*, Paris, Éd. du Seuil, 1963.

CARRIÉ, Jean-Michel, et ROUSSELLE, Aline, *L'Empire romain en mutation, 192-337*, Paris, Éd. du Seuil, coll. « Points Histoire », 1999.

CHUVIN, Pierre, *Chroniques des derniers païens*, Paris, Les Belles Lettres / Fayard, 2005.

COUCHOUD, Paul-Louis, *Le Dieu Jésus*, Paris, Gallimard, 1951.

CULLMANN, Oscar, *Des sources de l'évangile à la formation de la théologie chrétienne*, Neufchâtel, Delachaux & Niestlé, 1969.

—, *Jésus et les révolutionnaires de son temps*, Neufchâtel, Delachaux & Niestlé, 1973.

DAGRON, Gilbert, *Empereur et prêtre. Étude sur le césaro-papisme*, Paris, Gallimard, « Bibliothèque des histoires », 1969.

DANIÉLOU, Jean, *L'Église des premiers temps*, Paris, Éd. du Seuil, 1963.

DAUZAT, Pierre-Emmanuel, *Les Sexes du Christ*, Paris, Denoël, 2008.

—, *Holocaustes ordinaires*, Paris, Bayard, 2008.

Dictionnaire du christianisme ancien, sous la dir. d'Angelo Di Bernardino, Paris, Éd. du Cerf, 1990.

DUBOURG, Bernard, *L'Invention de Jésus*, 2 vol., Paris, Gallimard, coll. « L'Infini », 1987 et 1989.

DUBUISSON, Daniel, *L'Occident et la Religion*, Bruxelles, Complexe, 1998.

EHRMAN, Bart, *Les Christianismes disparus*, trad. fr. de Jacques Bonnet, Paris, Bayard, 2007.

FILIU, Jean-Pierre, *L'Apocalypse dans l'islam*, Paris, Fayard, 2008.

FLUSSER, David, *Les Sources juives du christianisme*, trad. fr. de Véra Lasry, prés. par Guy Petitdemange, Paris, Éd. de l'Éclat, 2003.

FREDRIKSEN, Paula, *De Jésus aux Christs*, trad. fr. par Marie-Odile Fortier-Masek, Bernard Lauret et Guy Lobrichon, Paris, Éd. du Cerf, 1992.

FUSCO, Vittorio, *Les Premières Communautés chrétiennes*, Paris, Éd. du Cerf, 2001.

GARNSEY, Peter, et HUMFRESS, Caroline, *L'Évolution du monde de l'Antiquité tardive*, trad. fr. de Franz Regnot, Paris, La Découverte, 2004.

GIBERT, Pierre, et THEOBALD, Christoph (dir.), *Le Cas Jésus-Christ*, Paris, Bayard, 2002.

GINZBURG, Carlo, *À distance. Neuf essais sur le point de vue en histoire*, trad. fr. de Pierre-Antoine Fabre, Paris, Gallimard, « Bibliothèque des histoires », 2001.

GISEL, Pierre, « La question des origines du christianisme », *in* Simon C. Mimouni et Isabelle Ullern-Weité (dir.), *Pierre Geoltrain ou Comment faire l'histoire des religions*, Turnhout, Brepols, 2006.

GOGUEL, Maurice, *Naissance du christianisme*, Paris, Payot, 1955.

GRANT, Robert, *La Gnose et les Origines chrétiennes*, Paris, Éd. du Seuil, 1964.

—, *La Formation du Nouveau Testament*, Paris, Éd. du Seuil, 1969.

GUIGNEBERT, Charles, *Jésus*, Paris, Albin Michel, 1969.

—, *Le Christ*, Paris, Albin Michel, 1969.

HARNACK, Adolf von, *Histoire des dogmes*, trad. fr. d'Eugène Choisy, Paris, Éd. du Cerf, 1993.

—, *Marcion. L'évangile du Dieu étranger*, trad. fr. de Bernard Lauret, avec un essai de Michel Tardieu, Paris, Éd. du Cerf, 2003.

—, *Mission et expansion du christianisme dans les trois premiers siècles*, trad. fr. de Joseph Hoffmann, présenté par Pierre Maraval et Michel Tardieu, Paris, Éd. du Cerf, 2005.

Hellénisme et christianisme, dir. Michel Narcy et Éric Rebillard, Villeneuve-d'Ascq, Presses universitaires du Septentrion, 2004.

INGLEBERT, Hervé, *Histoire de la civilisation romaine*, Paris, PUF, 2005.

ISAAC, Jules, *Genèse de l'antisémitisme chrétien*, Paris, Calmann-Lévy, 1956.

KAESTLI, Jean-Daniel, et MARGUERAT, Daniel (dir.), *Le Mystère apocryphe*, Genève, Labor et Fides, 1995.

KELBER, Werner, *Tradition orale et écriture*, trad. fr. de Jean Prignaud, Paris, Éd. du Cerf, 1991.

KELLY, John F., *Dictionnaire du christianisme ancien*, Turnhout, Brepols, 1994.

KOESTER, Helmut, et BOVON, François, *Genèse de l'écriture chrétienne*, Turnhout, Brepols, 1991.

LABRIOLLE, Pierre de, *Histoire de la littérature latine chrétienne*, Paris, Les Belles Lettres, 1920.

—, *La Réaction païenne au christianisme* [1934], Paris, Éd. du Cerf, 2005.

LANE FOX, Robin, *Païens et chrétiens : la religion et la vie religieuse dans l'Empire romain de la mort de Commode au concile de Nicée*, prés. par Jean-Marie Pailler, trad. fr. de Ruth Alimi, Maurice Montabrut et Emmanuel Pailler, Toulouse, Presses universitaires du Mirail, 1997.

LE BOULLUEC, Alain, *La Notion d'hérésie dans la littérature grecque*, t. I, *De Justin à Irénée*, Paris, Études augustiniennes, 1985.

LEISEGANG, Hans, *La Gnose*, trad. fr. de Jean Gouillard, Paris, Payot, 1951 ; rééd., 1971.

LE ROUX, Patrick, *Le Haut Empire romain en Occident*, Paris, Éd. du Seuil, 1998.

LOISY, Alfred, *L'Apocalypse de Jean*, Paris, Librairie Émile Nourry, 1923.

—, *La Naissance du christianisme*, Paris, Librairie Émile Nourry, 1933.

—, *Les Origines du Nouveau Testament*, Paris, Librairie Émile Nourry, 1936.

—, *L'Évangile et l'Église*, suivi de *Autour d'un petit livre* et de *Jésus et la tradition évangélique*, Paris, Noesis/Agnès Viénot, 2001.

LUPIERI, Edmondo, *Commentary of the Apocalypse of John*, trad. angl. de Maria Poggi Johnson et Adam Kamesar, Grand Rapids, MI, William B. Eerdmans, 2006.

MACCOBY, Hyam, *Paul et l'invention du christianisme*, trad. fr. de Jean-Luc Allouche, Paris, Lieu commun, 1987.

MACMULLEN, Ramsay, *Le Paganisme dans l'Empire romain*, trad. fr. d'Aline Rousselle, Paris, PUF, 1980.

—, *Le Déclin de Rome et la Corruption du pouvoir*, trad. fr. d'Aline Rousselle, Paris, Les Belles Lettres, 1991.

—, *Christianisme et paganisme du IVe au VIIIe siècle*, trad. fr. de Franz Regnot, Paris, Les Belles Lettres, 2004.

MARAVAL, Pierre, *Le Christianisme de Constantin à la conquête arabe*, Paris, PUF, 1997.

—, *Le Christianisme des origines à Constantin*, avec Simon Mimouni, Paris, PUF, 2006.

MARGUERAT, Daniel (éd.), *Le Déchirement. Juifs et chrétiens au* Ier siècle, Genève, Labor et Fides, 1996.

—, *Introduction au Nouveau Testament*, Genève, Labor et Fides, 2000.

MARGUERAT, Daniel, et NORELLI, Enrico (dir.), *Jésus de Nazareth. Nouvelles approches d'une énigme*, Genève, Labor et Fides, 1998.

MASSÉ, Daniel, *L'Apocalypse et le Royaume de Dieu. Les origines du christianisme et l'énigme de Jésus-Christ*, Paris, Éd. du Sphinx, 1934.

MATTEI, Paul, *Le Christianisme antique*, Paris, Ellipses, 2003.

MODÉRAN, Yves, *L'Empire romain tardif*, Paris, Ellipses, 2003.

MOMIGLIANO, Arnaldo, *Contributions à l'histoire du judaïsme*, trad. fr. de Patricia Farazzi, Paris, Éd. de l'Éclat, 2002.

MORESCHINI, Claudio, et NORELLI, Enrico, *Histoire de la littérature chrétienne ancienne grecque et latine*, t. I, Genève, Labor et Fides, 2000.

PATERNOSTER, Jacques, *Commentaire critique de L'Apocalypse de Saint-Lunaire*, Beaubichon et fils éditeur, 1871.

PELIKAN, Jaroslav, *La Tradition chrétienne*, t. I, *L'Émergence de la tradition catholique*, trad. fr. de Pierre Quillet, Paris, PUF, 1994.

PERROT, Charles, *Jésus et l'histoire*, Paris, Desclée de Brouwer, 1993.

—, *Jésus, Christ et Seigneur des premiers chrétiens*, Paris, Desclée de Brouwer, 1997.

—, *Après Jésus*, Paris, Éd. de l'Atelier, 2000.

PÉTREMENT, Simone, *Le Dieu séparé. Les origines du gnosticisme*, Paris, Éd. du Cerf, 1984.

PIGANIOL, André, *L'Empire chrétien*, Paris, PUF, 1972.

Les Premiers Temps de l'Église, textes présentés par Marie-Françoise Baslez, Paris, Gallimard-*Le Monde de la Bible*, coll. « Folio Histoire », 2004.

PRÉVOST, Jean-Pierre, *L'Apocalypse*, Paris, Éd. du Cerf, 2006.

PRIGENT, Pierre, *L'Apocalypse de saint Jean*, Genève, Labor et Fides, 2000.

—, *Les Secrets de l'Apocalypse*, Paris, Éd. du Cerf, 2002.

RENAN, Ernest, *Œuvres complètes*, Paris, Calmann-Lévy, 1948.

ROUGIER, Louis, *La Genèse des dogmes chrétiens*, Paris, Albin Michel, 1972.

—, *Le Conflit du christianisme primitif et de la civilisation antique*, Paris, Copernic, 1977.

RUBENSTEIN, Richard E., *Le Jour où Jésus devint Dieu*, trad. fr. de Marc Saint-Upéry, Paris, La Découverte, 2001 ; rééd., 2004.

SACHOT, Maurice, *L'Invention du Christ*, Paris, Odile Jacob, 1998.

—, *Quand le christianisme a changé le monde*, Paris, Odile Jacob, 2007.

SARTRE, Maurice, *L'Orient romain*, Paris, Éd. du Seuil, 1991.

SAUMAGNE, Charles, « Les incendiaires de Rome et les lois pénales des Romains », *Revue historique*, 1962.

SCHWARTZ, Daniel, *Studies in the Jewish Background of Christianity*, Tübingen, J.C.B. Mohr, 1992.

SCHWEITZER, Albert, *Ma vie et ma pensée*, Paris, Albin Michel, 1960.

—, *Le Secret historique de la vie de Jésus*, trad. fr. d'Annie Anex-Heimbrod, Paris, Albin Michel, 1961.

SCOPELLO, Madeleine, *Les Gnostiques*, Paris, Éd. du Cerf, 1991.

SIMON, Marcel, *Le Judaïsme et le Christianisme antique*, avec André Benoît, Paris, PUF, 1968.

—, *La Civilisation de l'Antiquité et le Christianisme*, Paris, Arthaud, 1972.

—, *Verus Israël*, Paris, De Boccard, 1983.

STARK, Rodney, *The Rise of Christianity, a Sociologist Reconsiders History*, Princeton, Princeton University Press, 1996.

STEINBERG, Leo, *La Sexualité du Christ dans l'art de la Renaissance et son Refoulement*, Paris, Gallimard, 1999.

STROUMSA, Guy G., *Savoir et Salut*, Paris, Éd. du Cerf, 1992.

—, *La Fin du sacrifice*, Paris, Odile Jacob, 2005.

—, *Le Rire du Christ*, Paris, Bayard, 2006.

TAUBES, Jacob, *La Théologie politique de Paul*, Paris, Éd. du Seuil, 1999.

THÉRON, Michel, *Petit lexique des hérésies chrétiennes*, Paris, Albin Michel, 2005.

TOMSON, Peter, *Jésus et les auteurs du Nouveau Testament dans leurs relations au judaïsme*, Paris, Éd. du Cerf, 2003.

VERMES, Geza, *Jésus le juif*, Paris, Desclée de Brouwer, 1978.

VEYNE, Paul, *L'Empire gréco-romain*, Paris, Éd. du Seuil, 2005.
—, *Quand le monde est devenu chrétien*, Paris, Albin Michel, 2007.
VOUGA, François, *Les Premiers Pas du christianisme*, Genève, Labor et Fides, 1998.
WILLARET, Pantoine, *Faux, forgeries et interpolations dans l'Antiquité tardive*, Éd. de Balaize, 1896.

Index

Remerciements

Les auteurs tiennent à exprimer toute leur reconnaissance aux chercheurs qu'ils ont interrogés lors de la réalisation des douze épisodes de leur série *L'Apocalypse* :
Frédéric Amsler, Timothy Barnes, Richard Bauckham, Pier Franco Beatrice, Pierre-Antoine Bernheim, Glen Bowersock, Dominique Cerbelaud, Alan Culpepper, Bart Ehrman, Alexandre Faivre, David Frankfurter, Paula Fredriksen, Alfons Fürst, Carl-Friedrich Geyer, Pierre Gibert, Moshe David Herr, Dominique Hollard, Éric Junod, Peter Lampe, Robin Lane-Fox, Alain Le Boulluec, Jean-Pierre Lémonon, Judith Lieu, Winrich Löhr, Edmondo F. Lupieri, Ramsay MacMullen, Emmanuelle Main, Pierre Maraval, Daniel Marguerat, Christoph Markschies, Yves Modéran, Claudio Moreschini, Enrico Norelli, Anne Pasquier, Jean-Pierre Prévost, Pierre Prigent, Marco Rizzi, Maurice Sachot, Daniel Schwartz, Jean-Marie Sévrin, Guy Stroumsa, Michel Tardieu, Paul Veyne, François Vouga.

Ils remercient tout particulièrement :
Denis Freyd et Archipel 33 ; Jérôme Clément, Thierry Garrel, Christoph Hauser et Arte.

Ils disent leur gratitude à Jean-Louis Schlegel qui a édité ce livre et à Paul Chemla qui l'a relu ; ils tiennent à saluer la mémoire de Pierre Geoltrain.

Table

Des mêmes auteurs

Édition de « En compagnie d'Antonin Artaud »
(journal et poèmes de Jacques Prevel)
Flammarion, 1994

Corpus Christi : enquête sur l'écriture des Évangiles
Mille et Une Nuits/Arte éditions, 1997-1998

Jésus contre Jésus
Seuil, 1999 et « Points Essais », n° 608, 2008

Jésus, illustre et inconnu
Desclée de Brouwer, 2001
et poche Albin Michel, 2004

Jésus après Jésus
Seuil, 2004 et « Points Essais », n° 533, 2005

De la crucifixion considérée comme un accident du travail
Demopolis, 2008

De Gérard Mordillat

Vive la Sociale ! revu et corrigé…
Mazarine, 1981
et Seuil, « Points », n° P1383, 2005

À quoi pense Walter ?
Calmann-Lévy, 1987
et Seuil, « Points Virgule », n° 66, 1988

L'Attraction universelle
Calmann-Lévy, 1997
et « Le Livre de poche », n° 9721, 1993
Le Mans, Libra Diffusio, 2009

Béthanie
Calmann-Lévy, 1996
et « Le Livre de poche », n° 14538, 1998

Le Retour du permissionnaire
Éditions de la Pionnière, 1999

Vichy-Menthe
Eden éditions, 2001

Madame Gore
Eden éditions, 2001

Rue des Rigoles
Calmann-Lévy, 2002
et « Le Livre de poche », n° 30217, 2004

Yorick
Eden éditions, 2003

Comment calmer Mr Bracke
Calmann-Lévy, 2003
et « Le Livre de poche », 2005

Zartmo
Calmann-Lévy, 2004

Douce banlieue
(avec Frédérique Jacquet)
Éditions de l'Atelier, 2005

Les Vivants et les Morts
Calmann-Lévy, 2005
et « Le Livre de poche », n° 30497, 2006

Scandale et folies
Neuf récits du monde où nous sommes
Seuil, « Points », n° 1849, 2007

Notre part des ténèbres
Calmann-Lévy, 2007
et « Le Livre de poche », n° 31245, 2009

De Jérôme Prieur

Nuits blanches : essais sur le cinéma
Gallimard, « Le Chemin », 1980

Séance de lanterne magique
Gallimard, « Le Chemin », 1985

Le Spectateur nocturne
Éditions des Cahiers du cinéma, 1993

Guerre Éclair
Éditions de la Pionnière, 1997

Petit Tombeau de Marcel Proust
Éditions de la Pionnière, 2000

Proust fantôme
Gallimard, 2001
et « Folio », n° 4412, 2006

Tous les objets sont des sphinx
Éditions de la Pionnière, 2002

La Fabrique des doubles
La Pierre d'Alun, 2006

Roman noir
Essai sur la littérature gothique
Seuil, « La Librairie du XXIe siècle », 2006

Babylone 1900
Éditions de la Pionnière, 2008

Rendez-vous dans une autre vie
Seuil, « La Librairie du XXIe siècle », 2010

RÉALISATION : PAO ÉDITIONS DU SEUIL
NORMANDIE ROTO IMPRESSION S.A.S À LONRAI
DÉPÔT LÉGAL : SEPTEMBRE 2010. N° 103200 (103028)
Imprimé en France